四川大学哲学社会科学出版基金资助

中国符号学丛书 ◎ 丛书主编 陆正兰 胡易容

符号与传媒
Semiotics & Media

构想未来是建构当下自我的一种策略

信仰危机源于构想的未来在当下缺场

『历史』也与『未来』同样具有想象性

『未来』可以重构『历史』

王蒙小说中的未来
叙事研究

Narratives in Wang Meng's
Fiction About the Future

张雪 著

四川大学出版社
SICHUAN UNIVERSITY PRESS

图书在版编目（CIP）数据

王蒙小说中的未来叙事研究 / 张雪著 . — 成都 ：
四川大学出版社，2023.11
　（中国符号学丛书 / 陆正兰，胡易容主编）
　ISBN 978-7-5690-6455-1

　Ⅰ . ①王… Ⅱ . ①张… Ⅲ . ①王蒙－小说研究 Ⅳ .
① I207.42

中国国家版本馆 CIP 数据核字（2023）第 215896 号

书　　　名：王蒙小说中的未来叙事研究
　　　　　　Wangmeng Xiaoshuo zhong de Weilai Xushi Yanjiu
著　　　者：张　雪
丛　书　名：中国符号学丛书
丛 书 主 编：陆正兰　胡易容

出 版 人：侯宏虹
总 策 划：张宏辉
丛书策划：侯宏虹　陈　蓉
选题策划：陈　蓉
责任编辑：陈　蓉
责任校对：吴近宇
装帧设计：墨创文化
责任印制：王　炜

出版发行：四川大学出版社有限责任公司
　　　　　地址：成都市一环路南一段 24 号（610065）
　　　　　电话：（028）85408311（发行部）、85400276（总编室）
　　　　　电子邮箱：scupress@vip.163.com
　　　　　网址：https://press.scu.edu.cn
印前制作：四川胜翔数码印务设计有限公司
印刷装订：成都市新都华兴印务有限公司

成品尺寸：170 mm×240 mm
印　　张：13.5
插　　页：2
字　　数：240 千字

版　　次：2024 年 1 月 第 1 版
印　　次：2024 年 1 月 第 1 次印刷
定　　价：54.00 元

扫码获取数字资源

四川大学出版社
微信公众号

目　录

绪　论

　　纵观中国文坛，文学创作贯穿"1949 年以来至今"这一时间段的作家可谓凤毛麟角，而其文学创作又能着眼现实性问题的更是寥若晨星，王蒙无疑是其中之一。从 1952 年发表短篇小说《礼貌的故事》，到 2021 年发表长篇小说新作《猴儿与少年》，王蒙小说创作历时七十年，跨越整个中国当代文学史，即便在最艰难的"文化大革命"时期，他也写下了长篇《这边风景》，描绘了当时伊犁的农村生活。在这个意义上可以说，王蒙小说是中国当代文学史的"活标本"，深入研究王蒙小说创作对中国当代文学史具有深远意义。

　　对于王蒙小说创作研究而言，本书所持的未来这一时间向度的视角，在王蒙小说批评史和学术史中十分少见。本书试图探究王蒙小说中的未来意识和未来思维，丰富王蒙小说的批评史和学术史。既往研究者往往关注王蒙小说对历史和时代的反映和刻画，关注其历史意识，而本书则认为王蒙小说并非沉溺于历史，而是以历史为参照，意在改造现在，建构未来，从历史中唤起未来；同时，王蒙诸多小说正是通过人物对未来的憧憬或预测，由点到面地勾勒出那一时代与历史的整体特征，历史性与时代性在一定程度上是文本形成的客观效果。因此，与其说王蒙小说是历史或时代的见证，不如说王蒙小说是热情构想着、塑造着未来的时代。

　　本书研究王蒙小说中的未来叙事而不是历史叙事，有两方面原因。一方面，未来叙事贯穿了王蒙自 20 世纪 50 年代以来的小说创作，王蒙虽也有历史书写，但小说中对历史的梳理大多是在"文化大革命"后的写作中得以体现，王蒙 50 年代的小说大多是热情畅想新生活的未来向度的叙事，比起历史叙事，未来叙事更能广泛概括王蒙的小说创作历程；另一方面，《猴儿与少年》最后一节，小说人物"王蒙"已经意识到，对过去的回忆其实也是一种"未来想象式"的，回忆中的历史逐渐远离了真实，"历史"也像"未来"一样具有了想象性、虚构性、不确定性，"未来"统摄或重构了"历史"，"历史"在想象和虚构的意义上也与"未来"重合，"历史"具有了某种"未来性"。因此，未来叙事研究能够在更广和更深的论域中深入王蒙小说。本书将"未来"作为独立的研究对象，对王蒙小说中的未来叙事做整体性研究，试图理清这一并未被学界阐明的问题。

本书以王蒙小说创作中的未来叙事为研究对象，考察其自 20 世纪 50 年代初至 2022 年的发展历程及内容形式的流变，探究其特点以及生成语境。

王蒙以小说创作著称。据笔者目前所掌握的资料，王蒙最早发表的小说创作是短篇小说《礼貌的故事》，作为儿童文学发表于 1952 年 2 月 4 日的《中国少年报》；最新的小说是《季老六之梦》，发表于《人民文学》2023 年第 08 期。在这七十年间，据不完全统计，王蒙共发表小说近 200 篇/部，其中长篇 13 篇，中短篇 144 篇，微型小说约 38 篇/部，共 1000 万字左右。[①] 本书的研究对象便是王蒙小说中的未来叙事。

未来叙事，即关于"未来"这一时间向度在文本中的所叙内容与叙述形式。对于所叙内容而言，王蒙小说中的"未来"包括"过去的未来""现在的未来"和"未来的未来"。"过去的未来"，被叙述时刻是"过去"，往往是叙述者在叙述"过去"时采用预叙，预告"过去的未来"，多出现于回忆性小说文本中；"现在的未来"，被叙述时刻是"现在"，往往是人物由于被叙述时刻的"现在"内心感受的波动而产生对未来的构想；"未来的未来"，被叙述时刻是"未来"，站在未来幻想将要发生的事情，往往出现于科幻小说当中，在王蒙小说中出现较少，代表性的文本是《音响炎——不科学幻想故事》。

对于"王蒙小说中的未来叙事"这一研究对象，本书从以下三个方面把握

---

① 同一作品的多个修改版本只作为 1 篇计入，特例如《生死恋》初版是中篇，后改为同名长篇，由于故事主干变动不大，只作为 1 篇中篇计入。长篇小说全文发表前，被刊物选载部分章节且与后来全文发表的长篇小说题目不同，也以全文发表的版本作为 1 篇长篇计入，如长篇《青春万岁》曾以《金色的日子》为题被部分刊载，《金色的日子》不计入小说总数。特例如《明年我将衰老》《荣获斯大林文学奖纪盛》两个短篇小说后收入长篇小说《闷与狂》，但由于《闷与狂》本就是由独立章节的短文构成，每篇短文可自成一章，情节上的连续性、紧凑性不强，《明年我将衰老》《荣获斯大林文学奖纪盛》则作为两部短篇计入，《闷与狂》作为一部长篇计入。一部微型小说包含多则故事的，暂作为 1 部计入，如《欲读斋志异》有 8 则，《成语新编》有 12 则，《笑而不答》有 120 则，"老王"系列有 440 则。

和理解。

首先，未来叙事强调对未来的描绘和感知。对于这一点，已有研究中，"未来叙事"常常与"乌托邦叙事"混为一谈，而且关于"乌托邦叙事"的研究远远多于对"未来叙事"的研究。本书用"未来叙事"而不用"乌托邦叙事"，原因有三：一是非空想性，相比于"未来"，"乌托邦"更有"无法实现的空想"一层内涵，而王蒙小说对未来的描绘是坚定相信其一定会实现，且积极促成其实现，并非空想。二是时间链条性，"未来"是与"过去""现在"相并列的时间概念，王蒙小说频繁出现过去、现在与未来的时空跳跃，本书试图把"未来"置于与过去、现在的关系链中进行考察，强调过去、现在与未来的相互关系，而"乌托邦"则缺失这种时间链的意义。三是内外双重指向性，"未来"既可以指外在事物自身发展演变的高级阶段，也可以指人们内心世界的理想和愿望，"乌托邦"作为一种对"空想社会"的代称，更偏重于对外在社会生活的描绘；王蒙小说对未来的描绘往往强调人们内在精神心理状态的走向。本书侧重研究王蒙小说对人物内心世界的描绘，相较于"乌托邦"单方面的对外在世界的偏重，"未来"一词便具有内外双重指向性，更为中性，将其运用于描绘内心世界的状态更能减少误解。

其次，未来叙事包含所叙内容与叙述方式两个方面。叙述学界往往以"叙事"表示叙述行为（叙）与所叙对象（事）双重内涵。[①] 本书第二章"王蒙小说未来叙事的类型"侧重对王蒙小说中未来叙事所叙内容的研究，包括人物对未来的计划、想象、感知的具体内容。第三章"王蒙小说未来叙事的形式特征"便主要研究王蒙小说未来叙事的叙述形式，以这些叙述形式来分析王蒙小说未来叙事特征。

最后，王蒙小说中的"未来"包括"过去的未来""现在的未来"和"未来的未来"，有"被叙述时刻"的叙事起点之分。未来叙事不仅包括叙事起点在"未来"的科幻小说式的对未来世界的描绘，也包括叙事起点在"当下"的对未来世界的计划与感知，强调当下情境如何影响未来构想的生成，还包括叙事起点在"过去"的对"过去的未来"的预叙，出现于回忆性文本。王蒙小说

---

① 参见赵毅衡：《"叙事"还是"叙述"？——一个不能再"权宜"下去的术语混乱》，《外国文学评论》2009 年第 2 期；申丹：《也谈"叙事"还是"叙述"》，《外国文学评论》2009 年第 3 期。本书用"叙述"指表达行为，用"叙事"指叙述与事件。

中存在少量的科幻小说式的未来叙事，但更多是描绘当下在何种处境下生发出对未来的构想，通过追溯过去与描绘当下的方式，使未来能够与过去、现在相联结，建构未来，若有过去与现在作为参照，则可考察未来的可实现性，以此激发人们实现理想未来的积极性。未来向度的叙述，其实是一种意动类叙述，强调"以言成事"①，多表现为许诺、预测、誓言等，影响当下的决策、行动、选择。未来叙事即现在的言说行为指涉未来的情节，强调当下与未来的相互关系，广告便是一种典型的未来叙事。可见，未来叙事可以是以现在为源头或起点而描述未来的叙事类型，关注未来对当下现实的影响和控制，以及过去到现在的事态发展链条如何延伸到未来。正如法国学者皮格尼奥所说，未来研究的公式是"现在—未来—现在"，即从现在出发，考虑到未来，又回到对现在的注意，以便采取各种措施，应对未来的发展和演变。所以，对未来的积极感知不单纯是为了预测未来发展的情况，更重要的是当下对未来的选择、控制甚至改变。② 王蒙的小说创作尤其关注人物的内心世界，强调人物观念、感受、意志的变化过程，强调如何改变当下从而塑造未来。这些对人物当下情绪、感受的详细描述，为未来叙事的生成铺垫出广阔的场域。

总之，本书所研究的未来叙事，是一个根植于王蒙小说本体的概念，特指王蒙小说中人物对未来的计划、想象、感知的具体内容，以及与之相关的文本的叙述方式。因此，王蒙小说中的未来叙事，既区别于作为理论研究方法的托夫勒式的未来学，也区别于作为一个艺术流派的马里内蒂式的未来主义，而专指王蒙小说中关于"未来"这一时间向度的所叙内容和叙述方式，偏重于对王蒙小说中的未来意识和未来思维的研究。也需要承认的是，未来学、未来主义与王蒙小说中的未来叙事都对"未来"有积极的感知和热情的呼唤，在积极改变当下现实、注重创新与变革等方面具有某些共性。王蒙小说创作中的未来叙事是一种以"未来"统摄"过去"与"现在"的方式，往往是新旧交替的过渡时期，面对确定性与不确定性交混的现实的一种独特策略，体现王蒙小说特有的以理想信念改造当下的斗争精神，为了理想未来的实现而超越当下痛苦努力活下去的乐观主义，为了控制未来而把握当下的现实关怀等革命性特征。研究

---

① 参见奥斯汀提出的言语行为三类型，J. L. Austin, *How to Do Things With Words*, Oxford: Oxford University Press, 1975, p. 6.

② 沈恒炎：《未来学与西方未来主义》，沈阳：辽宁人民出版社，1989 年，第 34 页。

王蒙小说中的未来叙事，是基于王蒙小说的本体论研究。

在研究现状方面，王蒙乃中国当代文学大家，有关其小说创作研究的成果数量多、角度广。

纵观既有研究，诸多学者着力阐释王蒙小说中厚重的历史感，认为王蒙具有深刻的历史意识，其创作追求是"真诚地还原历史"。1997 年孙郁的《王蒙：从纯粹到杂色》一文认为王蒙往往以"凝重的历史感和沧桑感"[①] 来审视个体生命；2003 年郜元宝认为"季节系列"始终是"历史追忆的口吻与笔调"，认为作者似乎执着追求"还原当时的真实体验"[②]；与之相似，2015 年郭宝亮在《"沧桑的交响"——王蒙论》中也认为"季节系列""记录了新中国成立以来近半个世纪的历史"[③]；直到 2021 年李骞在《王蒙与中国当代文学》中提出王蒙"总是带着沉重的历史意识拷问历史"[④]，其笔下诸多人物具有"历史的厚重感"，认为"真诚地还原历史、再现生活现实"[⑤] 是王蒙始终未变的审美情怀。在有关王蒙及其小说创作的研究著作中，"历史"这一关键词比"未来"一词的出现频率高得多。这也许是因为诸多学者所言的"历史"是包括过去、现在、未来三者共同构成的时间整体，"历史"涵盖了"未来"，于是我们发现，将"未来"作为一个独立的研究视点的文章不多。同时，也有一些学者论述的"历史"是王蒙小说中记录的特定的历史时期，是在时间向度上与"未来"相对的"过去"，由此出现了"未来"与"过去"的对立，进而发现王蒙小说中"新与旧的矛盾""弃旧与怀旧的矛盾"，而并未发现王蒙小说中"过去"与"未来"的联结。我们发现，把"未来"作为独立的研究对象，且关注"历史"与"未来"之间的联结关系的著述几乎未见；关于王蒙小说中所构想的"未来"内容及其建构"未来"的叙述方式，学界也论之较少。

同时，也有部分文章对王蒙小说中的"未来"因子以及王蒙的未来意识、未来思维有所论及。这部分文章内容主要包括以下三个方面：

① 孙郁：《王蒙：从纯粹到杂色》，《当代作家评论》1997 年第 6 期，第 12 页。
② 郜元宝：《"说话的精神"及其他——略说"季节系列"》，《当代作家评论》2003 年第 5 期，第 24 页。
③ 郭宝亮：《"沧桑的交响"——王蒙论》，《文艺争鸣》2015 年第 12 期，第 50 页。
④ 李骞：《王蒙与中国当代文学》，《文学评论》2021 年第 3 期，第 135 页。
⑤ 李骞：《王蒙与中国当代文学》，《文学评论》2021 年第 3 期，第 135 页。

一、"未来"的具体内涵

就目前对王蒙小说的研究文章来看，王蒙小说中"未来"的具体内涵主要体现在人物、作者、读者三重主体对未来的不同感知当中。

首先，是构想"未来"作为人物的一种心理意识。

关于王蒙 50 年代的小说创作，学界更多关注《青春万岁》中人物对"未来"的憧憬。董之林在《论青春体小说——50 年代小说艺术类型之一》中发现《青春万岁》的人物具有"建设美好未来的渴望"①。郜元宝的《当蝴蝶飞舞时——王蒙创作的几个阶段与方面》也认为《青春万岁》中新中国第一代青年们具有"对新时代和未来社会理想的生命的渴仰"②。除了《青春万岁》中的青年学生，李振还关注到了小说中的老师们，他在《无休止的青春和永不停歇的探索——重读王蒙〈青春万岁〉》中认为这些老师们"带着旧时代的印记，也有着对未来的期待"③，并认为青春是"一个变化的、面对未来的过程"，"青春"与"未来"都具有不确定性。

王蒙 80 年代的小说创作中人物对未来的构想也受到学界关注。刘梦溪的《王蒙的创作和新时期文学发展的趋向》写到《布礼》中钟亦成在逆境中仍然"执着地憧憬着未来"④。李从宗的《王蒙寻找到了什么？——评王蒙近期小说创作的得失》也看到钟亦成"对未来的信心"⑤。郭宝亮在《王蒙小说文体研究》中认为《如歌的行板》结尾周克与萧铃共同期待的"新乐章""是根植于现实中的未来的新理想"⑥。曾镇南在《王蒙论》中分析《名医梁有志传奇》，从小说中的代际关系里发现老一辈人的未来意识："历尽沧桑的上一代人……

---

① 董之林：《论青春体小说——50 年代小说艺术类型之一》，《文学评论》1998 年第 2 期，第 30 页。

② 郜元宝：《当蝴蝶飞舞时——王蒙创作的几个阶段与方面》，《当代作家评论》2007 年第 2 期，第 30 页。

③ 李振：《无休止的青春和永不停歇的探索——重读王蒙〈青春万岁〉》，《文艺报》2019 年 11 月 1 日第 2 版。

④ 刘梦溪：《王蒙的创作和新时期文学发展的趋向》，《十月》1980 年第 5 期，第 213 页。

⑤ 李从宗：《王蒙寻找到了什么？——评王蒙近期小说创作的得失》，《思想战线》1981 年第 2 期，第 44 页。

⑥ 郭宝亮：《王蒙小说文体研究》，北京：北京大学出版社，2006 年，第 156 页。

他们的眼光向着现实，向着未来，眺望着无穷。"①

　　对于 90 年代的"季节"系列，郜元宝在《"说话的精神"及其他——略说"季节系列"》中发现《恋爱的季节》描绘的是一个"对未来满怀信心"② 的季节。

　　对于新世纪的王蒙小说，有学者关注到《这边风景》《猴儿与少年》中人物对"未来"的构想。在对《这边风景》的讨论中，贺绍俊的《一部具有独特文学史价值的著作》认为这篇小说"传递出那个时代的理想、对未来的想象"③，对未来的想象作为时代感的一种因子，成为时代和历史的一部分。段晓琳在《身体发现·历史重述·独语体小说——评王蒙最新长篇小说〈猴儿与少年〉》中分析《猴儿与少年》时，也发现年过九旬的施炳炎与王蒙在回望人生中"重述过去、想象未来"④。

　　除了上述对构想未来的人物的关注，也有研究者看到不构想未来的人物。林颖《生活的激流在奔腾》这篇文章，是《组织部新来的青年人》发表后引发的 1956—1957 年的讨论中的一篇，林颖发现了一个不构想未来的反例人物，即刘世吾，认为刘世吾那句"可是我真忙啊！……却没有时间处理处理自己"蕴含着刘世吾"对过去生活的悔恨"与"对未来生活的厌倦"⑤，没有未来意识、不曾构想未来的刘世吾，难以振作起来投入到生活的激流中去。

　　关于王蒙小说中人物热情憧憬着"未来"的原因，张志忠在《追忆逝水年华——王蒙"季节"系列长篇小说论》认为是苏联文艺作品，包括诗歌、小说、歌曲、舞蹈，"唤起他们革命觉悟、青春热情和未来憧憬的强大力量"⑥，是苏联文艺作品激荡起"季节"系列中的钱文一代人对未来的热情憧憬。

　　① 曾镇南：《王蒙论》，北京：中国社会科学出版社，1987 年，第 44、80 页。

　　② 郜元宝：《"说话的精神"及其他——略说"季节系列"》，《当代作家评论》2003 年第 5 期，第 21 页。

　　③ 贺绍俊：《一部具有独特文学史价值的著作》，严家炎、温奉桥主编：《王蒙研究（第二辑）》，青岛：中国海洋大学出版社，2015 年，第 54 页。

　　④ 段晓琳：《身体发现·历史重述·独语体小说——评王蒙最新长篇小说〈猴儿与少年〉》，《中国当代文学研究》2022 年第 1 期，第 158 页。

　　⑤ 林颖：《生活的激流在奔腾》，宋炳辉、张毅主编：《王蒙研究资料 上》，天津：天津人民出版社，2009 年，第 266 页。

　　⑥ 张志忠：《追忆逝水年华——王蒙"季节"系列长篇小说论》，宋炳辉、张毅主编：《王蒙研究资料 下》，天津：天津人民出版社，2009 年，第 594 页。

其次，是感知"未来"作为作者的一种创作思维。

从既有研究来看，作家王蒙在创作上的未来意识，主要体现为一种革新意识，基于未来的革新性、不确定性和多种可能性。

曾镇南在《王蒙论》中认为"时间这个生活要素""作为未来"推动作家王蒙创作出一代代人物以及"中国的乃至世界历史的新活剧"，并发现王蒙具有一种对未来的执着："即使是沧桑感，也是眺望未来的。"①孙郁在《王蒙：从纯粹到杂色》中察觉到王蒙思想的未来向度："在历史的苍茫与个体的微凉间"将己身引向"彼岸与未来"。②曹书文、吴澧波在《怀旧情结与王蒙的小说创作》中提到"王蒙对那些老'少共'……表现出一种……越来越自觉的纳新弃旧意识"，该文进一步分析，王蒙这一代作家"最早地意识到了变革的迫切也更强烈地憧憬着未来"，这种未来意识使他们成为"新时代、新生活的开拓者"③。董之林在《论青春体小说——50 年代小说艺术类型之一》中论述"青春体小说"的特征时，以《青春万岁》为例，谈到作者王蒙对青春的赞赏主要在于青春潜在的"一种改变生活、预示未来的热能"④，发现王蒙对未来的热情。郭宝亮在《王蒙小说文体研究》中发现王蒙八九十年代的语言便处于"一只脚踩着历史，一只脚却跨进了未来"的位置上，语言的未来向度塑造了文本的先锋性，作家的未来意识其实就是一种先锋意识，并认为王蒙小说中"结尾的'希望原理'""不意味着他对未来的回避"，而是一种对未来的"前瞻"⑤。郜元宝的《当蝴蝶飞舞时——王蒙创作的几个阶段与方面》认为王蒙的"根"不在过去，而是"被放在充满希望的未来和远处"⑥，对往昔的回忆不是为了感伤怀旧，而是为了"斩断旧根，以图新猷"，郜元宝看到了王蒙扎根现在、伸向未来的姿态。杨一的《评王蒙新作〈奇葩奇葩处处哀〉》发现作家王蒙在小说创作中表达的经历时代风云与命运沉浮之后"对整个国族的历

---

①　曾镇南：《王蒙论》，北京：中国社会科学出版社，1987 年，第 83 页。

②　孙郁：《王蒙：从纯粹到杂色》，《当代作家评论》1997 年第 6 期，第 12 页。

③　曹书文、吴澧波：《怀旧情结与王蒙的小说创作》，《当代文坛》1998 年第 2 期，第 20、21 页。

④　董之林：《论青春体小说——50 年代小说艺术类型之一》，《文学评论》1998 年第 2 期，第 29 页。

⑤　郭宝亮：《王蒙小说文体研究》，北京：北京大学出版社，2006 年，第 53、181 页。

⑥　郜元宝：《当蝴蝶飞舞时——王蒙创作的几个阶段与方面》，《当代作家评论》2007 年第 2 期，第 37 页。

史、当下和未来的深沉反思"①，认为王蒙对未来的感知往往与对历史与现实的反思相结合。在李茂民的《王蒙的人生哲学及其文艺思想》中，王蒙这种感知"未来"的创作思维则体现为王蒙文学创作中对"可能性"的追求，认为"可能性是现实的未完成状态，它在时间中展开并向未来敞开"②。可能性存在于"永远指向未来的时间之中"。张君在《论〈活动变人形〉的"和解"主题》中，以《活动变人形》分析王蒙的"和解"思想，认为 20 世纪的中国知识分子用"和解"消解现实苦难，"也通过'和解'寄希望于未来"，在展现丑恶时并未放弃希望，用"和解"重拾"未来生活的希望"。③

也有通过对比研究突出王蒙创作特征的文章。叶凌宇的《现实主义的嬗变——王蒙意识流小说对汉语新文学的突破》从现代主义文学的表现手法的角度，发现王蒙在小说中着重表现经历苦难以后"人们生活、心态、信念的变化，表达对生活与未来的思索"④，继而比较了白先勇与王蒙意识流小说的不同，认为王蒙小说大部分是积极的，"对于未来饱含激情"，而白先勇小说则是在今昔对比中刻画沧桑感与失落感。同时，张帆与杨旸在《意识流："内面之发现"与主体的深度——重读 1980 年代"现代派"的一个角度》中也发现王蒙意识流小说与西方意识流小说的区别，在于王蒙的意识流小说具有"指向未来"的特征，这使王蒙的意识流小说"昂扬着一股乐观自信的激情"⑤，未来性构成了王蒙意识流小说的特征，这种"指向未来"是现代化信仰的生成物。

还有一些从独特角度阐释王蒙的未来意识的文章。郭宝亮的《王蒙小说文体政治论略》从作家现实处境的角度探究了王蒙的未来意识。文章认为，由于"生活在体制内"，王蒙看到了旧时代注定要结束，但自身与旧时代又有联系，同时王蒙也看到"时代应该是连续的"，所以并不与历史决裂，也懂得历史的车轮是前进的，"改革是时代潮流，而未来属于青年"。⑥ 也就是说，王蒙持有

① 杨一：《评王蒙新作〈奇葩奇葩处处哀〉》，《当代作家评论》2016 年第 2 期，第 84 页。
② 李茂民：《王蒙的人生哲学及其文艺思想》，《海南师范大学学报》2007 年第 4 期，第 44 页。
③ 张君：《论〈活动变人形〉的"和解"主题》，严家炎，温奉桥主编：《王蒙研究（第三辑）》，青岛：中国海洋大学出版社，2017 年，第 202，204 页。
④ 叶凌宇：《现实主义的嬗变——王蒙意识流小说对汉语新文学的突破》，《江苏科技大学学报》2014 年第 1 期，第 55 页。
⑤ 张帆、杨旸：《意识流："内面之发现"与主体的深度——重读 1980 年代"现代派"的一个角度》，《现代中国文化与文学》，2014 年第 2 期，第 141 页。
⑥ 郭宝亮：《王蒙小说文体政治论略》，《华中学术》2017 年第 19 辑，第 110 页。

的未来观是历史必然前进、新生事物必定战胜旧有事物的未来观。房伟的《"历史和解"与"意识融合"的文学史张力——当代文学史视野下的20世纪90年代王蒙小说创作》从现代民族国家意识的角度出发，发现王蒙的意识流是一种"宏大化的启蒙意识流"，它"充满重生的喜悦和进步的自豪"，个人意识存在于"回忆往昔的伤感与展望未来之间"①。文章认为，王蒙相比其他作家，有一种"强烈的社会主义政治体验的表达欲望"②，其对未来的展望是统摄于形而上的现代民族国家意识和形而下的社会主义政治体验之下的。段晓琳的《身体发现·历史重述·独语体小说——评王蒙最新长篇小说〈猴儿与少年〉》则从虚构与非虚构的角度，发现了王蒙小说中"未来"与"历史"的微妙关系，小说结尾写到人物王蒙以"未来想象式"想象着二〇一三年王蒙与施炳炎共同到大核桃树峪的情景，文章认为王蒙在这一部分"以未来想象式的虚构建构过去完成式的叙事时，以浮出纸面的正在进行的虚构解构了整部作品所营造起来的非虚构式对话体叙事"③，以此向读者表明整篇小说都是作者王蒙的独语，小说中的王蒙与施炳炎、猴儿与少年都是他自己。

详细研究作家王蒙的未来意识的，是耿传明和陈蕾的《小说与技术的共振——王蒙新时期小说视觉叙事与多维时空构建》。这篇文章从"自由的视觉形式"的角度出发，分析了王蒙的多篇小说并发现其未来性，文章认为《蝴蝶》结尾对明天的期待，是"作家将尚未可知的未来世界交付于遥望远方的目光……视觉主体已经具备了'看向明天'的未来意识"④；对于《春之声》的结尾所描写的联结着过去与未来的桥以及逐渐上升的叙述视角，文章认为小说"对未来的想象构建在'上帝视角'中"⑤，在这一视角下，"未来"一方面是被一种阔大的目光所定义的"一重时间单位"，另一方面"这种视角的上升过

① 房伟：《"历史和解"与"意识融合"的文学史张力——当代文学史视野下的20世纪90年代王蒙小说创作》，《人文杂志》2019年第12期，第59页。
② 房伟：《"历史和解"与"意识融合"的文学史张力——当代文学史视野下的20世纪90年代王蒙小说创作》，《人文杂志》2019年第12期，第60页。
③ 段晓琳：《身体发现·历史重述·独语体小说——评王蒙最新长篇小说〈猴儿与少年〉》，《中国当代文学研究》2022年第1期，第158页。
④ 耿传明、陈蕾：《小说与技术的共振——王蒙新时期小说视觉叙事与多维时空构建》，《山西大学学报》2021年第4期，第19页。
⑤ 耿传明、陈蕾：《小说与技术的共振——王蒙新时期小说视觉叙事与多维时空构建》，《山西大学学报》2021年第4期，第20页。

程实际正在飘向'无穷'的未来"①，认为这一独特叙事视角及其上升过程，使文学作品中的人物进入一种非常态的时空体验，包含了"难以言说的穿透性和未来感"。

给本书较多启示的，其实并非上述这类片段性地写到王蒙未来思维、未来意识的文章，而是陈晓明《"胜过"现实的写作——试论王蒙的创作与现实的关系》一文。这篇文章主要论述王蒙"与他置身于其中的现实的主流思想意识形成了一种偏差"②"奇怪地与历史总体性有所偏离"③的处境，这种与当下现实的距离，使王蒙试图揭示个体与历史可能分离的主题。陈晓明进一步发现："王蒙的这类小说总是奇怪地在末尾出现光明的希望，而在小说大多数的主体叙事部分，他的主角总是处在历史的焦虑之中。"④ 这是一个对本书十分有启发意义的发现，也就是说，王蒙的小说人物虽然从历史中走来，但并不始终与历史贴合，所以"末尾出现光明的希望"显得有些"奇怪"，这是与论述王蒙的历史意识的文章有所不同之处。也正是这处不同，让笔者思考：王蒙小说中的人物从历史中分离出来之后，走向了何处？陈晓明在文中认为王蒙小说中的人物"并不是天然地属于未来……历史则是困扰他们的根源"⑤，陈晓明将论述重心引向了王蒙反省历史的动机，而并未沿着"人物从历史中分离出来之后，走向了何处？"这一问题继续深入，于是本书便试图探究这个问题，因为这个问题早在《组织部新来的青年人》中就被提出，且贯穿了王蒙小说的整个历程，是一个值得深入的问题。

最后，是想象"未来"作为读者的一种接受反应。

小说文本引起读者对未来的想象，这一方面学界研究得相对较少。王国平在《"文学隐身术"卜的现实穿透力——读〈闷与狂〉》中认为王蒙的长篇小说

---

① 耿传明、陈鲁：《小说与技术的共振——王蒙新时期小说视觉叙事与多维时空构建》，《山西大学学报》2021 年第 4 期，第 20 页。

② 陈晓明：《"胜过"现实的写作——试论王蒙的创作与现实的关系》，温奉桥主编：《多维视野中的王蒙——第一届王蒙文学创作国际学术研讨会论文集》，中国海洋大学出版社，2004 年，第 63 页。

③ 陈晓明：《"胜过"现实的写作——试论王蒙的创作与现实的关系》，温奉桥主编：《多维视野中的王蒙——第一届王蒙文学创作国际学术研讨会论文集》，中国海洋大学出版社，2004 年，第 66 页。

④ 陈晓明：《"胜过"现实的写作——试论王蒙的创作与现实的关系》，温奉桥主编：《多维视野中的王蒙——第一届王蒙文学创作国际学术研讨会论文集》，中国海洋大学出版社，2004 年，第 66 页。

⑤ 陈晓明：《"胜过"现实的写作——试论王蒙的创作与现实的关系》，温奉桥主编：《多维视野中的王蒙——第一届王蒙文学创作国际学术研讨会论文集》，中国海洋大学出版社，2004 年，第 66 页。

《闷与狂》能够"让读者看到自己的命运印痕，看到历史的绵延，看到当下的自己，看到当下的生活，看到未来的趋向"①，强调作品带来的接受反应，即让读者看到未来。郭宝亮的《"沧桑的交响"——王蒙论》也在分析《球星奇遇记》的结尾时写道："'他真的能够自主选择吗？'王蒙的这一诘问，使我们对恩特的未来命运充满了疑惑。"② 这一反问式结尾，引发读者对人物未来命运的思索。

二、"未来"的建构方式

首先，对于人物而言，人物以自由联想、梦和回忆建构"未来"。

陈骏涛的《发掘人物的内心世界——王蒙新作〈蝴蝶〉读后》提到《蝴蝶》中时空界限的打破，是"运用人物的内心独白，自由联想和象征性的手法来展开故事情节"③ 带来的文本效果；曾镇南的《王蒙论》也提到西方"意识流"小说也是通过人物的意识流动、自由联想"把过去和现在、未来打成一片"④；俄国的谢·托罗普采夫在《王蒙小说散论》中进一步发现王蒙很多小说中时间的非线性和非连续性，都是从"现在的时间空隙"出发，"通过梦和回忆达到把过去引入现在并遥望未来的目的"⑤，梦和回忆打乱了时间之流，而成就了意识之流，使未来得以在人们的意识中建构。以梦建构未来，更为详细的是赵露的《"献花"的夏娃与"戴眼镜"的亚当——论〈风筝飘带〉的爱/情与主体建构》，这篇文章以《风筝飘带》为分析对象，发现了人物素素对未来的建构主要是通过"对于未来主体身份的畅想"，素素所做的"白色的梦""蓝色的梦""橙色的梦"都是"未来主体身份的畅想和建构"⑥，这些未来主

---

① 王国平：《"文学隐身术"下的现实穿透力——读〈闷与狂〉》，严家炎、温奉桥主编：《王蒙研究（第二辑）》，青岛：中国海洋大学出版社，2015年，第181页。

② 郭宝亮：《"沧桑的交响"——王蒙论》，《文艺争鸣》2015年第12期，第52页。

③ 陈骏涛：《发掘人物的内心世界——王蒙新作〈蝴蝶〉读后》，宋炳辉、张毅主编：《王蒙研究资料 上》，天津：天津人民出版社，2009年，第334页。

④ 曾镇南：《王蒙论》，北京：中国社会科学出版社，1987年，第303页。

⑤ 托罗普采夫：《王蒙小说散论》，姜敏译，严家炎、温奉桥主编：《王蒙研究（第一辑）》，青岛：中国海洋大学出版社，2014年，第92页。

⑥ 赵露：《"献花"的夏娃与"戴眼镜"的亚当——论〈风筝飘带〉的爱/情与主体建构》，严家炎、温奉桥主编：《王蒙研究（第四辑）》，青岛：中国海洋大学出版社，2018年，第143页。

体的建构使素素"不再留恋她已获得的'牧马铁姑娘'的身份和生活"①，从而生发出改变当下处境，为所畅想的未来而努力的生活激情。

其次，对于叙述者而言，叙述者以"预叙"讲述"未来"。

叙述者以何种方式讲述未来？就目前笔者掌握的材料来看，只有郭宝亮、倪素梅提出的"预叙"。郭宝亮、倪素梅在《论王蒙小说的叙述视角与叙述声音》中提到了作为一种"预告未来的叙述方式"②的"预叙"，发现"季节"系列中出现大量预叙，让人物钱文"披露自己未来的心迹"③，在时空跳跃中，使读者与人物钱文产生距离。

最后，对于作者而言，作者将空间时间化以联结"未来"。

郭宝亮在《王蒙小说文体研究》中发现了"王蒙小说时间与空间的具体特点就是王蒙非常善于将空间时间化……王蒙总是善于在空间中看到时间"④，使空间的"这里""成为时间绵延不息的一个观察哨，一个联结过去与未来的驿站"⑤。王蒙将空间时间化的意识，使小说中的"未来"得以在空间中与过去相联结，过去与未来聚集在当下的"这里"，形成一个巴赫金所谓的"时空体"。进而，郭宝亮发现《海的梦》比《夜的眼》《春之声》多了一种未来维度，"把未来的时间之维也纳入作品中来"⑥，历史与未来并置于现在，并认为这种未来维度的产生，得益于"作者采用了两代人并置的时空体方式"⑦，代际关系是一种历史与未来在当下的并置之提喻。同时，郭宝亮也发现了未来叙事的悖论："空间时间化在理智上体现出对历史前行的进步理念，而在情感上则也流露出对现实乃至未来的厌恶与恐惧。"⑧ 文本内部的人物寄希望于未来，而文本外部的作者却恐惧未来。

---

① 赵露：《"献花"的夏娃与"戴眼镜"的亚当——论〈风筝飘带〉的爱/情与主体建构》，严家炎、温奉桥主编：《王蒙研究（第四辑）》，青岛：中国海洋大学出版社，2018年，第143页。
② 郭宝亮、倪素梅：《王蒙小说的叙述视角与叙述声音》，《西北师大学报》2005年第5期，第117页。
③ 郭宝亮、倪素梅：《王蒙小说的叙述视角与叙述声音》，《西北师大学报》2005年第5期，第117页。
④ 郭宝亮：《王蒙小说文体研究》，北京：北京大学出版社，2006年，第80页。
⑤ 郭宝亮：《王蒙小说文体研究》，北京：北京大学出版社，2006年，第80页。
⑥ 郭宝亮：《王蒙小说文体研究》，北京：北京大学出版社，2006年，第86页。
⑦ 郭宝亮：《王蒙小说文体研究》，北京：北京大学出版社，2006年，第86页。
⑧ 郭宝亮：《王蒙小说文体研究》，北京：北京大学出版社，2006年，第185页。

温奉桥和霰忠欣的《论王蒙"季节"系列小说的时间美学》，从与郭宝亮不同的角度获得了与郭宝亮相似的发现。郭宝亮的文章强调王蒙对空间的时间化处理，而温奉桥和霰忠欣则强调王蒙对时间的消解，二者的观察角度相反，却都发现了王蒙的未来意识。温奉桥和霰忠欣认为王蒙坚决消解时间向度，"精神体验之上的时间不再是存在于当下或者曾经的片段，它因为绵延而流动于过去与未来"①，认为王蒙以"入梦"的方式摆脱时间的限制，在消解时间向度的意义上理解过去、当下与未来的关系，以"入梦"的方式跨越时间界限，呈现一种"共时"的超越状态。同时，杨笑的《略论王蒙小说创作与欧美现代主义文学》同样认为在王蒙所写的范围内"心理时间改变了客观时间的不可逆性，时间由'线'变成了'面'，打破了过去、现在和未来之间的界限"②。

三、"未来"的叙事脉络

目前学界至少发现了四条王蒙小说中未来叙事的叙事脉络，详述如下：

第一，对理想的寻找、幻灭与再造。郭宝亮在《王蒙小说文体研究》中指出王蒙小说"在路上"这一时空体，认为"'在路上'是一个不确定的方位，它既联结着过去又无限地指向未来"，这种时空体便是未来叙事的生成场域，各种叙事脉络都在这一叙事背景中产生。正是在"在路上"的背景下，王蒙小说中的人物意识得以自由地穿梭于过去、现在与未来，畅想未来。在这一时空体的概念下，郭宝亮进而发现了"两代人并置的时空体"，父代引入历史，子代引入未来，代际冲突显示出"历史时间与未来时间的断裂"，这种时空体的叙事脉络便是《海的梦》当中的"寻找理想—理想幻灭—再造理想"的模式。③

第二，人物在历史关头产生惶惑与忧郁，最后满怀对"光明"未来的期待。王蒙小说中"光明的尾巴"是学界广泛讨论的对象。"光明的尾巴"最早

① 温奉桥、霰忠欣：《论王蒙"季节"系列小说的时间美学》，《中国现代文学论丛》2019年第2期，第14页。
② 杨笑：《略论王蒙小说创作与欧美现代主义文学》，严家炎、温奉桥主编：《王蒙研究（第五辑）》，青岛：中国海洋大学出版社，2019年，第240页。
③ 郭宝亮：《王蒙小说文体研究》，北京：北京大学出版社，2006年，第82，86，87页。

由美国学者菲尔·威廉斯在 1983 年的《一只有光明尾巴的现实主义"蝴蝶"》中提出，他认为，王蒙的《蝴蝶》虽然"在结构和风格上都有创新"①，但仍然延续着现代时期以前的赞美社会的喜剧性结尾，蝴蝶的翅膀和身躯再绚丽多变，却"终究会有一条光明的尾巴"②。威廉斯是在"形式创新却内容保守"的层面上评价王蒙的《蝴蝶》，但无论如何，"光明的尾巴"仍然体现了一种向未来敞开的叙事向度，是"未来"的一种文本形态，即叙事结构上的"未来"。后来曾镇南在《王蒙论》中也发现王蒙小说中的人物往往在历史关头产生"由惶惑、微微的忧郁到清明豁朗、眺望未来的情绪变化过程"③，虽然曾镇南的论述出发点是王蒙小说的"沧桑感"，但从惶惑到逐渐清明，最终满怀对未来的期待，这条叙事脉络仍然有一个"光明的尾巴"，是未来叙事的一种范式。与之相似，李广仓在《焦虑与游戏——王蒙创作心理阐释》中认为王蒙早期小说创作是一种"封闭文本"，即结构"有头有尾"，语言自然，叙事规矩，主题鲜明，认为王蒙的《眼睛》便具有明显的"封闭文本"的特征："作者强制性地让主人公否定自己的'灰色生活'，把主人公真实的内心世界踏平，在上面重新建起一个全新的乌托邦生活图景……"④ 以此使人物的心灵裂缝得以弥合，完整叙事，凸显主题，这一叙事脉络虽是"封闭文本"的特征，但它进一步深入便也可以看作未来叙事的叙事脉络之一种，因为最后人物所建构的"一个全新的乌托邦生活图景"是具有未来向度的，预示一种未来的生活，然而该文主要论述这类小说文本的结构和叙事的完整性，小说中叙事的未来向度并未引起李广仓较多关注。

第三，从当下现实的混乱与荒废中思索未来，建构起当下与未来的桥梁。孙先科的《复调性主题与对话性文体——王蒙小说创作从〈青春万岁〉到"季节系列"的一条主脉》梳理了王蒙从《最宝贵的》到《风筝飘带》这类"意识流"小说再到《布礼》《杂色》《相见时难》等作品，发现它们"均是以粉碎'四人帮'后的'当下'时间作为叙事的逻辑起点，现实问题……或者说'如

---

① 威廉斯：《一只有光明尾巴的现实主义"蝴蝶"》，刘嘉珍译，《当代文艺思潮》1983 年第 1 期，第 43 页。

② 威廉斯：《一只有光明尾巴的现实主义"蝴蝶"》，刘嘉珍译，《当代文艺思潮》1983 年第 1 期，第 43 页。

③ 曾镇南：《王蒙论》，北京：中国社会科学出版社，1987 年，第 44 页。

④ 李广仓：《焦虑与游戏——王蒙创作心理阐释》，《钟山》1997 年第 5 期，第 202 页。

何面对未来'的问题是这组作品的关键所在"①。孙先科发现了王蒙这类小说从当下问题出发思索未来的叙事脉络,呈现了当下的人们以何种姿态走向未来,看到了未来与当下的联结。日本学者相浦杲以《蝴蝶》为分析对象,同样发现了王蒙小说"从荒废中找到通向未来的桥梁"② 的特征,这"荒废"则是当下"政治与社会的混乱"造成的现实问题。

第四,通过回溯过去而告别过去的苦难,从而获得建构崭新未来的精神力量。在《未完成的交响乐——〈活动变人形〉的两个世界》中,郜元宝发现王蒙的自传体小说中,"每一次对历史的清理与总结都以主人公月夜畅游而结束或达到高潮"③,"告别过去"再"畅游未来",这也是王蒙小说未来叙事的一种叙事脉络,体现的是过去与未来的断裂关系。

综上所述,关于王蒙小说中的未来叙事,已有研究在"未来"的具体内涵、"未来"的建构方式以及"未来"的叙事脉络三个方面有一定涉及,但都只是零散的片段性的论述,尚未出现对王蒙小说中未来叙事的整体性研究。

本书的创新点,包括研究对象创新、研究方法创新、研究视角创新。首先,研究对象方面,本书首次尝试以未来意识、未来思维把握王蒙小说创作,采用叙述学、符号学、历史学、经济学、未来学等诸多理论视角,以王蒙小说中的未来叙事作为研究对象。在以往的王蒙小说研究中,研究者往往关注王蒙小说中的历史意识或历史观念,看到王蒙小说表面的历史断裂与人物的精神迷惘,由此出现了"未来"与"过去"的对立,停留于文本表面的各种关系之间的断裂,发现王蒙小说中"新与旧的矛盾""弃旧与怀旧的矛盾";而本书从未来叙事着眼,对王蒙小说中未来叙事做整体性研究,创造性地发现王蒙小说中"过去"与"未来"的联结,这种历史连续性与整合思维更符合王蒙小说创作的实际。其次,在研究方法的创新上,本书首次以符号学作为概念工具研究王蒙小说创作,在第三章的形式分析中,引用符号学双轴关系的原理分析王蒙小说的叙事结构,在创造性地发现王蒙的文学符号学观念的同时,也清晰地深入

---

① 孙先科:《复调性主题与对话性文体——王蒙小说创作从〈青春万岁〉到"季节系列"的一条主脉》,《福建师范大学学报》2006年第2期,第60页。

② 相浦杲:《关于王蒙的〈蝴蝶〉》,胡金定译,宋炳辉、张毅主编:《王蒙研究资料 下》,天津:天津人民出版社,2009年,第518页。

③ 郜元宝:《未完成的交响乐——〈活动变人形〉的两个世界》,《南方文坛》2006年第6期,第29页。

到王蒙小说对人与处境关系的探索、对建构未来的执着追求。同时，本书也首次引入普罗普的叙事形态学分析王蒙小说中的人物关系问题，以加害者与相助者的转化、缺失的存在与消除等相关概念，深入王蒙小说中不同意识主体对"未来"的不同感知及其相互关系，深入王蒙小说人物形象的塑造和情节线索的设置。在研究视角的创新上，本书第三章第一节对王蒙小说中叙述者形象的分析在王蒙小说批评史中较为罕见，王蒙小说中的叙述者往往是一个怀有既定理想信念并以此操控叙述，试图影响受述者建立起同样理想信念的强者形象，是王蒙小说未来叙事的主导者，对叙述者形象的剖析，能够总领学界之前提出的王蒙小说创作的"语言狂欢""读者意识""意识流"写作等特征，从较为广泛而深刻的层面深入王蒙小说。

本书从未来叙事着眼，试图全面而深刻地把握王蒙小说创作。第一章简述王蒙小说创作及其未来叙事。第一节分三个阶段介绍王蒙的小说创作，第二节分析王蒙小说中的"未来"，即小说文本中所构想的"未来"，包括王蒙小说中"未来"的双重内涵、王蒙小说中"未来"的三种情节作用、王蒙小说中"未来"构想的演变这三个方面。第二章主要论述王蒙小说未来叙事的三种类型，即个人成长型、社会并置型、代际冲突型三种叙事类型。王蒙小说的未来意识集中体现为一种改造思维和斗争精神，即以某种理想的未来改造当下现实，因此本书对王蒙小说未来叙事的分类便从这种改造思维出发，梳理个人的不同自我之间、社会的不同个体之间和代际的改造过程，以及这三类文本分别体现出来的王蒙小说中的审己意识、王蒙"面向生活"的创作追求、王蒙小说中的历史前进观。第三章分析王蒙小说未来叙事的形式特征，深入王蒙小说中"未来"的叙述方式，从王蒙小说中未来构想的主体、未来的建构方式、未来的唤起方式，考察王蒙小说的叙述者形象特征、语言特征、结构特征、文体特征、风格特征等诸多层次。第四章探究王蒙的文学未来观和小说未来叙事的现实语境。对于王蒙的文学未来观，本书主要分析其"寻找明天"的推动历史前进的进取精神、"为了明天"的争取美好未来的斗争精神；对于王蒙小说未来叙事的现实语境，本书分为五六十年代的"适应与疏离"、七八十年代的"'归来'与建设"、九十年代至今的"回首与展望"三个方面进行论述。

对于中国当代文学而言，王蒙小说贯穿整个中国当代文学史，且具有较强的革命性和政治性，以未来叙事的视角研究王蒙小说，能够深入中国当代文学的肌理，并利于梳理中国当代文学的流变。王蒙小说中的人物往往以革命理想信念构想出一个未来，并以理想中的未来改造当下现实。在中国文学史中，中国当代文学是与政治联系较为紧密的一段，研究中国当代文学不可不谈政治，其中在 20 世纪 50 年代进入社会文化角色的王蒙这一代人是对革命主流意识形态主动接受的一代，政治性、革命性在中国当代文学史中最强，而王蒙以"少共"出身，新中国成立初期担任革命干部，新时期担任文化部部长和中央委员，无疑是这代人中离革命和政治最近的作家。研究其小说创作中的未来叙事，也许能够深入革命思维、革命话语对中国当代文学创作生成的影响，并有助于梳理中国当代文学的流变。

对于现实意义而言，王蒙小说对未来的执着，体现出理想信念的强大精神力量，唤起当代人对生活的希望与憧憬，启发人们走出道德信仰危机和个体身份认同危机。在日益增多的信息和机会面前，我们往往陷入选择困境，失却了统一的价值标准，难以定位自我的位置。同时，当代社会越来越严重的"内卷"现象，无疑是认同危机诞下的恶果。王蒙的未来叙事小说文本为我们提供了一种解决自我认同危机的策略。另外，未来思维也启发我们思考现实问题带来的未来影响，通过预测未来而纠正现实问题，这使我们对当下人类社会发展问题的认识更为深刻。对王蒙的未来叙事研究，无疑具有现实意义。

卢卡奇曾说："小说是在历史哲学上真正产生的一种形式，并作为其合法性的标志触及其根基，即当代精神的真正状况。"[①] 而对于王蒙的小说创作来说，对历史的回溯是为了给当下现实寻求参照，在参照历史的同时定位现在，又以未来面向梳理、控制、选择现在，对"当代精神"、当下现实的把握，需要用"历史"与"未来"两种目光同时注视着"当代"。

---

① 〔匈〕卢卡奇：《小说理论》，燕宏远、李怀涛译，北京：商务印书馆，2012 年，第 65 页。

第一章　王蒙的小说创作及其未来叙事

第一节　王蒙小说创作历程概述

王蒙，1934 年出生于北平一个知识分子家庭，一生致力于革命政治与文学。

在革命政治方面，1948 年，14 岁的王蒙加入中国共产党，从事北京地下党工作，为解放军进入北平做相关保卫和准备工作。1949 年，高一肄学，调入团市委，成为职业革命家。直到"反右"运动，因创作《组织部新来的青年人》①而被打为"右派"，在北京郊区从事体力劳动。1961 年秋"摘帽"后曾在北京师范学院中文系担任助教。1963 年举家搬往新疆，直到 1979 年重回北京。1982 年至 1992 年，先后担任中央候补委员和中央委员。1983 年至 1986年担任《人民文学》主编。1986 年至 1989 年，就任文化部部长。1993 年至2008 年，先后担任政协委员和政协常委。2015 年至 2016 年被聘为三沙市政府顾问。

在文学方面，王蒙从事的文学创作包括小说、诗歌、散文、随笔、杂文、自传、报告、文学评论等体裁，先后撰写 2000 万字左右，以小说创作著称。若要追溯王蒙最早的文学创作及发表情况，应当提到的是，王蒙曾在 12 岁左

---

① 作品原题作《组织部来了个年轻人》，初刊于《人民文学》1956 年第 9 期时，经过编辑秦兆阳较多修改，题为《组织部新来的青年人》，后来收入 1980 年人民文学出版社出版的《冬雨》小说集时，恢复了作品原来的题目《组织部来了个年轻人》，且结尾与 1956 年版有所不同。本书侧重对 1957 年这一历史时期的叙述，故采用《组织部新来的青年人》。

右在校内与秦学儒创办手写本刊物《小周刊》，自编自写，抄写后只在同学中流通，"出刊"两天就被查禁。① 1948 年王蒙初中毕业前夕，在校刊发表了自己的作文《春天的心》，后被作为散文收入文集。《春天的心》是王蒙文学作品公开发表的起点。王蒙最早发表的小说应当是短篇《礼貌的故事》，作为儿童文学作品发表于 1952 年 2 月 4 日的《中国少年报》；最新的小说是《季老六之梦》，发表于《人民文学》2023 年第 8 期。在这 70 年间，据不完全统计，王蒙共发表小说近 200 篇/部，其中长篇 13 篇，中短篇 144 篇，微型小说 38 篇/部，约 1000 万字。最新的文集是 2020 年人民文学出版社出版的《王蒙文集》，共 50 卷，收录王蒙 1948 年至 2018 年的主要作品。2019 年 9 月王蒙获得"人民艺术家"这一国家荣誉称号。

王蒙小说的创作大致可以分为以下三个时期。

一、前期"青春成长体"小说创作

这一时期的小说创作强调青春的热情和新生的喜悦，包括 1952 年至 1978 年的小说作品。其中有描写小学生的《友善的故事》《冬雨》，描写初中生的《礼貌的故事》《小豆儿》，描写高中生的《青春万岁》②，描写大学生的《春节》，描写青年的《组织部新来的青年人》《眼睛》《夜雨》《这边风景》③。《礼貌的故事》和《友爱的故事》分别以回忆性视角叙述初中生和小学生的故事，宣扬塑造礼貌、友爱的社会风气，与主张谦和的社会风气的《冬雨》前后呼应。而同样作为儿童文学的《小豆儿》则略嫌格调单一，讲述小豆儿与"反革命"叔叔坚决斗争的经历，但人物心理刻画生动自然又得心应手，1955 年被严文井认为"适当展示了人物的内心生活"，"合情合理"地表现了"新的一代

---

① 王蒙：《王蒙自传第一部：半生多事》，北京：北京联合出版公司，2017 年，第 55 页。

② 创作于 1953—1956 年，最早在 1956 年 9 月 30 日《北京日报》以《金色的日子》为题发表了小说的最后一节，1957 年 1 月 11 日—2 月 18 日《文汇报》连载了全书近三分之一章节，1979 年 5 月人民文学出版社出版单行本，1998 年人民文学出版社再版时按照 1957 年连载版做了部分修复。虽在 1979 年才出版单行本，但在此把它作为王蒙早期创作的作品，是因为小说的主题、人物和环境，大多符合 50 年代初期的精神面貌，也与王蒙 50 年代的小说创作构成连续的创作链。

③ 创作于 1974—1978 年，《这边风景（第一、二章）》发表于《新疆文艺》1978 年第 7 期，《这边风景（第三、四、五章）》发表于《新疆文艺》1978 年第 8 期。小说在 2013 年由北京人民文学出版社首次出版，弱化了阶级斗争和个人崇拜的气氛，每一章后面添加了"小说人语"。王蒙在 2015 年因《这边风景》而获得茅盾文学奖。由于 2013 年版修改较大，本书对此篇小说的引用以 1978 年版为准。

人的新的精神"①。《青春万岁》则主要讲述北京一批女高中生在第一个五年计划前后的精神面貌，在杨蔷云、李春身上，主要体现于对自我"小资产阶级情绪"的改造；在苏宁、呼玛丽身上，则分别体现于反叛资产阶级家庭走向集体、逃脱教会的掌控而接纳共产主义信仰的改造，作品在人物重峦叠嶂的内心纠葛中逐渐塑造出高涨的社会主义建设热情，在改造过去与当下的同时更多充满了对未来社会主义新生活的美好憧憬。成名作《组织部新来的青年人》创作于"双百方针"的政策背景下，书写青年林震的成长历程，主人公林震由热情幻想、积极斗争、渴望功勋，到逐渐懂得理想在现实中难以施行，懂得生活和斗争的复杂性，但始终不变的是对人生抱有神圣的憧憬，追求在飞奔的生活中一日千里地前进。这种新中国初期特有的建设热情，还体现在短篇《春节》（1956）中，小说讲述一位工学院的大二学生春节回家的所见所感，追求"往前赶，往前攻"的"真正辉煌的生活"②，这正是社会主义建设高潮，第一个五年计划期间社会青年之心态的真实写照：一切都充满着希望，作为新中国主人翁而积极参与或干预，为未来建设扫清现实障碍，热情地建设现在，神圣地憧憬未来，向着太阳在一路诗意的高歌中欢快前进。1961年王蒙"摘帽"后，在中央"调整，巩固，充实，提高"的八字方针下，接受邵荃麟的指导③，开始写"中间人物"的试验，1962年在北京师范学院教中文期间，发表小说《眼睛》和《夜雨》，分别描写苏森如作为图书管理员将本要送给未婚妻的最后一本《红岩》最终用来动员村民秋收，以及本要嫁到城里去见大世面的秀兰在新婚前一天终于决定要留在农村建设新生活的故事。两篇小说都塑造了放弃"小我"投身"大我"的"中间人物"。《这边风景》则是王蒙1974年至1978年在新疆时创作的长篇小说，讲述伊犁地区向党团靠拢的进步青年在当地展开阶级斗争的故事。这一时期的小说创作大多体现"青春"主题，人物描写以青年为主，强调在与自我和他者的斗争中实现个体成长。

---

①　黎之：《回忆与思考——1957年纪事》，《新文学史料》1999年第3期，第133页。

②　王蒙：《春节》，《王蒙文存11》，北京：人民文学出版社，2003年，第24、25页。原载于《文艺学习》1956年第3期。

③　王蒙：《祭长者——邵荃麟同志》，《王蒙文存14》，北京：人民文学出版社，2003年，第28页。

二、中期"寻找体"小说创作

这一时期的小说创作强调在处境的变换中"寻找我自己""寻找我的位置",包括王蒙1978年至1989年的作品。王蒙这一时期的小说创作题材丰富多样,时空跨越纵横交错。1978年夏,王蒙获得重回北京的机会,开始参加文学活动,但仍未正式改正。1978年的小说创作仍在某些条条框框中小心翼翼地表达对党和人民的拳拳忠心,除了《向春晖》《队长、野猫和半截筷子的故事》直接批判"四人帮"的主旋律色彩浓重,《难忘难记》则是间接影射"四人帮"对党的领导的毒害;《最宝贵的》和《光明》在承续这一主题的同时,更抓住当下"改正平反"过程中的冲突与情绪,紧跟现实,主要表达对建设未来更美好、更抗震的社会主义大厦而要扫清当前的毒瘤与废墟的决心。王蒙在1979年春改正之后,便放开手脚,发表了在当时文坛引起轰动的《布礼》(1979)、《夜的眼》(1979)、《蝴蝶》(1980)、《春之声》(1980)、《风筝飘带》(1980)、《海的梦》(1980),这六部小说在当时掀起了一场对"意识流"的大讨论,在表现政治运动带来的心灵伤痕的同时,表达对党的忠诚,并不深究过去,而更着重表现面对日新月异的新事物的情绪波动以及拥抱眼前展开的新生活的热情。这一时期其他小说创作如《友人和烟》(1979)、《悠悠寸草心》(1979)、《表姐》(1979),主调仍是为未来建设、改革、发展扫清障碍的殷切期待和坚定信念;《说客盈门》(1980)与《买买提处长轶事》(1980)则是这一时期风格迥异的短篇,将严肃沉痛的政治运动遭遇轻松化、幽默化,强调"泪尽则喜",使人不再沉溺于过去深重的痛苦之中,而以更健康的心态面对新的生活与未来。

在《布礼》等系列回首革命之路的小说之后,王蒙将眼光转入当下,创作了一大批表现改革开放、四个现代化建设中的新事物与新问题的小说。这一时期的创作有表现80年代年轻人与成长于50年代的老一辈的代际差异的《深的湖》(1981)、《湖光》(1981)、《高原的风》(1985)、《名医梁有志传奇》(1986),表达了对革命理想的坚持和对下一代的期望;题材特殊的《十字架上》(1988)也警示人们不要唾弃理想信念。还有一类对比人物50年代与80年代不同心境的小说,如《如歌的行板》(1981)、《惶惑》(1982)、《春夜》(1982)、《听海》(1982)、《焰火》(1984)、《失去又找到了的月光园故事》

（1986）、《初春回旋曲》（1989）等作品。同时，80 年代初"统战"政策下外籍华人归国时的复杂心理也在《相见时难》（1982）中得以反映：对革命理想的反思与坚持，对祖国的殷切期望。《青龙潭》（1983）、《妙仙庵剪影》（1983）抓住了作为现代化的鲜明体现之旅游业的发展。还有表现现代化建设过程中官僚机构当下存在的问题的《风息浪止》（1983）、《较量》（1987）、《手》（1987）、《虫影》（1987）、《要字 8679 号》（1987）、《夏之波》（1988）、《莫须有事件》（1982）；警示读者正视现实而打破不切实际的幻想的《黄杨树根之死》（1983）、《深渊》（1983）；表现新事物不断产生而旧事物逐渐消逝时内心的怅惘的《木箱深处的紫雕花服》（1983）、《庭院深深》（1987）；细心感受当下热气腾腾的新生活的《色拉的爆炸》（1983）；呼唤找回自我、坚持自我主体性的《光》（1983）、《在我》（1986）、《夏天的肖像》（1988）；展示文艺界学术界的代际冲突以及对琐碎事件的无聊争论的《冬天的话题》（1985）；描写电子信息技术的发展及国内外各种观念学说带来的具有一股"乱乎劲儿"的生活的《铃的闪》（1986）、《致爱丽丝》（1986）、《音响炎》（1986）、《来劲》（1987）、《选择的历程》（1987）、《吃》（1987）、《坚硬的稀粥》（1989）。在变动如此巨大而频繁的"乱乎"生活中，王蒙小说呼唤一种灵活转变的心理调节，《活动变人形》（1986）①、"新大陆人"系列（1986）（《轮下》《海鸥》《卡普琴诺》《画家"沙特"诗话》《温柔》）、《没情况儿》（1987）、《一嚏千娇》（1988）、《组接》（1988）、《球星奇遇记》（1988）等，延续了《蝴蝶》所开启的"人与处境"的关系问题之深入探讨，探究人在变幻莫测的处境中如何"寻找自己的位置"。这一时期王蒙的小说创作内容大体围绕相距"八千里"的北京与新疆的经历以及时隔"三十年"的自新中国成立到新时期的历史②，主人公大多经历了这一时期的时代风云。一系列小说主要探究在改革开放和现代化带来的驳杂生活中如何坚持理想信念，找到自我而避免在瞬息万变的生活中迷失，灵活

---

　　①　《活动变人形》最早在《收获》1985 年第 5 期上刊载了部分章节，在 1986 年人民文学出版社主编的《当代长篇小说 人民文学出版社建社卅五周年纪念》一书中发表了全文［这个 1986 年版在曹玉如主编的《王蒙年谱》（中国海洋大学出版社 2003 年版）和宋炳辉主编的《王蒙研究资料 下》（天津人民出版社 2009 年版）中缺失］，1987 年 3 月由人民文学出版社出版单行本。本书引用以首次全文发表的 1986 年版为准。

　　②　"八千里"与"三十年"的提法，参见王蒙：《我在寻找什么？》，《文艺报》1980 年第 10 期，第 43 页。

转变自己以不断适应新的处境。这一阶段，王蒙小说细腻抒情与调侃荒诞并行，这种严肃与游戏相交替的创作方式成为小说内部探寻人与处境关系、寻找自我位置的叙述策略，王蒙的小说创作在一系列内容与形式的实验中走向成熟。

其中值得关注的是新疆题材的小说创作，这一系列新疆叙事是王蒙小说创作中色彩艳丽、情绪激昂却又饱含创痛的重要文本。王蒙在"摘帽"之后、"风雨欲来"之前的1963年年底，主动提出举家迁往新疆，从此作为"不能用"的人在新疆待了十六年。新疆十六年为王蒙在"文化大革命"后的厚积薄发奠定了基础，也促成了王蒙人生观与政治观的重大转折，深深地影响了王蒙小说创作题材的开拓、创作风格的多样、创作技法的多变等灵活性和丰富性。一系列新疆叙事的小说创作不仅是王蒙小说创作的重要内容，也是中国当代文学史上的瑰宝，包括短篇《向春晖》（1978）、《队长、书记、野猫和半截筷子的故事》（1978）、《歌神》（1979）、《买买提处长轶事》（1980）、《杂色》（1981）、《温暖》（1981）、《心的光》（1981）、《最后的"陶"》（1981）、《哦，穆罕默德·阿麦德——〈在伊犁〉之一》（1983）、《好汉子依斯麻尔——〈在伊犁〉之三》（1983）、《葡萄的精灵——〈在伊犁〉之五》《爱弥拉姑娘的爱情——〈在伊犁〉之六》（1984）、《边城华彩——〈在伊犁〉之八》（1984）、《临街的窗》（1985）等；中篇《淡灰色的眼珠——〈在伊犁〉之二》（1983）、《虚掩的土屋小院——〈在伊犁〉之四》（1983）、《逍遥游——〈在伊犁〉之七》（1984）、《鹰谷》（1984）等；长篇《这边风景》（创作于1974—1978）；后来的长篇《活动变人形》（1986）、《踌躇的季节》（1997）和《狂欢的季节》（2000）等作品中也片段地提到新疆经历。王蒙的新疆书写不止于小说，其散文、随笔、译作、回忆录等文章共同谱成洋洋万言的新疆赞歌。王蒙小说中的新疆叙事，也有闻捷50年代初期的诗歌中对新疆自然环境和人情之美的讴歌；同时，由于王蒙是在"摘帽"后仍无法完全恢复正常的文学创作和政治事业而远避新疆，而非像50年代的闻捷是以参与解放西北的战斗的胜利者身份进入新疆①，于是王蒙的新疆叙事在"逍遥游"的"华彩"之下更潜藏着深深的人生失意和盼望重回北京的情绪暗流，让人随着白天老实、憨厚、豁达的"老

---

① 《闻捷小传》，《闻捷全集 第一卷》，太原：北岳文艺出版社，2001年，第2页。

王"感受新疆风土人情的同时，也为夜晚"老王"的梦中哭喊与醉后真言深感其愤懑而不敢言的深重压抑。1964年乌鲁木齐"文艺整风"已经开始，王蒙创作的《红旗如火》已排好版但也被撤下，王蒙也因"右派"问题而被撤销下乡搞社教的资格，最终被分配到伊犁参加劳动。① 由于"右派"经历，王蒙在新疆的处境仍然被动。后来王蒙也坦言："如果没有'反右'运动的被'扩大'，我大概不会去新疆，而那是一件非常痛苦的、荒谬和不幸的事情。"② 王蒙是在无奈的处境下被迫远避新疆。1965年，王蒙创作七绝《听歌》："胡歌胡语亦动人，苍凉一曲泪沾襟。如麻旧事何堪忆，化作伤心万里云!"③ 真切地反映出他在新疆的痛苦心境。王蒙小说文本对新疆的书写既有对边疆人民美好人情人性的讴歌，也暗涌着对命途多舛的痛苦挣扎以及对东山再起的苦苦期盼。

三、后期"以史励新体"小说创作

这一时期的小说创作主要回顾人生历史，以图新猷，主要包括王蒙1990年至2021年的小说作品。这一阶段的创作更加深度介入现实问题，眼光更犀利，提出的问题更尖锐，叙述手法也更灵活多样。所谓"以史励新"，意味着在对历史的主观性回顾中找到思想资源和精神力量，从而试图解决当下现实问题，激励新事物的出现。因此，这一时期的创作包括两个方向：一是缅怀过去，二是关注现实。

其一，缅怀过去。包含两个方面，一是以严肃真诚的姿态回忆自50年代以来的革命历程，表现老一辈人坚定而高尚的革命理想信念，也有对革命、政治的反思，如《济南》（1990）、《恋爱的季节》（1992）、《失态的季节》（1994）、《蹉跎的季节》（1997）、《狂欢的季节》（2000）、《暗杀3322》（1994）、《没有》（1995）、《歌声好像明媚的春光》（2000）、《青狐》（2004）、《猴儿与少年》（2021）。二是书写旧事物逝去的必然以及对未来新生事物的美好期冀，如《室内乐三章》（1990）、《枫叶》（1998）、《春堤六桥》（1997）、《秋之雾》（2005）、《明年我将衰老》（2013）等。

---

① 方蕤:《凡生琐记：我与先生王蒙》，武汉：长江文艺出版社，2008年，第41—42页。

② 王蒙:《文学与我》，《王蒙文存21》，北京：人民文学出版社，2003年，第80页。

③ 王蒙:《听歌》，《王蒙文存16》，北京：人民文学出版社，2003年，第286页。

其二，关注现在。也包含两个方面，一是以调侃游戏的姿态针砭现实，包含批判"刻薄的看客"、空话和谎言、无聊争论，如《现场直播》（1990）、《话、话、话》（1990）、《小说瘤》（1991）、《奥地利粥店》（1992）、《调试》（1992）、《白先生的梦》（1993）、《寻湖》（1995）、《玫瑰大师及其他》（1997）、《满涨的靓汤》（1998）、《怒号的东门子》（1998）等；二是反映经济生活的各种面貌，包括经济发展带来的美好事物、道德人心的扭曲以及和平演变风波等社会现象，如《蜘蛛》（1991）、《成语新编》（1991）、《灵芝与五粮液》（1992）、《名壶》（1992）、《棋乡轶闻》（1993）、《九星灿烂闹桃花》（1993）、《郑重的故事》（1995）、《白衣服与黑衣服》（1995）等。《笑而不答》（1999—2000）系列玄思小说最后结集为《尴尬风流》（2005），描写老王对现代性的欣喜与困惑；《岑寂的花园》（2009）描写"文化大革命"对主人公鞠躬瓢瓢精神的扭曲，而随着他们这一代怀有崇高理想信念的人的逝去，生活只剩下吵闹和俗气，揭示了作者对生活庸俗的隐忧。《仇仇》（2015）里年少时的创作，老年时翻开竟字迹消失殆尽，而认为"其实挺好"，则传达出旧物不必缅怀的题旨。这一时期的王蒙小说创作，除了在宏大叙事中焦虑现实问题，也有对小人物日常生活的热情书写，如《小胡子爱情变奏曲》（2012）、《山中有历日》（2012）、《奇葩奇葩处处哀》（2015）、《生死恋》（2019）、《地中海幻想曲》（2019）、《笑的风》（2019）。同时具有对日常生活中社会问题的反思，如《悬疑的荒芜》（2012）揭示了电视节目生活化带来的节目化、作秀化的问题；《我愿意乘风登上蓝色的月亮》（2015）讲述电脑时代的虚实难分，人为的干预与制作使小人物政治身份变化，逐渐走向堕落；《邮事》（2019）发现现代化发展带来的人际关系冷漠，但仍然对新生活充满赞叹与期望。

在王蒙后期的小说创作中，叙述者在历史与现实中不断穿梭，以曾经崇高的革命信念为参照，来审视现实问题，回望过去以寻求心灵安慰并讽喻现实，具有强烈的改造现实的愿望，以期更好的未来。小说《春堤六桥》中写到，曾经为之革命、奋斗的东西如今得到了，"是快乐，更是新的惶惑"，但"希望永远与失望同在"，小说中的幽默与调侃，是一种"微笑着与野蛮和专横告别"的姿态。① 虽然现实野蛮而专横，仍从历史经历中攫取精神资源，心怀希望地

---

① 王蒙：《春堤六桥》，《小说界》1997 年第 5 期，第 11 页。

塑造未来。

回顾过去的美好以反抗当下庸俗的生活，建构更好的未来，成为这一阶段的创作之主题。后期创作在"怀旧"主题上是对中期创作的延续，但中期创作回忆的大多是过去的苦难，而这一时期回忆的大多是过去革命年代的美好。二者的目的有所不同，前者是通过回忆苦难而激发当下奋发前进的精神力量，后者则是以过去的美好反衬现在的社会问题，以期改造现实。这一阶段，王蒙小说中的主人公形象丰富，描绘出社会不同角色的多样性，在焦虑现实的同时，也充满了对未来的希望。

纵观王蒙小说创作整个历程，其始终具有严格的时间意识。王蒙小说所叙内容与叙述形式的变化与革新，往往围绕着如何自由地在过去、现在、未来的时间中跳转，注重过去、当下与未来之间人物不同感受的对比，小说主题深刻介入现实，人物总是在社会事件中行动和感受，并深刻关切着未来。

第二节　王蒙小说中的"未来"

从 1952 年到 2021 年，纵观王蒙小说创作的三个时期，王蒙小说中大概有 141 篇涉及未来叙事。在 154 篇长、中、短篇小说中，大致有 140 篇都体现出某种未来意识或具有未来向度，微型小说中有《脚的问候》1 篇涉及未来叙事，可见涉及未来叙事的小说占比之大。涉及未来叙事的小说主要是《青春万岁》《组织部新来的青年人》《布礼》《蝴蝶》《杂色》《如歌的行板》《活动变人形》《恋爱的季节》《踌躇的季节》《猴儿与少年》等作品。王蒙小说中的未来叙事，既是一种以现在为起点而描述未来再回归于现在的叙事类型，一种关注意志、情绪、心灵等精神世界的叙事类型，更是一种具有王蒙特色的叙事类型。

王蒙小说中的未来叙事，在内容上体现为对未来图景的一种描绘或构想。这些构想多则通篇描述未来，如《音响炎——不科学幻想故事》描写未来音响技术过于发达给人们生活和精神带来的影响；少则两个字"万岁""永远"。王蒙小说中所描述的"未来"，包括人物所畅想的"现在的未来""未来的未来"和叙述者所预叙的"过去的未来"。

王蒙小说创作中的未来叙事是以"未来"统摄、观照"过去"与"现在"的一种方式，往往是新旧交替的过渡时期，面对确定性与不确定性交混的现实的一种独特策略。其小说以未来意识面对社会交替时期"新与旧的斗争"，其未来叙事是新旧过渡状态下的产物，又具有超越这种过渡状态的意向。他曾在90年代如此阐释自己的处世哲学："不要相信极端主义与独断论……要善于面对和把握大量的中间状态、过渡状态、无序状态与自相矛盾的状态、可调控的状态、可塑状态等等。"① 王蒙小说创作也试图以未来意识面对社会新旧交替时期的中间状态，它固然可以穿行历史、关怀现实，但更看重想象未来。《恋爱的季节》中提道："现在，现在，通往未来的大海……"② 现在是走向"未来"的过渡。王蒙小说始终是带着"未来"的目光审视混乱无序的"现在"。

这种无序状态下的社会往往会给人带来痛苦和惶惑。王蒙小说积极地设想、制定、憧憬未来，这与小说中人物或叙述者对生命短暂无常、本质痛苦的认识有关。苏格兰经济学家约翰·雷认为生命的短暂和无常会影响人们"积极的有效愿望"（The effective desire of accumulation）③。如果生命是永续的，那么在一小时后、一年后、十年后或一百年后享受快乐或承受痛苦是无异的；如果生命是稳定的，则不会对未来有太多期许，往往安于现状。王蒙小说中的人物大多生长于社会转型期的动荡之中，普遍具有坎坷的人生经历和政治遭遇，往往认识到生命和生活的复杂多变与痛苦不安，却具有一种为了光明而与黑暗作斗争的反抗精神，具有改变当下的愿望，追求更光明的未来。这使王蒙小说中的未来叙事具有特殊的斗争色彩。

一、王蒙小说中"未来"的双重内涵

王蒙小说的未来叙事，主要表现外在客观世界与人们内心世界的变化的"速度差"。由于人们精神状态、文化心理、习惯思维的改变远远慢于、难于客观世界各种制度的改变，内外两个世界就出现了"速度差"，产生了不平衡，

---

① 王蒙：《我的处世哲学》，丁东、孙珉主编：《世纪之交的冲撞：王蒙现象争鸣录》，北京：光明日报出版社，1995年，第346页。

② 王蒙：《恋爱的季节》，《花城》1992年第5期，第52页。

③ M. A. John Rae, *The Sociological Theory of Capital*, London: Macmillan and Co., 1905, p. 52.

拉开了"新"与"旧"的差距。王蒙小说的创作契机和魅力正生发于此。前文已述，未来叙事有关意志、情绪、心灵、精神世界，当感受产生差异，即感受不平衡，就有可能产生比较，此时如果用时间来衡量不同感受之间的差异或关系，它们就区别为过去、现在与未来的感受，旧与新的关系就体现为时间先后上的过去与现在、过去与未来、现在与未来的关系中。

王蒙小说中的未来叙事具有客观世界的未来（客观事物自身的发展演进）与人们内心世界的未来（主观愿望）双重含义。未来叙事这两种内涵来自王蒙小说所描述的"未来"的文本实际，这种双重含义的划分能够与王蒙小说探究人与处境关系问题的旨归相契合，我们由此能够在更为全面而深刻的论域中把握王蒙小说创作。

"未来"可指事物自身发展演进的下一阶段的状态，同时也指向人们内心世界的感受。前者很好理解，对于后者，经济学有关"未来"的阐释可以很好地说明。除了上述约翰·雷所言生命的短暂与痛苦引起人们"积极的有效愿望"，威廉姆·斯坦利·杰文斯也曾关注过"人为什么要关心未来？"他从经济学角度认为"考虑未来的消费会带来现在的快乐和痛苦"，如果"未来"是快乐的，则人们愿意推迟消费，给现在与未来之间一个延宕，延长憧憬未来带来的快乐。[①] 对未来的构想，往往是基于现在，受到当下某种经历或情绪的影响，从而产生对未来的想象。因此，未来叙事包含了情绪的元素或意志力的元素，因当下某种情绪而产生对未来的构想，也因未来的构想而对当下的情绪产生影响。"未来"与内心世界的感受活动和意志情绪相关。

由于王蒙小说中的未来意识产生于新旧交替时期外在客观世界与内在心灵感受之间变化的速度差，因此王蒙小说中的未来叙事关涉外在客观世界和内在心灵感受两个方面，强调人物内心世界与外在处境之间的关系，即人与处境的关系，包含内外双重含义。"未来"相比"乌托邦"更具有内向性，不偏重于对外在社会的描绘，而更中性，可指向人们内心世界对未来的愿望。"未来"相比于"理想""想象"又多了一层外向性，可以指外在客观事物自身的发展演变，不具有较强的主观性。因此"未来"对外在客观世界和人们内心世界的

---

① 江程铭：《现在还是未来：跨期选择的心理机制》，上海：上海交通大学出版社，2020年，第25页。

双重指向，确立了这一词的中性，成为外在世界与内心世界的联结，与王蒙小说探寻人与处境关系的永恒主题相耦合。

对王蒙小说中未来叙事双重含义的划分，使王蒙小说中的"未来"能够与诸多学者所提出的"想象""理想"相区别。"未来"不同于"理想"，"未来"是时间向度的，涵盖客观世界与内心世界，"理想"往往局限于内心世界。

例如，洪子诚曾将《组织部来了个年轻人》与丁玲的《在医院中》对比，认为二者都有"想象与现实之间的裂痕""主人公的困惑、与周围人们的摩擦"[①]；后来他在《中国当代文学史》中也认为王蒙小说的基本主题"是知识个体与他所献身的'理想社会'之间无法挣脱的复杂、缠绕关系"[②]。其中"想象"与"理想"都属于心理活动，而与"现实"相区别。但本书所言的"未来"既包括内心世界的"想象""理想"，又涵盖客观世界的"现实"。如果以具有内外双重含义的"未来"看待这一问题，《组织部来了个年轻人》中主人公的这种困惑，往往来自当下新的环境遭遇（组织部的所见所闻）与人物旧有感受（娜斯嘉式的斗争愿望）之间的碰撞，而人物的"旧有感受"是人物曾经构想的未来，即"要一日千里""要在斗争中使自己变正确"[③]，也就是说，在林震进入组织部时，人物内心世界的未来（愿望）并未在客观世界的未来（在组织部后来的发展现实）中实现，两个世界的"未来"出现了偏差，由此导致了人与处境的不协调关系，人物陷入惶惑。罕有研究者注意到，收入1980年《冬雨》小说集中的《组织部来了个年轻人》的结尾，作者给林震构设了新的未来，"他懂得了生活的真正的美好和真正的分量，他懂了斗争的困难和斗争的价值""他要尽一切力量去争取领导的指引"[④]，前后两种内心世界的未来之对比构成了林震的成长内涵，这正是小说的意图所在："提出一个问题，像林震这样的积极反对官僚主义却又常在'斗争'中碰得焦头烂额的青年到何处去。"[⑤]"到何处去"，本身就是一个未来向度的命题。

再如，郜元宝在分析王蒙新时期"归来"后的"再出发"时，认为："现

---

① 洪子诚：《"外来者"的故事：原型的延续与变异》，《海南师院学报》1997年第3期，第18页。该书引用的是1981年版《组织部来了个年轻人》，此处讨论笔者沿用这一版本。

② 洪子诚：《中国当代文学史》，北京：北京大学出版社，2007年，第263页。

③ 王蒙：《组织部新来的青年人》，《人民文学》1956年第9期，第31、49页。

④ 王蒙：《组织部新来的青年人》，《人民文学》1956年第9期，第60页。

⑤ 王蒙：《关于"组织部新来的青年人"》，《人民日报》1957年5月8日，第7版。

实的牵扯、烦恼、龌龊、卑污、荒谬，与理想或者幻想的高妙、释放、自由、舒展、轻盈、无解，始终是王蒙的文思鼓荡振动的两个极端，他的情绪、思想、感觉，一直就在这两个极端之间来回摆动。他要写出人在这两个极端之间的丰富体验。"①文中所列举的《杂色》《海的梦》在"现实"与"理想或幻想"之间"摆动"，同样也是将内心世界的"理想或幻想"与客观世界的"现实"对立起来讨论。而以未来叙事来看，王蒙小说中人物的"再出发"，得益于对内心感受与外在世界现实变化的有效调和，即让人与处境的关系协调化、和谐化。人物对未来的美好构想使人物能够超越当下的痛苦，不沉溺其中，以未来意识及时调整自我情绪，使内心世界的感受能够顺应外在世界的变化，调和内心世界与外在世界变化的速度差，从而能够在"摆动"之后"再出发"。我们应当将王蒙小说中的"理想"与"现实"统合起来看待。

王蒙小说中的"未来"包括人们内心世界和外在客观世界两个方面。《悬疑的荒芜》中写到"老王"对农民工的态度，在理念上老王应当亲近和关心这些朴实的农民工，但现实世界中部分素质欠佳的农民工影响了农民工在城市里的群体形象，让老王难以对其亲近和关心，老王认为："理念与现实总是有不小的距离，从前是这样，现在是这样，将来也还是这样。"②"理念与现实"的距离，覆盖了过去、现在与未来的全时段，因为"未来"既包括内心世界的"理念"，又涵盖客观外在世界的"现实"。他在《明年我将衰老》中也写道："明年我将衰老""衰老是肯定的，这不由我拍板""即使明年我即将衰老，现在仍是生动"③。王蒙的小说中，"未来"除了指涉人们内心世界对未来的构想，也指客观事物或客观事实不以人的意志为转移的自身的发展演变。

（一）内心世界的"未来"

王蒙小说中内心世界所构想的"未来"，指个人的理想信念与计划愿望。

在小说中书写的五六十年代，个人的信念、愿望往往与党和国家的发展紧密联系，包括以共产主义信念改造自我和他人的《青春万岁》《组织部新来的青年人》《这边风景》《布礼》《如歌的行板》《一嚏千娇》《恋爱的季节》《失态

① 郜元宝：《当蝴蝶飞舞时——王蒙创作的几个阶段与方面》，《当代作家评论》2007年第2期，第35页。
② 王蒙：《悬疑的荒芜》，《中国作家》2012年第5期，第14页。
③ 王蒙：《明年我将衰老》，《花城》2013年第1期，第13，15，15页。

的季节》《蹒跚的季节》等作品。《组织部新来的青年人》里林震曾热情地写下"当我二十二岁的时候，我要……"，"要一日千里"，"对党的工作者的生活，充满了神圣的憧憬"①，赵慧文同样"希望过一种真正的生活"②，连刘世吾也曾"梦想一种单纯的、美妙的、透明的生活"③。《青春万岁》更是热情地用青春和幸福"编织"未来"所有的日子"，杨蔷云幻想着"一觉醒来，周围已经是社会主义"④；在国家第一个五年计划的背景下，个人的人生计划与国家的发展计划相呼应，如田林给郑波的信中写道："国家有五年计划，我觉得自己也应该有……"⑤ 这种计划也是一种对未来生活的主观幻想。"文化大革命"中创作的《这边风景》写到1962年伊力哈穆在面对苏修主义对我国民族团结的破坏时，坚定马克思主义信念："即使是正在爆发的火山，也将在人民的脚下熄灭。"⑥

对共产主义未来的幻想，也贯穿到新时期的创作，多是对四五十年代革命时期的回溯。如《布礼》写到新中国成立前夕中共党员在P城的第一次聚会之后，钟亦成坚定认为"共产主义是一定要实现的"⑦。钟亦成主动使自我的未来融入党和国家的未来之中；1950年在听完老魏的党课之后，钟亦成计划："要用十年的时间完全克服我的非无产阶级意识，作到布尔什维克化……"⑧这类个人计划与国家计划在内涵上的高度重合，是当时集体主义社会、公有制社会国家意识形态与个人意志高度统一的反映，具有强大的主观意志力。《恋爱的季节》里，周碧云在革命年代的信念是"一起杀向旧世界，一起缔造新中国呀！"⑨ 宣布"我全部的期待和追求是在未来；而过去，何等地渺小与暗黯呀！"⑩ 破旧立新的信念，充满对未来新中国的期待；新中国初期这个"恋爱的季节"，是一个多梦的季节。

---

① 王蒙：《组织部新来的青年人》，《人民文学》1956年第9期，第31页。
② 王蒙：《组织部新来的青年人》，《人民文学》1956年第9期，第58页。
③ 王蒙：《组织部新来的青年人》，《人民文学》1956年第9期，第50页。
④ 王蒙：《青春万岁》，北京：人民文学出版社，1979年，第38页。
⑤ 王蒙：《青春万岁》，北京：人民文学出版社，1979年，第141，189页。
⑥ 王蒙：《这边风景（第一、二章）》，《新疆文艺》1978年第7期，第19页。
⑦ 王蒙：《布礼》，《当代》1979年第3期，第13页。
⑧ 王蒙：《布礼》，《当代》1979年第3期，第15页。
⑨ 王蒙：《恋爱的季节》，《花城》1992年第5期，第14页。
⑩ 王蒙：《恋爱的季节》，《花城》1992年第5期，第15页。

在八九十年代以来的王蒙小说创作中，个人愿望则较少具有国家、集体的意志，而回归个体生命。如《哦，穆罕默德·阿麦德——〈在伊犁〉之一》《球星奇遇记》《蜘蛛》《秋之雾》《小胡子爱情变奏曲》《生死恋》《笑的风》，以人物对未来的愿望刻画整个时代与社会的面貌。《哦，穆罕默德·阿麦德——〈在伊犁〉之一》中，主人公虽然一生坎坷，受尽嘲笑，但晚年仍然心怀希望："如果她明年再不回来……我要流浪去，在我们的母亲祖国，在我们伟大的祖国流浪！"① 全文都贯穿着穆罕默德·阿麦德对未来的构想，表明其在经历了人生的不幸之后，仍然能够怀揣着对生活、祖国的希望。《虚掩的土屋小院》中，也写到穆斯林的信念："支付给客人享用的一切，将双倍地从胡大那边得到报偿。"② 维吾尔族人和哈萨克族人的这种美丽的信念也是未来向度的，对未来回报的期待指导他们当下行善。《小胡子爱情变奏曲》中的小胡子也像穆罕默德·阿麦德一样憧憬着外面的世界，他对老王说："我只想拿着几万块钱出趟国走一走，我只是想看一看，这个世界到底是怎么个样子。"③ 小胡子在改革开放的大潮中不断试验各种致富方式，明白了自身的局限，但仍对世界抱有期待，心怀希望地生活。《球星奇遇记》也以恩特的人生规划开篇："他计划打工流血买车租房交友攒钱倒卖地产与股票……"④ 体现出 80 年代末社会生活的商业化。王蒙小说往往以人物个人愿望的未来叙事刻画整个时代与社会的面貌。

对自我人生、生活的计划，在 21 世纪的创作中意识形态色彩明显减弱，往往传达出一种唯美的意境和健康的情绪。《秋之雾》中，曾经追求真正的生活的叶夏莽，在去世前仍美好地计划着自己的未来："也许能吹起一阵清风，也许至少明天早晨会出现一个鲜红的太阳，也许浓雾会完全散去……也许他还能再来一次黄昏恋。"⑤ 在对未来的幻想中结束生命，也让死亡显得唯美。《笑的风》中的傅大成，也曾计划："将在次年的十月七日阴历九月九日重阳

---

① 王蒙：《哦，穆罕默德·阿麦德》，《人民文学》1983 年第 6 期，第 36 页。
② 土蒙：《虚掩的土屋小院》，《王蒙文存 8》，北京：人民文学出版社，2003 年，第 91 页。原载于《花城》1983 年第 6 期。
③ 王蒙：《小胡子爱情变奏曲》，《人民文学》2012 年第 9 期，第 8 页。
④ 王蒙：《球星奇遇记》，《人民文学》1988 年第 10 期，第 4 页。
⑤ 王蒙：《秋之雾》，《收获》2005 年第 2 期，第 34 页。

节……他还计划……办一个以甜美命名的中国婚姻博物馆。"① 怀着对未来美好的期冀去世，不免让人感到计划无法完成的惋惜，但也稀释了读者对傅大成去世的痛苦哀悼，让全文的"爱"意变得悠长，使作品传达出一种健康的情绪。对比王蒙小说中人物在 50 年代的个人计划，新世纪的人物对自己的计划更有一种对个体生命有限性的理性认知，在认识到自我有限性之后仍流淌着一种美好的意绪。

王蒙小说中，人物对理想信念的追求往往与其时间观息息相关：当具有坚定的理想信念时，人物热情地崇拜速度，渴望"一日千里"；当理想信念因外在因素而受挫时，便认为时间过得太慢，反思曾经因一味追求革命速度而导致的社会动荡。速度崇拜最早出现在《春节》中："我不能等了，我想立刻回到学校……往前赶，往前攻。"如此追求速度，加紧学习、读书、锻炼，是因为看到"真正辉煌的生活是要到来了"，愿望着明年"要放着一片金光回家"。②同样，《组织部新来的青年人》里林震也因为渴望功勋、创造、冒险与爱情，而渴望"一日千里"③。《青春万岁》中的人物因想象未来的社会主义美好图景，而对时间产生了不同的感受，形成不同人物的不同性格，如苏宁在与同学们一起逛街时感叹："北京的街好，但是，什么时候我们的农村也能象城市一样繁荣呢？不知道多么遥远。"而杨蔷云却认为："最近，我觉得一切都近极了，生活就象缚在喷气式飞机上，一日万里。"④苏宁认为时间过得慢而显得未来很遥远产生的感伤，与全篇对她小资情调的渲染相融，构成对苏宁进行社会主义集体化改造的前奏；而杨蔷云认为时间飞快，生活一日千里，也体现出她热爱生活、欣赏生活的性格，以及对美好未来的热情期待。这种速度崇拜延续到新时期初期的创作中，如《向春晖》中向春晖对种子站的年轻人说："为了实现农业现代化，我们必须争分夺秒！"1977 年秋天粉碎"四人帮"后，向春晖也对艾则孜书记说："这些年，'四人帮'使我们损失了多少宝贵的时间啊！我们一定要追回来！"⑤

① 王蒙：《笑的风》，《人民文学》2019 年第 12 期，第 57 页。
② 王蒙：《春节》，《王蒙文存 11》，北京：人民文学出版社，2003 年，第 24—25 页。
③ 王蒙：《组织部新来的青年人》，《人民文学》1956 年第 9 期，第 31 页。
④ 王蒙：《青春万岁》，北京：人民文学出版社，1979 年，第 38 页。
⑤ 王蒙：《向春晖》，《新疆文艺》1978 年元月号，第 108、109 页。

1986 年的《活动变人形》已开始反思这种速度崇拜。《活动变人形》中，在海外交流的倪藻，坐在赵微土的车里赶去见史福岗的太太时，汽车内燃机的声音让倪藻"想起了这种飞速行进的紧迫、乐趣与自豪，又似乎感到了这种紧张运行后面蕴藏着的一种淡淡的自嘲和悲哀"①。《蹉跎的季节》中，刚"摘帽"的钱文在 60 年代初仍无法发表作品，陷入精神恍惚的状态："时间呀，你怎么过得这样慢？……《时间呀，前进！》这是卡达耶夫的长篇小说的标题……而他现在也要说时间呀，走快一点吧，只是为了自己的精神的空虚，卑微。"② 追求速度，也就是追求理想，饱含一种建设的热情，一旦理想被现实击败，崇高被平庸替代，一切都变慢了，而还保有对时间加快的愿望，更渲染出钱文欲有建树而不能的无奈、凄苦的心境。《狂欢的季节》刻画了钱文时间观的又一个变化，钱文决定不再软弱和牢骚满腹，毅然走向边疆，以远行来开拓自己的前途，试图找到生的希望，在从北京去边疆的火车上，"十四节车厢飞速推移"，这种快速"对于病态的苍白的知识分子疾病是一个很好的治疗"，与以前的时间观不同的是，此时王蒙小说中的"速度"、个人意志和热情逐渐减弱，而显出对客观外在力量的承认，自我不再无所不能，看到了个体的局限："你我他都随着火车日行千里，你想停下来也不行。……它（火车）是时间，也是空间的主人，掌握着快慢也主宰着方向。"③ 既不沉溺于困境中的痛苦，试图挣脱和超越痛苦，又看到自身的局限；既怀有希望，又不作不切实际的幻想，形成了更加成熟的时间观。

从渴望速度的《春节》到反思速度的《活动变人形》，再到意识到个体局限性的《蹉跎的季节》，王蒙小说中的个人信念与愿望经历了意识形态集中体现期—"人"的发现期—生命之美表现期三个发展阶段，由对个体强力的崇拜逐渐转向对个体生命有限性的理性认知。

（二）客观世界的"未来"

王蒙小说中客观世界的"未来"，指小说人物对客观事物发展演进的把握，这类未来叙事，主要体现出小说对客观外在事物自身发展演变规律的承认。

---

① 王蒙：《活动变人形》，人民文学出版社编：《当代长篇小说 人民文学出版社建社卅五周年纪念》，北京：人民文学出版社，1986 年，第 11 页。
② 王蒙：《蹉跎的季节》，《当代》1997 年第 2 期，第 118 页。
③ 王蒙：《狂欢的季节》，《当代》2000 年第 2 期，第 7 页。

《悬疑的荒芜》中，老王认为："理念与现实总是有不小的距离，从前是这样，现在是这样，将来也还是这样。"① 尽管老王想要与农民工亲近，但农民工与都市的格格不入使老王的这一"理念"难以在"现实"中实现，"理念与现实"的距离，覆盖了过去、现在与未来的全时段，这是客观存在的距离。曾经《组织部新来的青年人》中的林震并不承认"理念与现实"的这个距离，因而在现实中处处受挫、陷入迷惘。除了承认理念与现实的距离，王蒙小说也看到了时间流逝的必然。《明年我将衰老》写道："明年我将衰老""衰老是肯定的，这不由我拍板"②，流露出对时间必然流逝的承认。《杏语》也流露出对时间的感慨："随便你悲观、乐观、片面、全面……三天以后，白玉兰挂上一树又一树……时间有时候深文周纳，有时候网开八面，却又是按部就班。它们千篇一律，却又是毫厘不爽，该咋的咋的。"③ 小说看到了客观世界的自在自为，自然的更替与轮回丝毫不受个人意志与情绪的影响，因此也就放弃了无谓的折腾与不切实际的幻想。这与《青春万岁》中所有的日子都将永远鲜活、青春万岁的基调截然不同，转喻青年与老年对时间的不同感知。对客观世界自身规律的认知变化，使王蒙小说中的主要人物由情绪激动的抒情诗人转变为沉稳达观的智者。

如果说速度崇拜是个人理想信念与计划愿望的推进机制，那么总结规律便是对客观事物发展演进的把握策略。"未来就是过去和现在发展的结果"④，根据事物从过去到现在的发展历程总结出经验、教训或规律，是为了更好地预测未来，建设未来，把握了客观事物发展规律，才能更好地推进未来的实现。《葡萄的精灵——〈在伊犁〉之五》《风息浪止》《踌躇的季节》《岑寂的花园》等作品都有对自然规律、政治规律和历史规律的总结，体现出对客观事物自身发展规律的承认。

《踌躇的季节》等诸多小说中频繁出现的"天地不仁，以万物为刍狗"⑤都是对革命、政治的历史经历的总结，历史一往无前，无情地碾碎人们的一切情

① 王蒙：《悬疑的荒芜》，《中国作家》2012年第5期，第14页。
② 王蒙：《明年我将衰老》，《花城》2013年第1期，第13、15页。
③ 王蒙：《杏语》，《人民文学》2014年第7期，第108—109页。
④ 张继泽：《未来学》，贵阳：贵州人民出版社，2013年，第30页。
⑤ 王蒙：《踌躇的季节》，《当代》1997年第2期，第19页。

绪，无情地冲刷、淘汰碎片和泡沫。《岑寂的花园》终于明白："人只不过是狂风吹过来再吹过去的沙砾。……我不是英雄，不企图用自己的脖颈去阻挡挫钝历史的利刃。"① 除了历史规律，王蒙小说也写到对自然规律的承认。如《葡萄的精灵》中写到穆敏老爹酿葡萄酒："它要沸腾的，沸腾几次，再平静几次，就变成好酒了。"② 正是遵从了这一规律，老爹的酒才能在"酸涩之中仍然包含着往日的充满柔情的灵魂"③，这同样也是政治运动对知识分子的酿造过程，使得这一酿酒规律的总结及其未来酿出的好酒，意味深长。同样具有多重意味的，是《组接》"尾部"写到小时候奶奶总结的自然规律："伏雨一浇，一切没有死绝的东西都将重活。"④ 结合前文中各位革命女性在新中国成立以来的经历，奶奶总结的这一规律似乎也意味着，革命路途虽然坎坷，但我们对革命的赤诚之心从未死绝，未来将重活。这类自然规律从旁推衍所得出的意涵，成为小说的题眼。

总结规律具有改造现实，警示未来不再犯错的目的。钱文在40年代末走上革命道路，追求光明的未来，来自他从父母"仇敌般的、野兽般的关系中"总结出的教训："旧社会的一切都必须彻底砸烂、只有把旧的一切变成废墟、新生活才能在这样碎成粉末的废墟中建立起来耸立起来"，期待着把旧社会形成的不和谐家庭关系"砸个稀巴烂"⑤，让这类家庭悲剧在未来不再重演。《风息浪止》描写了一个由材料撰写主观化造成的舆论悲剧，最后地委向沈明同志总结教训："一、要继续大力开展学先进、赶先进的活动，但……一定要实事求是……二、一切简报、汇报、单行材料、通讯报道的写作一定要严肃认真……三、加强集体领导，集思广益……不得各行其是分散主义。"⑥ 这是对金秀梅事件的纠偏，希望未来办这类活动不再犯此类错误。从"恋爱的季节"走向"踌躇的季节"的赵林，也由"坚信爱情是一种强大的力量"⑦ 醒悟道："归根结蒂，人生的一切痛苦大多大多都是来自不切实际的幻想，小伙子，记

---

① 王蒙：《岑寂的花园》，《北京文学》2009年第3期，第30页。
② 王蒙：《葡萄的精灵》，《新疆文学》1983年第11期，第5页。
③ 王蒙：《葡萄的精灵》，《新疆文学》1983年第11期，第7页。
④ 王蒙：《组接》，《王蒙文存12》，北京：人民文学出版社，2003年，第399页。
⑤ 王蒙：《恋爱的季节》，《花城》1992年第5期，第28页。
⑥ 王蒙：《风息浪止》，《钟山》1983年第1期，第62页。
⑦ 王蒙：《恋爱的季节》，《花城》1992年第5期，第91页。

住我的话吧。再不要随便相信了，哥们儿!"① 这是爱情态度的转变，也是对革命热情的反思。赵林这一规律的总结，是如此痛彻心扉的领悟，对钱文的警示作用也昭然若揭。

由此，我们又可进一步认识到，在王蒙的小说中，如果说人们内心世界对未来的积极构想是个体强力的一种体现，那么对客观外在世界未来的把握则是对外界强力（如时间、历史、生活）的承认，看到了个体的局限与边界之后的处世智慧。正因为后者，"未来"比单纯的"理想""想象""幻想""理念"多了一层冷静与智慧，由对个体意志强力的推崇到承认个体生命的有限性而体认时间、历史与生活的强大，摒弃不切实际的幻想，最后看清自我局限后仍顽强乐观地保持生机，这正是王蒙小说创作历程的全部轨迹，小说因此而充满了理性、智慧与生机。

二、王蒙小说中"未来"的情节作用

王蒙小说中"未来"的情节作用，指王蒙小说中人物在"被叙述时刻"的当下所构想的"未来"对自己或他人的情绪变化产生的作用，这种情绪变化推动故事情节的发展。王蒙小说中人物对未来的构想，体现了人物以未来的眼光对自身或他人所处的当下的筹谋。人物对"未来"的构想产生的情绪变化链，塑造出生发情节的叙事逻辑，推动着故事情节的发展，形成连续的情节建构。具体而言，王蒙小说中人物所构想的"未来"对于人物所处的"被叙述时刻"的"当下"，具有激励作用、抚慰作用和警示作用。

（一）激励作用

小说中的人物所构想的未来对人物所处的当下起到激励作用。这类情节往往是人物为了追求心中所信仰的光明而积极与黑暗作斗争，构想美好的未来，激励当下改造与前进。《青春万岁》《布礼》《恋爱的季节》《失态的季节》《蹒跚的季节》《狂欢的季节》《如歌的行板》《深的湖》《湖光》等小说中都出现这类情节。

就王蒙小说里对四五十年代的书写而言，《青春万岁》里田林说过："如果一个人的心里，没有某种东西燃烧着，翻滚着，熬煎着，他能咬着牙不断地前

---

① 王蒙：《蹒跚的季节》，《当代》1997年第2期，第61页。

进吗?"① 这种推动田林前进的力量，结合小说内容来看，便是理想的力量，对未来热情憧憬的力量。《布礼》写到 1949 年 1 月，地下工作干部用"某些进步书籍"来启发这些仇恨现实的孩子们，这些书籍让他们"看到了光明"，"召唤着他们去斗争、去争取自己的自由和幸福"②，树立了对光明未来的幻想，才会有更大的激情去抗争黑暗的现实。《恋爱的季节》中钱文 12 岁联合办壁报的发刊词表明，正是对"春天"到来的信念，激励着他们这一批少年在当下的"冬天"发挥着"让海燕在暴风雨中翱翔！让青春在旷野上燃烧！"③ 的斗争精神。

　　对于王蒙小说中的人们，如果说新中国前后对未来的构想激励着他们对抗外在的旧社会的黑暗，那么"反右"时期对未来的构想则激励着他们对抗自我内心的"资产阶级思想"。在划为"右派"后，钱文真诚地相信："我们的生活将仍然是光明的快乐的幸福的与新鲜的……为了这一天的到来我们必须接受考验……"④ 先幻想一种未来，起到激励作用，再具体计划，指导现实行动，促成所构想的未来的实现。《踌躇的季节》中，钱文决心远行新疆，也是怀揣着"你渴望改变，你渴望死亡，死亡了才能再生"⑤ 的愿望，对未来"再生"的幻想，激励着他勇敢远行。在《狂欢的季节》中，满莎献给即将远去边疆的钱文的诗，也是以"毛主席思想指明了前进的方向"激励钱文努力战胜作为"敌人"的"我们自身的资产阶级思想"。⑥

　　王蒙小说中 80 年代新时期背景下的人物，是一批随着时代变化而更新自我追求的人物。《如歌的行板》中，周克在新时期再次与萧铃相见，再一起听 50 年代听过的《如歌的行板》这首曲子时，曾经"透明而又单纯的音乐"在新时期的当下已远远不够了，如今需要的是"更加雄浑、有力、丰富、深沉"的"新的乐章"。⑦"新的乐章"激励着周克与萧铃去面对新时期的新生活。对

---

① 王蒙：《青春万岁》，北京：人民文学出版社，1979 年，第 96、189 页。
② 王蒙：《布礼》，《当代》1979 年第 3 期，第 10—11 页。
③ 王蒙：《恋爱的季节》，《花城》1992 年第 5 期，第 28 页。
④ 土蒙：《失态的季节》，《当代》1994 年第 3 期，第 72 页。
⑤ 王蒙：《踌躇的季节》，《当代》1997 年第 2 期，第 148 页。
⑥ 王蒙：《狂欢的季节》，《当代》2000 年第 2 期，第 18 页。
⑦ 王蒙：《如歌的行板》，《中篇小说选刊》1982 年第 2 期，第 142 页。原载于《东方》1981 年第 3 期。

新的激励前进的力量的追求，同样体现于《深的湖》，"我"看了美展的作品后感慨："它画得虽好，也只能是昨天、也许是前天的表征，而我们要求的是今天和明天。"① 这种对"明天"的"要求"，对生活激情的追求与找寻，激励着"我"与现实的庸俗作斗争。未来"四个现代化的实现"也激励着《湖光》中被病痛折磨的秀梅乐观地活下去："我还有三十年呢！我还要看看四个现代化的实现呢！"②

王蒙小说中这类以"未来"激励当下前进的人物，往往具有坚定的理想信念，且对未来持乐观态度。

（二）抚慰作用

小说中的人物所构想的未来对人物所处的当下起到抚慰作用。人物所构想的"未来"可以抚慰自己当下的痛苦，使自己获得健康因素而积极生活下去，体现一种乐生意识。这类情节往往是人物当下陷入痛苦的处境，但又意识到目前无法与历史意志作抗争，难以改变当下事态的发展，便只能通过构想美好的未来抚慰自我，排解痛苦。这类情节出现在《布礼》《青春万岁》《活动变人形》《失态的季节》《深渊》《虚掩的土屋小院——〈在伊犁〉之四》《逍遥游——〈在伊犁〉之七》等小说当中。

"未来"对"现在"的抚慰作用，最典型地体现在王蒙小说对"死亡"主题的书写中。其中最令人震撼的是《布礼》：钟亦成遭受严刑时，正是由于看到了"那永远新鲜、永远生动、永远神圣而且并不遥远的一切"③，才能够忍受当下"飔和嗡，皮带和链条，火和冰，血和盐"④ 带来的痛苦和冤屈，"为了这信念"，"即使他戴着各种丑恶的帽子死去……他的内心里仍然充满了光明"⑤，对未来的光明的信念，抚慰了当下正在遭受冤屈的钟亦成。王蒙小说最早在《青春万岁》中涉及死亡主题，郑波的母亲去世，作为女儿，郑波却丝毫没有流露出内心的痛苦和不舍："为了纪念我的妈妈，纪念她的冤枉的一生，我真想好好地活着！……这样我妈如果知道，她也许会安心地说一句：'我这

① 王蒙：《深的湖》，《人民文学》1981年第5期，第52页。
② 王蒙：《湖光》，《当代》1981年第6期，第124页。
③ 王蒙：《布礼》，《当代》1979年第3期，第7页。
④ 王蒙：《布礼》，《当代》1979年第3期，第7页。
⑤ 王蒙：《布礼》，《当代》1979年第3期，第14页。

辈子有点冤枉，可下一辈人活得都很有价值！'"① 面对母亲的死，郑波并不沉溺于悲痛当中，对"那种真正的生活"②的向往，使她仍能保持着超乎平常的理性，畅想着以未来的功成名就宽慰母亲的在天之灵。对未来的憧憬，使人们获得超脱的力量。王蒙还写到一个反例，表明如果没有了对未来的希望，只会让人走向死亡。这个例子来自诸多研究者所忽视的《脚的问候》（1978），这一微型小说写到"我"在被批斗时，受尽侮辱和折磨，但尤其"不能忍受党的组织和党的干部遭受践踏"，"这使我失去了希望"，于是"决定自杀"③，一旦失去对未来的希望，便会在当下选择死亡。

　　除了"死亡"主题，王蒙还写到人生的其他苦难境地，都表现出未来的构想对当下痛苦起到了抚慰作用。《活动变人形》中，幼年的倪藻通过"盼望和睦，盼望谅解，盼望光明"④来挨过童年漫长的"充满了争吵，仇恨，残忍"⑤的家庭生活。正是受益于这一光明未来的抚慰，倪藻最终走上了革命的道路。《失态的季节》里，钱文在被打为"右派"后给东菊写信："一定有那么一天，所有的耻辱都会成为过去，所有的沉重的记忆都会成为欣慰的一笑。我们会重新团聚一处共享人生的幸福……"⑥对未来的美好构想，抚慰当下的"耻辱"与"沉重"。《深渊》以一个女性的视角，描述了对爱情有崇高信仰的"我"爱上"右派"分子梅轻舟的爱情悲剧，"我"曾经努力让梅轻舟看到"将来"："将来你会有很多钱，我们会阔得不得了，你会成为一个了不起的艺术家……"⑦以对未来的幻想来安慰在"文化大革命"中处于人生低谷的梅轻舟，终于"我们都笑了"，这是他久违的笑容。"在伊犁"系列中，穆敏老爹也曾安慰"我""不要发愁"："任何一个国家，都需要有'国王''大臣'和'诗

---

① 王蒙：《青春万岁》，北京：人民文学出版社，1979 年，第 145 页。

② 王蒙：《青春万岁》，北京：人民文学出版社，1979 年，第 145 页。

③ 王蒙：《脚的问候》，《王蒙文存 13》，北京：人民文学出版社，2003 年，第 212 页。

④ 王蒙：《活动变人形》，人民文学出版社主编：《当代长篇小说 人民文学出版社建社卅五周年纪念》，北京：人民出版社，1986 年，第 142 页。

⑤ 王蒙：《活动变人形》，人民文学出版社主编：《当代长篇小说 人民文学出版社建社卅五周年纪念》，北京：人民出版社，1986 年，第 142 页。

⑥ 王蒙：《失态的季节》，《当代》1994 年第 3 期，第 105 页。

⑦ 王蒙：《深渊》，《小说界》1983 年第 3 期，第 57 页。

人'……您早晚要回到您的'诗人'的岗位上的……"① 未来将回归为"诗人",这使"我"受到"很大的鼓舞和安慰",凸显出未来对当下的抚慰作用。《逍遥游》写到"我"在70年代初的乌鲁木齐干校时期,与学友们也常用"将来干校'毕业'以后'回伊犁去'"②的未来构想抚慰当下"生活的寂寞和沉重"③。然而在一次"酩酊大醉"后,"我"竟然含着泪捶着桌子大声喊出:"不,我想的并不是回伊犁!"④后来房东大妈茨薇特罕还对"我"说起晚上经常听到"我"在梦中哭喊。由此看来,说80年代王蒙小说中的新疆是"暖色调"的"远离政治动乱的世外桃源"⑤是失之偏颇了。清醒时的憨厚乐观,是压抑着重回北京的深切愿望之后迫不得已的伪装,《逍遥游》并不逍遥,这压抑的痛苦,只能以对未来重返北京的美好幻想得以抚慰。新世纪创作的《笑的风》,书写的也是经历了政治、爱情、事业坎坷的傅大成,对于人生的诸多痛苦,仍然以"笑"对之,抚慰痛苦,也超越痛苦,无怪乎温奉桥将此"笑"定义为"是生活,是历史,是时代的脉搏,更是生命的激情和梦想"⑥。

人物对未来的构想,是抵抗当下痛苦与沉重的一种策略,抚慰自我,避免走向绝望,从而获得活下去的精神力量。

文本内部未来叙事给人物带来的抚慰作用,有时能够感染到文本外部的读者。王蒙曾借文学与社会的关系探讨自己的文学观:"文学更多地表现个人,更多地执著于理想追求而对现实采取批评或抱怨的态度……"⑦正因为带着理想的目光看待现实,现实总是不如意而需要改造的,毕竟未来是现在的发展和高级阶段,必然比现在更完美。当美好的未来与粗糙的现在相碰撞,便流露出人生的种种痛苦、惶惑,使文学本身看起来不利于社会发展。然而,擅长辩证

① 王蒙:《虚掩的土屋小院》,《王蒙文存8》,北京:人民文学出版社,2003年,第127页。初版为《虚掩的土屋小院——〈在伊犁〉之四》,《花城》1983年第6期。
② 王蒙:《逍遥游》,《王蒙文存8》,北京:人民文学出版社,2003年,第159页。初版为《逍遥游——〈在伊犁〉之七》,《收获》1984年第2期。
③ 王蒙:《逍遥游》,《王蒙文存8》,北京:人民文学出版社,2003年,第159页。
④ 王蒙:《逍遥游》,《王蒙文存8》,北京:人民文学出版社,2003年,第159页。
⑤ 黄珊:《从"逍遥游"到"受难记"——论王蒙20世纪八九十年代小说中的新疆经验书写》,《文艺争鸣》2020年第2期,第66页。
⑥ 温奉桥:《王蒙长篇小说〈笑的风〉:史诗、知识性与"返本"式写作》,《光明日报》2020年5月20日,第14版。
⑦ 王蒙:《苏联文学的光明梦》,《读书》1993年第7期,第61页。

法的王蒙，看到了文学这种消极性的可转化性，认为"文学的宣泄与疏通反而易避免大众的情绪郁结与爆炸"①。王蒙具有寻觅理想、批评现实、疏通情绪的创作追求，希望自己的文学创作可以排解痛苦、抚慰人心。尽管王蒙有此般创作愿望，但在具体创作实践中也难免力有不逮。王蒙在 80 年代末和 90 年代初的文学创作，具有较强实验性，也许是着意疏通在急剧现代化的社会现实中陷入迷惘的大众情绪，有时难免陷入文字游戏或卖弄机智的怪圈，以致叙述者的语言狂欢难以引起读者共鸣，遑论排解读者的郁结情绪了。因此，王蒙小说给人的感受是多样的，李子云感受到王蒙《杂色》《深的湖》等小说"从大大复杂化的现实生活与人的思想状态中，透示出生机、希望、理想的不可泯灭，对生活的新的憧憬的萌动"②；何西来在 80 年代初期也认为王蒙的小说"给读者带来希望、信心、慰藉和温馨"③；然而，《失态的季节》当中的文字游戏，却让张志忠"感到别扭，感到失望。……像蛀虫一样，把作家煞费苦心地经营起来的一座舞台蛀蚀得斑痕累累，作家却以为这也是他眩（炫）技的一招呢。作家的自我感觉，与他的创作实绩脱了节"④。80 年代末以来王蒙小说的形式探索也让一些人感受到："王蒙小说的语言正在大面积地膨胀，而文本的内在意蕴却在枯萎。这也许就违背了王蒙的初衷……"⑤ 可见，王蒙小说中的未来叙事在文本内部的情节发展上能够抚慰人物，但小说对文本外部读者的抚慰效果则不一。

（三）警示作用

　　王蒙小说中，人物对未来的构想对当下起到警示作用。这类警示作用往往出现在两个方向的叙述中：一是"当下犯错型"，即现在犯下错误，阻碍理想未来的实现，如果不改造，未来会使问题更严重；二是"当下抉择型"，即现

---

　　① 王蒙：《苏联文学的光明梦》，《读书》1993 年第 7 期，第 61 页。

　　② 李子云：《关于创作的通信》，崔建飞编：《王蒙作品评论集萃》，青岛：中国海洋大学出版社，2003 年，第 24 页。

　　③ 何西来：《探寻者的心踪——评王蒙近年来的创作》，崔建飞编：《王蒙作品评论集萃》，青岛：中国海洋大学出版社，2003 年，第 39 页。

　　④ 张志忠：《对文学的轻慢与失态——评王蒙近作〈失态的季节〉》，《小说评论》1995 年第 4 期，第 53 页。

　　⑤ 王成君：《从"来劲"到"失态"——王蒙小说语言侧论》，《通化师院学报》1998 年第 1 期，第 49 页。

在面临抉择，设想积极和消极两种不同的未来，其中的消极未来，对当下起到警示作用。这类情节主要出现于《布礼》《蝴蝶》《说客盈门》《要字 8679 号——推理小说新作》《青狐》《失态的季节》《虚掩的土屋小院——〈在伊犁〉之四》《卡普琴诺——〈新大陆人〉之三》《如歌的行板》《一嚏千娇》《活动变人形》等小说中。

第一类"当下犯错型"。从当下已经出现的错误出发，预设一个令人痛苦的未来，以纠正现实问题，王蒙往往将其设计在政治话语中。《布礼》中，1950 年，钟亦成听老魏讲党课，老魏讲到克服个人主义并树立党性的重要性："一个个人主义严重而又不肯改造的人，最终要走到蒋介石、杜鲁门或者托洛茨基、布哈林那里去……"① 这一观点引发了钟亦成的强烈共鸣。钟亦成意识到自己当前的个人主义问题，为了避免未来成为"蒋介石、杜鲁门或者托洛茨基、布哈林"这样的"反革命"，钟亦成制定了成为一个合格的共产党员的计划，以纠正自己的个人主义倾向，使自己的发展更符合革命理想，"反革命"的未来无疑对当前具有个人主义思想的钟亦成起到了警示作用。《蝴蝶》写到新时期初期张思远发现了很多由人心和风气的恶化产生的"新鲜事物"，"这样下去，我们的党，我们的国家不是要完蛋吗？"② 这样的设想使张思远警惕起来，下定决心："必须抢救明天。"③ 正如《说客盈门》中的丁一所说："不来真格的，会亡国！"④ 对未来"亡国"的设想，警示着当下纠正现实问题，使当下事态走向理想未来。这种现实焦虑同样体现在《要字 8679 号——推理小说新作》中，面对"陶雄之死"体现的党内斗争之疑，郑永平愤然指出："什么都从团团伙伙的观点、这条线那条线的观点来看，党将不党，国将不国！"⑤ 揭示现实问题，是警示人们重视党和国家未来的发展，改正当下错误，避免"不党""不国"的未来发生。在 21 世纪创作的《青狐》中，也有这种现实焦虑："如果人人都与领导那么隔膜，都对领导反感，这对谁有利呢？咱们这个

---

① 王蒙：《布礼》，《当代》1979 年第 3 期，第 15 页。
② 王蒙：《蝴蝶》，《十月》1980 年第 4 期，第 24 页。
③ 王蒙：《蝴蝶》，《十月》1980 年第 4 期，第 25 页。
④ 王蒙：《说客盈门》，《王蒙文存 11》，北京：人民文学出版社，2003 年，第 249 页。
⑤ 王蒙：《要字 8679 号——推理小说新作》，《王蒙文存 12》，北京：人民文学出版社，2003 年，第 272 页。

社会主义国家的日子可怎么过呢?"① 作家知识分子与文艺领导干部之间的矛盾，如果放纵下去，只会危害国家未来的发展。

除了政治话语，这种具有警示作用的未来叙事还体现在信仰话语中。如《失态的季节》中，钱文听到杜冲说起关于鲁若和洪嘉性生活的一些笑话，认为这是对"美好、诗意、神秘的爱情"的亵渎："如果可以这样谈论鲁若与洪嘉，那么自然也可以这样谈论例如他与东菊，谈论任何男人和女人，包括那些伟人、名人；那么世界上到底还有没有能够叫人尊敬叫人畏惧叫人向往叫人崇信的人和事呢?"② 对未来的这种预测，突出钱文对纯真的"青春的美梦"的珍视，呼吁人们警惕"愈生活就只能愈冷淡"的心理，对"那应该相信的一切"③ 应当坚定信仰。同样作为信仰救赎，在《虚掩的土屋小院》中，穆敏老爹就用伊斯兰教的信仰来启迪人们，有一天"我"发现穆敏老爹最近"没精神"，原来是他在想"死"，他小时候被清真寺里的阿訇告知："如果我们是好人，我们每天都应该想五遍死。……人应该时时想到死，这样，他就会心存恐惧，不去做那些坏事，只做好事……"④ 生人对死亡的设想，会影响其产生"心存恐惧"的情绪，警示自己行善事、走正道。

第二类"当下抉择型"。小说人物在面临抉择时往往预设两种不同的未来，其中的消极未来，对当下起到警示作用。《如歌的行板》中，周克在犹豫是否写金克的揭发材料时，预设了两种未来："我们正面临着思想的一个'龙门'，跳得过去跳不过去? 跳不过去，自己在政治上便也从此堕落下去，蜕化变质，堕入深渊。跳过去，和党一条心，便会神清气爽，斗志昂扬。我当然要跳过去……"⑤ 在政治上"变质"还是"和党一条心"，取决于周克的价值认同，周克既有的革命信念让他选择了后者。未来走向政治上的堕落的可能警示他当下要"和党一条心"，周克在这里所构想的消极的未来是对光明的未来的反衬与确信，因此，这是一种"伪抉择"，在预设两种不同未来之初，就已有了价值倾向。这种抉择，刻画出周克当时的生存处境，外在境遇（考虑到萧铃可能

---

① 王蒙:《青狐》，北京：人民文学出版社，2004 年，第 229 页。
② 王蒙:《失态的季节》，《当代》1994 年第 3 期，第 93 页。
③ 王蒙:《失态的季节》，《当代》1994 年第 3 期，第 93 页。
④ 王蒙:《虚掩的土屋小院》，《王蒙文存 8》，北京：人民文学出版社，2003 年，第 104 页。
⑤ 王蒙:《如歌的行板》，《中篇小说选刊》1982 年第 2 期，第 135 页。

不会同意"我"写金克的揭发材料）与内心曾经坚定的信念（与违背党的原则的事物勇敢斗争）的抵牾，其实也就是私人情感与革命信念之间的冲突，其产生的不安迫使他设想两种未来，这是一种让私人情感向革命信念妥协的自我说服，是对自我"小资情绪""酸的馒头"感伤情调的斗争与压抑。

深入革命干部心理，面临抉择时便预设两种未来，这是王蒙小说创作所擅长的，且已成为他的小说创作特点。古华的《芙蓉镇》也写到党员干部黎满庚，像王蒙小说中的周克一样面临爱情与革命忠诚的抉择。黎满庚在"文化大革命"时为了跟随党，背叛了胡玉音对他的情谊，向工作组交出了胡玉音托他保管的一千五百元现款。黎满庚在面临抉择时，是与过去的他人作比较，如以前"打天下"的时候有把"革命和爱情"结合得很好的人①，而不是像王蒙小说中的周克是与自己未来两种发展方向作比较。王蒙小说描写人物内心世界的内向性与未来性，已成为区别于其他作品的创作特色。

《失态的季节》中的钱文有同样的精神困境，纠结是否把高来喜"不健康"的言论汇报给组织。叙述者讲述了钱文的内心："如果这一次他不向组织上忠诚，下一次他会不会又有意无意地向组织上隐瞒重要的情况，愈来愈隐瞒，愈来愈与党两条心，最后变成托洛茨基、布哈林、铁托和刚刚枪毙的匈牙利事件的罪魁祸首伊姆雷·纳吉呢？"② 在这种未来设想的威慑、警示下，钱文终于"把自己吓了个发抖不止"。把问题的发展预测扩大化、严重化，这是当时革命思维的大语境在集体中的个人思维上的反映，我们不难看出革命思维在王蒙小说人物精神世界中的主导作用，在革命话语的绝对高压中，个体的挣扎不值一提，所设想的两种未来在一开始就已有了抉择。《一嚏千娇》在描绘"反右"时期的斗争时也提道："如果我们容忍您的细菌病毒癌细胞就是对您残酷而且不负责任。……把一切肮脏的见不得人的东西都拿出来甩出来吹吹风。您会成为一个新人，您会为我们增加一个宝贵的力量……"③ 将"我们"与"他们"相区分，目的是凝聚革命力量。这种未来的构想，是一种出于革命意图的对革命正义的强化、认同和宣扬，是对广大革命力量的吸纳和对异己的坚决排斥。这类王蒙小说在人物是否揭发他人以改造他人的关头将叙述转入人物的内心世

---

① 古华：《芙蓉镇》，北京：人民文学出版社，1981年，第180页。
② 王蒙：《失态的季节》，《当代》1994年第3期，第52页。
③ 王蒙：《一嚏千娇》，《收获》1988年第4期，第98页。

界，而此时人物的内心世界往往构想着未来，从而坚定自己走向革命的决心。在这个意义上，设想未来，其实是改造自我的一种策略。

除了对自我，还有对他人具有警示作用的未来叙事。《活动变人形》主要在家庭矛盾中凸显倪吾诚的悲剧，而倪吾诚与静宜、静珍、姜赵氏之间最精彩的一场斗争中的高潮，就在于那大喝的一声"我要脱裤子了！"这具有未来向度的一句话，对三位女性无疑具有威慑力和警示作用，"三个女人立刻落荒而逃，追也追不回来了"。①"要脱裤子"是对未来个人计划的设想，是"孟官屯——陶村一代男人对付女人的杀手锏"，是封建文化的遗存，传达出这一处境中女人的泼辣与男人的无赖。而倪吾诚在彼情彼景采用这一"杀手锏"，生动地刻画出倪吾诚表面"新"而实际"旧"之间的违和感。倪吾诚的人生悲剧，正在于这封建旧文化的遗存与对新的现代文化的向往之间的不协调。具有未来向度的这一句话，成为体现这一不协调的关键因子。

王蒙小说未来叙事所发挥的警示作用，集中出现于新时期之后的创作当中。这些对未来的构想，大多展现了三四十年代至新时期的历史细节，如三四十年代尚存的封建文化的野蛮、"反右"和"文化大革命"中的革命斗争以及新时期出现的各种新的现实问题。

未来叙事的激励作用、抚慰作用和警示作用贯穿了王蒙小说对中国百年历史进程的刻画。这些未来叙事显示出了这一历史时期的时代特征，标示着王蒙小说独特的创作风格。

三、王蒙小说中"未来"构想的演变

王蒙小说中人物对"未来"的构想或叙述者对"未来"的认知经历了一个演变过程，由崇拜个人意志、热情追求理想中的未来，到尊重客观规律、意识到在历史意志面前个人意志的渺小卑微。前期的创作主要体现对革命理想的追求，中期的创作则体现对新生活的渴望，将过去的革命经历与当下的生活现实进行对照，宣扬信念的力量，并批判现实问题。后期的小说在延续中期创作的路子上多了一些对革命的反思，文本中逐渐减少对革命的盲目热情和推崇，而

---

① 王蒙：《活动变人形》，人民文学出版社主编：《当代长篇小说 人民文学出版社建社卅五周年纪念》，北京：人民文学出版社，1986 年，第 35 页。

更注重刻画历史理性背后的个体生命困境，不再像前期创作极度推崇个人主观意志力量，而是认识到在历史、生活的强力下个体的弱小，"水比船强"。

从王蒙小说对个人意志的反思中可以看到王蒙小说未来叙事的演变过程，主要体现于"生活应该怎样"与"生活可能怎样"的辩驳中，前者强调个人主观意志对生活的控制，后者强调尊重生活自身发展规律。王蒙 50 年代创作的《青春万岁》中就有苏君对杨蔷云"生活应该怎样"的观点之反驳："生活是怎么样就是怎么样，而不是'应该'怎么样。"① 小说的隐含作者对杨蔷云的观点虽不完全赞同，但也并未表示反对，总体仍是认同的。《组织部新来的青年人》中也有刘世吾对林震提出的批评："年青人容易把生活理想化，他以为生活应该怎样，便要求生活怎样，作一个党工作者，要多考虑的却是客观现实，是生活可能怎样。"② "抒情诗"般的理想主义对改造现实而言是"虚妄"的，小说隐含作者对于林震这种对生活的主观能动性表示肯定，同时又希望对其有所引导。而后来王蒙小说则更看重对历史、生活、时间等客观事物的自身规律的认识，察觉到以自我理想改造世界的虚妄。如短篇《没有》道出："该是什么样就是什么样……"③《蹒跚的季节》也再次讨论："'应该怎么样的'，你所幻想的人生与实在的人生，相差何其遥远？"认为知识分子的可悲就在于"不知道不承认这个距离"，人想要活着便不得不"粗糙"和"皮实"，接受残酷现实对美好理想的鞭打。④《失态的季节》就借郑仿的内心独白表达"捅破自己吹起来的肥皂泡""做一个实实在在的人"⑤ 的醒悟，改造便是打破自己曾经的幻想，再"乐天知命服从客观的规律服从历史的意志"⑥。对于生活，王蒙逐渐消解了苏联式的"生活应该怎样"的抒情诗般的幻想，而走向对生活、时间和历史本身的认识。

王蒙小说中多次出现"天地不仁，以万物为刍狗"的感慨，是看到了个人意志的虚妄后，对不以人的意志为转移的"天地"之承认，即对历史意志的承认。一旦承认了个人意志与历史意志之间的距离，林震便成长了，"要尽一切

---

① 王蒙：《青春万岁》，北京：人民文学出版社，1979 年，第 63 页。
② 王蒙：《组织部新来的青年人》，《人民文学》1956 年第 9 期，第 36 页。
③ 王蒙：《没有》，《王蒙文存 13》，北京：人民文学出版社，2003 年，第 166 页。
④ 王蒙：《蹒跚的季节》，《当代》1997 年第 2 期，第 52 页。
⑤ 王蒙：《失态的季节》，《当代》1994 年第 3 期，第 60 页。
⑥ 王蒙：《蹒跚的季节》，《当代》1997 年第 2 期，第 113 页。

力量去争取领导的指引"①。钱文在"摘帽"后也终于懂得："见谁也是欢迎指导帮助，个人是渺小的，不接受集体的指导帮助怎么行呢?"② 在历史或革命的"大海"中畅游之后，人物"开始感到了自己的衰弱和渺小"，个人英雄主义是一种"冒险的冲动"，会成为自己"新的负载"和"自我束缚"，于是"感到防鲨网的必要与陆地的亲切了"，不管曾经自己多么"勇敢""英雄""不可一世"，最终仍会醒悟"还是地上好!"③ 进而从个人英雄主义走向接受他人的引导帮助。但不管是对个人意志的推崇还是对生活和历史自身规律的承认，都体现出对"强人猛人"的尊崇，只是由认为个人是强者转向认同领袖、历史、天地是强者。意识到自我的渺小与崇拜强者二者是统一的。由崇尚个人意志到尊重客观规律，是触碰到自我边界与局限之后对外在力量的承认，是对人类生存困境的根本触及。

王蒙小说中，人们经历挫折后，并不失去对生活的希望，仍然以自己所构想的美好未来坚持改造现实。正如托夫勒所提出的对未来的想象方式："革命不会只沿直线发展。它会摇摆、曲折、后退。它会以量子的跃迁和辩证的逆转方式出现。……只有接受这个革命的前提，我们才能勇于想象，掌握未来。"④这种对事物"非直线性"的把握，也促成了王蒙小说中对未来的展望，《明年我将衰老》清晰地刻画出"直线"与"圆周"的关系："有过就是永远，结尾就是开端，在伟大的无穷当中，直线就是圆周。与没有相较，我们就是无垠。"⑤ 即便认识到"直线"的不可能，也并不因此而陷入虚空，仍真诚地相信着未来的"无垠"。这"无垠"的"圆周"在《杏语》中再现："雪到了她前年到了的地方。要不就是躲一些年再回来，现在它很遥远。当遥远接近于无垠，时间也就变成了圆周、圆球，复活着她他他她……"⑥ "圆周"式地复活曾经的美好品质，让"直线"前行得更加深远。亚伯拉罕·哈罗德·马斯洛曾指出："人是　种不断需求的动物，除短暂的时间外，极少达到完全满足的状

---

①　王蒙：《组织部来了个年轻人》，《冬雨》，北京：人民文学出版社，1980 年，第 64 页。

②　王蒙：《踌躇的季节》，《当代》1997 年第 2 期，第 55 页。

③　王蒙：《听海》，《王蒙文存 11》，北京：人民文学出版社，2003 年，第 398 页。原载于《北京文学》1982 年第 11 期。

④　托夫勒：《未来的冲击》，孟广均等译，北京：中国对外翻译出版公司，1985 年，第 166 页。

⑤　王蒙：《明年我将衰老》，《花城》2013 年第 1 期，第 6 页。

⑥　王蒙：《杏语》，《人民文学》2014 年第 7 期，第 108 页。

态。……人总是在希望着什么，这是贯穿他整个一生的特点。"① 也许，心怀希望，追求未来，是人在痛苦处境中启动的自我保护机制，极度痛苦之后生发的乐生意识渗透着无限的酸楚与恸彻人心的魅力。

经过对革命的曲折性的认识与接受，王蒙小说中的人物在"反右""文化大革命"之后仍然追求生机与鲜活，不放弃对未来的构想。即使是一匹"杂色"的老马，也在受尽鞭打后仍然请求"让我拿出最大的力量跑一次吧！"② 即使是渺小的虫儿，"在大海面前"仍然"用尽自己的生命力去鸣叫"③。经历了一生坎坷的小鹃写道："山那边是好地方，你怕什么？不远了不远了，只要心儿不曾老。"④《笑的风》中的杜小鹃，经历一生挫折后，虽然看到了时间的轮回，但仍积极向前看，她在写给傅大成的信中表示，生活、历史、麻烦、困难无法因个人意志而改变，但人生也因此而"有滋有味"，我们无法干预历史，但"我们就是我们"⑤，在自我边界内仍可以做我们自己。《猴儿与少年》里面经历政治沧桑且年过九旬的施炳炎也是"鲜活如猴儿，鲜活如小哥"⑥。王蒙曾经在《青春万岁》中极力改造旧社会在新中国的遗留，试图做一个新中国的建设者，但2019年《笑的风》里的傅大成却意识到这"无情、博大、勇敢"的"历史的变革"，虽然有时"漏掉了太多的遗存与老旧，纵容了它们的残留"，却也因此"成就了一些风光"。⑦ 向历史妥协后，仍然积极生活。王蒙小说中，对未来的构想虽然在政治运动时期达到低谷，但始终存在，从未改变。

本章小结

王蒙小说中的"未来"，可概括为一个基点、两种内涵和三大作用。一个

---

① 亚伯拉罕·哈罗德·马斯洛：《动机与人格》，许金声等译，北京：中国人民大学出版社，2007年，第8页。
② 王蒙：《杂色》，《收获》1981年第3期，第73页。
③ 王蒙：《听海》，《王蒙文存11》，北京：人民文学出版社，2003年，第400-401页。
④ 王蒙：《笑的风》，《人民文学》2019年第12期，第38页。
⑤ 王蒙：《笑的风》，《人民文学》2019年第12期，第40页。
⑥ 王蒙：《猴儿与少年》，《花城》2021年第5期，第40页。
⑦ 王蒙：《笑的风》，《人民文学》2019年第12期，第40页。

基点，即以现实为基点，人物对"未来"的构想本质上是一种对现实的焦虑。对未来的关注，是从现实出发再落回现实，通过对未来的构想和预测，做出基于当下现实的决策、选择、规划，以改造现实，并选择、控制、创造未来，其深层意蕴是一种为了未来而与现实问题作斗争的精神，是以某种理想信念为支撑的。两种内涵，一方面是人们内心世界的理想信念或愿望追求，在小说中体现为人物以意志、情感、理性的强力，热情地幻想理想的未来；另一方面是客观外在世界自身的发展演变，在小说中体现为人物对客观外在世界，如时间、历史、生活的自身规律的承认和把握。这两重内涵构成王蒙小说探究人与处境的关系的基本主题。另外，王蒙小说中的人物对"未来"的构想，对人物自我或他人的当下处境起到激励作用、抚慰作用和警示作用。王蒙小说往往是以人物的情绪变化作为情节发展的线索，而人物的情绪变化又往往与对未来的感知密切相关。人物对"未来"的构想产生的情绪变化链，塑造出生发情节的叙事逻辑，推动着故事情节的发展，形成连续的情节建构。

王蒙小说中人物对"未来"的构想或叙述者对"未来"的认知，经历了一个演变过程，由崇拜个人意志、热情追求理想中的未来，到尊重客观规律、意识到在历史意志面前个人意志的渺小卑微。王蒙前期的小说创作主要体现对革命理想的追逐，中期的创作则体现对新生活的渴望，后期的小说逐渐减少对革命的盲目热情和推崇，认识到在历史、生活等意志的强力下个体意志的弱小。对于生活，逐渐消解了苏联式的"生活应该怎样"的抒情诗般的幻想，而走向对生活、时间和历史本身的认识。但王蒙小说中的人物向历史妥协后，仍然积极生活。

王蒙小说中人物对"未来"的构想，传达出理想信念的强大精神力量，体现了一种昂扬的精神力量与积极的乐生意识，但也包含了一些不切实际的幻想之虚妄。

第二章　王蒙小说未来叙事的类型

　　王蒙小说中，人物对未来的构想集中体现于人物对当下现实的改造，呈现出不同"未来"之间的关系，未来意识表现为一种改造意识。本书对王蒙小说中未来叙事的分类，便从这种改造意识出发，探究个人不同阶段的自我之间所构想的"未来"之关系、社会不同角色之间所构想的"未来"之关系、两代人之间所构想的"未来"之关系。同一个人所构想的不同未来之间的对比以及人与人之间所构想的不同未来的对比，传达出一种改造意识和斗争精神。与之相类似，未来主义也同样热情地渴望着未来，《重建宇宙》就表明："未来主义的意图不再是'歌颂'世界、而是'改造世界'。"① 改造思维是一种未来思维，"重建"一个新的未来"宇宙"。具体到王蒙的小说文本，前期创作中的改造意识强烈，文本表达较为显露，大多为革命、政治的宏大叙事，虽刻画某一人物内心感受，但为集体化的感受；中期创作中的改造意图在文本上则较为潜隐，以回溯革命经历来寻求改造现实的方案，改造策略更为婉曲，转向宏大叙事中个体生命的自我感受，由集体转为个体；后期创作则逐渐具有和解意味，调和新旧，看到斗争与和解的统一，从宏大叙事的书写转向对日常生活中个体感受的关注，但对美好未来的期冀始终不渝。

　　《青春万岁》的主人公之一袁新枝是积极改造生活、改造现实的实干家。袁新枝对杨蔷云如此描绘自己的感受："如果我走在街上，看见哪个商店的玻璃窗上有一块污斑，就和在我脸上有一个墨点一样让我别扭，我非得跑进去给他们建议擦掉它不可。如果谁的衣裳破了，我甘愿为她缝补。"② 隐含作者是

---

① 维尔多内：《未来主义：理性的疯狂》，黄文捷译，成都：四川人民出版社，2000年，第107页。

② 王蒙：《青春万岁》，北京：人民文学出版社，1979年，第210页。

以赞赏的态度看待袁新枝这一务实的"天才的实践家"。在袁新枝的影响下，杨蔷云认为应当改造自己耽于幻想的性格，给外在事物擦去污渍，以务实的精神改造当下问题。1988 年的《一嚏千娇》则对这种改造精神产生了反思，50年代后期的政治运动中，老喷发言揭发一位史学家："我们希望毁损的只是您脖子上您袖口您膝盖上的污点。我们不能容忍您的细菌病毒癌细胞就是对您残酷而且不负责任。您为什么不接受我们的帮助彻底洗刷一下自己的灵魂呢？"① 擦掉污点，这与《青春万岁》中的实干家袁新枝很相似，但小说却传达出对这种改造他人的思维之反思。王蒙小说中处于 80 年代社会语境下的人物经历了一系列政治运动后，体会过自以为崇高的改造他人的意图给他人和自我带来的灾难，已不再如王蒙小说中 50 年代社会语境下的人物那样执迷于改造，开始对改造他人和改造社会有所审视和反思。虽然改造他者、改造社会的思维在王蒙小说中有强弱之变，但改造自我的思维始终未渝。

对自我或他者的改造，是以改造观念、感情为目的。《一嚏千娇》中老喷批斗自己的女秘书"没有经过很好的锻炼与改造"，"没有经历一个'感情变化'的过程"，其"气质情调性格诸方面"都不适宜担任机要工作。② 可见，王蒙小说强调的改造，主要是"感情变化"，是对心理、精神、情调、性格的改造。《高原的风》中儿子也提道："我父亲很注意改造自己的世界观。"③ 改造自我也主要是对自己世界观的改造。这是王蒙小说中大多数人物的特性——注重改造自我与他者的观念。人物的心理变化、改造的过程成为王蒙小说的故事线索。即便后来在 21 世纪创作的《明年我将衰老》《杏语》等小说中逐渐消解了"改变""改造""纠正"的意义，认为"如果谁想改变一切，一切就会改变谁"④，人并"不能纠正什么"⑤，但《小胡子爱情变奏曲》《邮事》等小说仍赞赏积极改造、奋斗、改变旧我的人，肯定"小胡子的活力与奋斗精神"⑥，"我们总还……多多学习一点新事物、新玩意儿"⑦ 以改造和更新自我。因此，

① 王蒙：《一嚏千娇》，《收获》1988 年第 4 期，第 98 页。
② 王蒙：《一嚏千娇》，《收获》1988 年第 4 期，第 100 页。
③ 王蒙：《高原的风》，《人民文学》1985 年第 1 期，第 35 页。
④ 王蒙：《明年我将衰老》，《花城》2013 年第 1 期，第 10 页。
⑤ 王蒙：《杏语》，《人民文学》2014 年第 7 期，第 108 页。
⑥ 王蒙：《小胡子爱情变奏曲》，《人民文学》2012 年第 9 期，第 8 页。
⑦ 王蒙：《邮事》，《生死恋》，桂林：广西师范大学出版社，2019 年，第 196 页。

改造思维是王蒙小说一以贯之的叙事线索。改造是为了改变当下，掌握未来，是一种未来向度的思维。

王蒙小说普遍刻画了个人的不同自我之间、社会的不同角色之间、两代人之间的思想性格和感情认知的变化或存在的差异。这种差异与学者赵毅衡在《哲学符号学：意义世界的形成》中提出的"认知差"相似。赵毅衡认为"认知差"产生于"意识主体感觉到他的认知状态，与对象之间有一个落差需要填补"[①] 的情况下，"对任何问题，主体意识感觉到自身处于相对的认知低位或认知高位，这种认知的落差是意义运动的先决条件"[②]。"意识主体"感觉需要填补与某一事物、某一文本、某位他人之间的认知落差，便发生意义的流动。"意识主体"想要填补"认知差"的愿望在王蒙小说中的确存在，人们自觉到"认知差"时，便产生改造自己或改造他人的愿望，以所构想的"未来"对自我和他者进行改造，以促成这一"未来"的实现。但赵毅衡提出"认知差"这一概念意在考察意义的流动所依靠的动力，而本书则只运用这一概念来概括自我与他者所具有的认知差异这一现象。

根据王蒙小说中普遍存在的填补"认知差"的情节，本书将王蒙小说中的未来叙事分为个人成长型、社会并置型和代际冲突型三种类型。人物对未来的认知差异，体现出思想认知的不同，面对这一认知差异，王蒙小说中的人物往往坚持改造思维，试图填补或调和这一差异。改造自我，指某一人物在思想、感情、认知上的自我改造过程，是向内心世界的深入，是未来叙事集中于人物自我这一"点"上的纵向开掘。改造他者，指不同人物对同一事件有不同认知，或者某物让某人意识到自身处于认知低位，强调一方对另一方思想、感情、认知的影响，促进其改造，是对外在世界的影响或因外在世界产生的影响，是未来叙事集中于社会整个"面"上的横向拓宽。调和新旧，指两代人对某一事物持有新旧不同的观念并由鲜明对立走向和解，或叙述者有试图和解的愿望，小说文本往往以未来意识调和新旧、弥合冲突。代际关系，可以看作纵向的一个人过去与未来前后发展阶段在当下的共现，也可以看作横向的有新旧不同文化的人在当下的并置。代际冲突型是个人成长型与社会并置型的整合，

---

① 赵毅衡：《哲学符号学：意义世界的形成》，成都：四川大学出版社，2017年，第189页。
② 赵毅衡：《哲学符号学：意义世界的形成》，成都：四川大学出版社，2017年，第189页。

因此放在个人成长型与社会并置型之后论述；同时又因为代际冲突型叙事的论域是关注两代人在同一时空中的关系，从而不同于个人不同人生阶段的关系和社会多个角色之间的关系。个人成长型叙事，关注的是单人所构想的"未来"前后不同的关系；社会并置型叙事，关注的是多人（往往牵扯两人以上）所构想的"未来"之间不同的关系；代际冲突型叙事，关注的是两人（两代人的关系在王蒙小说中往往聚焦于具体某对父子、父女或母女之间的关系）所构想的"未来"之间不同的关系，因此将代际冲突型叙事又独立分为一节，与个人成长型和社会并置型并立。三种叙事类型共同构成王蒙小说中所刻画的未来叙事不同意识主体之间关系的全域。改造自我、改造他人、调和新旧，都有未来事件、未来愿望和未来意识的参与，是一种未来向度的叙事，同时又分别体现王蒙小说中的审己意识、王蒙"面向生活"的创作追求和小说中的历史前进观。

第一节　个人成长型：改造自我

对自我的改造，强调人物的自我思想、感情、认知上的改造过程。而这一改造，前提是自我前后不同阶段存在认知差，改造的过程便是填补这一认知差的过程。这类小说包括《礼貌的故事》《友爱的故事》《组织部新来的青年人》《春节》《眼睛》《夜雨》《布礼》《买买提处长轶事——维吾尔人的"黑色幽默"》《海的梦》《杂色》《如歌的行板》《心的光》《惶惑》《听海》《黄杨树根之死》《深渊》《光》《名医梁有志传奇》《夏天的肖像》《初春回旋曲》《纸海钩沉　尹薇薇》《小说瘤》《恋爱的季节》《没有》等作品。王蒙小说对个人改造自我的关注，存在叙述视角上的区分：一是叙述者与人物合一，以第一人称叙述视角"我"展开回忆；二是叙述者与人物分离，以第三人称叙述视角旁观"他"的自我改造过程。这两种视角下，都存在叙述者预叙"过去的未来"。"过去的未来"与"过去"形成对比关系，显示出人物在思想观念、心灵感受等方面的成长。

一、叙述者与人物合一：二我差

王蒙小说中有诸多描写个人成长的作品，但大多以第三人称作旁观性的描绘，而以第一人称作沉浸式书写的大概只有《礼貌的故事》《友爱的故事》《春节》《如歌的行板》这四篇。

当叙述者与人物合一，二者在文本中都体现为"我"这一人称，由于小说作为记录类叙述，往往只能叙述过去的事情，那么只能是后期的"我"叙述前期的"我"的事情。叙述者作为后期的"我"，人物作为前期的"我"，二者往往存在思想、感情与认知的差异。由于在时间中经历了成长，作为叙述者的后期的"我"在认知上比作为人物的前期的"我"要成熟，体现出"二我差"。"二我差"这一叙述学概念由学者赵毅衡提出，是记录类叙述中的一种现象："在第一人称的自传、日记、第一人称小说，会出现所谓'二我差'，即叙述者'我'，写人物'我'的故事，而且故事越来越迫近叙述时刻。"[①] 叙述者"我"在人物"我"之后，叙述者处于"叙述时刻"，而人物处于"被叙述时段"。然而，就王蒙的小说而言，其第一人称的小说如《悠悠寸草心》中理发师的"我"，《深渊》中嫁给"右派"分子的"我"，《如歌的行板》中与恋人分离的"我"等，与作者王蒙的经历不甚一致；反而是第三人称的小说更具有一定的自传色彩，钟亦成、张思远、曹千里、钱文等人都具有与作者王蒙相似的革命经历，自传色彩较重。因此，需要注意的是，王蒙小说中的"二我差"与自传有所区别，稍不同于赵毅衡对"二我差"的界定。

叙述者与人物的时间差，蕴含着二者的认知差，让读者得以看清所叙个体在"被叙述时段"中的成长，而这一成长往往体现为心灵的成长、感情的变化。人物"我"与叙述者"我"对未来的不同构想与不同态度，往往是王蒙小说中人物成长的标志性现象。

王蒙 1954 年的少作《友爱的故事》，作为短篇小说收录于《王蒙文存》，是"我"对"小学"生活的回忆，讲述"我"在一次国语课上忘带生字本，作为"好学生"面临着"到教室门外去罚站"的危机，而一位同样没有生字本的"坏学生"提议让她一个人罚站，"王蒙"这些"好学生"不用出去罚站。"我"高呼"赞成！"然而之后每次想到此事"我"都会脸红，"就在现在，我的脸又红了"，这个"现在"便是叙述者"我"的"叙述时刻"。[②] 叙述者"我"为曾

---

① 赵毅衡：《广义叙述学》，成都：四川大学出版社，2013 年，第 158 页。
② 王蒙：《友爱的故事》，《王蒙文存 11》，北京：人民文学出版社，2003 年，第 6—7 页。

经不友善地对待"坏学生"的人物"我"感到惭愧。人物"我"想要保全自身而赞成损害他人，而叙述者"我"则追求自我与他人之间的友爱，二者对未来的构想产生差异，后期的"我"以社会、集体对友爱风气的认同，改造、纠正前期的"我"的个人主义。《春节》中"我"的成长则体现为以对集体建设新中国的认同改造自己曾经个人性的恋爱追求。"我"放寒假，在从太原回北京的火车上，怀揣着要向沈如红表白心意的心情，但见到沈如红之后，了解到曾经的同学都取得了功勋，都在建设新中国，"从太原到北京，一路上曾经那样使我幸福、使我迷恋的东西，好像已经不重要了"，看到了与别人相比自己的落后，于是产生"想立刻回到学校……和同学们在一起，往前赶，往前攻"①的愿望。"我"对未来的构想由想要立刻回家向沈如红表白心意，转变为想要立刻回到学校与同学们一起进步，"我"的成长是对自己的集体化改造，与当时国家正在实行的集体化改造同步调。

　　在以第一人称展示自我改造过程的小说中，《如歌的行板》是刻画最为细腻的一部作品。《如歌的行板》中的主人公周克以第一人称回忆新中国成立前后自己的青春以及后来的人生经历，描述了三次重要的自我改造过程。第一次是在 17 岁参加解放区革命大学时把自己改造成"特殊材料制成的无产阶级先锋队的十七岁的战士"②；第二次是受到同志们批评，被同志们认为具有小资产阶级情绪，从而自我说服，改造自己，让自己不再伤感，具有无产阶级式的光明；第三次自我改造则是在 1957 年面临是否写金克的揭发材料时的自我斗争，终于将自己的犹豫不安改造为坚持与坏势力作斗争的坚定信念。周克懊恼于自己让集体"失望了"，于是下决心改造自己，让自己"不负疚于"集体，这种自我改造以让自己更好地融入集体为目的，具有主动融入集体的迫切感。

　　小说以心理活动的刻画，展现周克受到柳克的劝告后改造自我的过程："我的那些在生活中漫游的体验里包含着神秘，脆弱，多感，再下去就会是伤感，而这不正是知识分子的空虚性动摇性的表现吗？无产阶级，永远是光明的、乐观的、坚强的、确定的……他们对事业的未来充满了自信。"③ 即使自认为听《如歌的行板》这首柴可夫斯基的曲子并非"反革命"，但仍然"努力

---

① 王蒙：《春节》，《王蒙文存 11》，北京：人民文学出版社，2003 年，第 18—25 页。
② 王蒙：《如歌的行板》，《中篇小说选刊》1982 年第 2 期，第 117 页。
③ 王蒙：《如歌的行板》，《中篇小说选刊》1982 年第 2 期，第 122 页。

控制自己，说服自己"，以"工农大众的感情，工农大众的趣味"来衡量自己的思想感情状况，将自己的表现与无产阶级的健康情绪标准相对比，用党性来要求、控制、塑造自己的人性、人情。① 同样，在面临是否写金克的揭发材料的问题时，作者描绘了周克面对这个思想上的"龙门"时的心理斗争："跳不过去，自己在政治上便也从此堕落下去，蜕化变质，堕入深渊。跳过去，和党一条心，便会神清气爽，斗志昂扬。"② 他所构想的两种未来都是基于政治前途的考虑，充满了革命的斗争意识，通过对堕落未来的构想警示自己切勿犯错，是一种有倾向性的自我说服，将自发产生的"小资产阶级情绪"用党性标准和革命话语掐断。可见，50 年代的自我改造便是个体用革命思维对自我感受进行倾向性引导，从而使个体融入集体革命和主流意识形态建构中去。

在以第一人称回忆自己的人生经历时，叙述者"我"也不断与人物"我"对话，也就是"过去的未来"的"我"与"过去"的"我"的对话，"我"的成长便体现为对"过去"的"我"的反思。在《如歌的行板》"无序号的篇章"一节中，处于 1981 年的叙述者"我"认为 1957 年的"我"指责萧铃"想不到你政治上如此堕落！"这一行为"太可笑"，但"我"立马以"改变了中国的历史"的"我们"之崇高反驳"可笑"，仿佛是 1981 年的叙述者"我"在与1957 年的人物"我"对话，叙述者"我"在责问当时的人物"我"，而人物"我"也为此辩驳；后来又换作 1963 年的人物"我"在回答叙述者"我"所问的"难道萧铃的离去没有使你流泪么"这一问题，因为 1963 年"我"在医院的候诊室看到萧铃被金克家暴后癔症发作而流泪，当 1963 年的人物"我"叙述完这次流泪之后，叙述者"我"又继续发问："那教训呢？" 1963 年的人物"我"便隐去，紧接着"我只请你看一看我们这一代每个人脸上的皱纹"，这句话像是 1981 年的叙述者"我"的自我回答，正是"二我差"最后使"故事越来越迫近叙述时刻"。此时人物"我"与叙述者"我"的辩驳、对话逐渐贴合，二我之间的火药味渐淡，这种自我冲突在历史对这一代人造成的苦难痕迹（"皱纹"）中化解，不论是 1981 年的叙述者"我"，还是 1957 年、1963 年的人物"我"，都是被历史之水所承载着的船，身不由己，是一种对自我的谅解

---

① 王蒙：《如歌的行板》，《中篇小说选刊》1982 年第 2 期，第 122 页。
② 王蒙：《如歌的行板》，《中篇小说选刊》1982 年第 2 期，第 135 页。

与悲悯，于是二我和解。这一自我对话过程，展现了后期的"我"对前期的"我"认知的填补过程，两个"我"最终重合，都认同"匆匆翻过那历史的篇章"，"生活应该逐步提高"的未来期许。① 同时，刻画审判自我时的内心世界，坚定的革命信念与难以摆脱的感伤情绪之间的纠葛，构成王蒙小说革命性与抒情性的张力，宏大叙事中仍有敏感的个体生命感受，这是其小说在政治性外壳下深埋的文学性。

王蒙小说以第一人称"我"展示的自我改造过程，体现出当时集体化社会中个体对集体的自愿服从，而新时期的王蒙小说创作则开始对这种自愿服从带来的后果进行反思。对"二我差"的刻画，展现了个人与集体的微妙关系，由自愿将个人融入集体，到发现个人、感知个人，以人物内心世界的刻画，展现五六十年代到 80 年代中国思想状况的流变。采用第一人称展开叙述，由于"人物视角，会使叙述形成道德倾斜"②，"我"在叙述观点上具有"主场优势"，读者容易对"我"的遭遇产生理解与同情，从而传达出在历史洪流中自我的身不由己的宿命感，在那样的历史条件下只能做那样的选择，为"我"曾经的极左行为赢得理解，是在新时期新的意识形态下对曾经意识形态的审视，并刻画出人物矢志不渝的革命忠心。

二、叙述者与人物分离：入与出

这种类型要表现为第三人称叙述人物对同一件事/物的前后认知的变化。与第一人称叙述不同的是，这类作品表现的往往是叙述者作为旁观者审视人物"他"的自我改造过程。对"他"的改造过程有两种叙述模式：一是叙述"他"对自我经历的回忆，"过去的未来"的"他"与"过去"的"他"对话，以此显示"他"前后认知的变化，如《恋爱的季节》《失态的季节》《太原》这类作品；二是叙述者与"他"同时在线性的时间中共同经历，"他"后来的情感态度、感受认知与之前呈现出不同，如《组织部新来的青年人》《眼睛》《夜雨》《脚的问候》《海的梦》《杂色》《听海》《心的光》《黄杨树根之死》《光》《小说瘤》这类作品。

---

① 王蒙：《如歌的行板》，《中篇小说选刊》1982 年第 2 期，第 135—137 页。

② 赵毅衡：《当说者被说的时候：比较叙述学导论》，成都：四川文艺出版社，2013 年，第 141 页。

深入人物内心，观测其自我斗争、自我说服、自我改造的过程，从而作出评判，获得出乎其外的反思。值得注意的是，这类叙述中，叙述者往往在审视人物，与人物是保有距离的，而以往一些研究者往往错将现实世界的作家与小说中虚构的人物或叙述者等同起来，对作者产生深刻的误解甚至给作者带来命运的坎坷。如《组织部新来的青年人》当时所引发的对作者的批判，认为作者王蒙与小说人物林震一样思想彷徨，有小资情调，从而引发了王蒙在"反右"运动中的"下马"，招致文难。超叙述层中处于"叙述时刻"的叙述者与主叙述层中处于"被叙述时段"中的人物之间①，产生认知差，构成叙述张力，这便是王蒙这类个人成长型小说的艺术魅力所在。这种叙述方式也难免存在叙述者干预过多、人物塑造不够立体等局限。

在作家、叙述者与人物的关系上出现混淆的典型例子是《组织部新来的青年人》，这篇小说描绘了林震在组织部的个人成长的心路历程。由于1956年版的《组织部新来的青年人》受到编辑较大改动，不能完全代表作者意旨，因此姑且只讨论文本中隐含作者、叙述者与人物之间的关系。首先，对人物所在的故事层而言，我们不妨先关注林震的几次自我改造过程。一是对韩常新能够"迅速地提高到原则上分析问题和指示别人"②感到"钦佩"，到后来在常委会上打断李宗秦："我希望不要只作冷静而全面的分析"③，林震逐渐由崇拜理论分析走向务实，倾向解决实际问题。二是由娜斯嘉的"对坏事决不容忍"，到后来同意魏鹤鸣收集意见、向上反映，"以为这样也许能促进'条件的成熟'"④，见报后也兴奋地想"时机总算成熟了吧"⑤，逐渐接受了刘世吾的"条件成熟论"，由单纯地个人贸然斗争到接受领导、讲求方法，由"没有请示领导"地同意魏鹤鸣召集座谈会，到结尾林震"坚决地、迫不及待地敲响领导同志办公室的门"⑥，主动接受领导，寻求领导意见。三是由揣着《拖拉机站站长与总农艺师》进入组织部，憧憬着像书中的娜斯嘉一样面对新的工作，到韩

---

① 关于叙述层次的概念参见赵毅衡：《当说者被说的时候：比较叙述学导论》，成都：四川文艺出版社，2013年，第63—94页。

② 王蒙：《组织部新来的青年人》，《人民文学》1956年第9期，第30页。

③ 王蒙：《组织部新来的青年人》，《人民文学》1956年第9期，第42页。

④ 王蒙：《组织部新来的青年人》，《人民文学》1956年第9期，第36页。

⑤ 王蒙：《组织部新来的青年人》，《人民文学》1956年第9期，第40页。

⑥ 王蒙：《组织部新来的青年人》，《人民文学》1956年第9期，第43页。

常新将《拖拉机站站长与总农艺师》还给林震时他"赶快拉开抽屉，把它压在最底下"①，对娜斯嘉式单纯的理想化的斗争精神由推崇到羞愧，感叹"按娜斯嘉的方式生活""真难啊"。② 四是在第一次参加常委会时，林震想要发言，但他有所犹豫："第一次参加常委会，就作这种大胆的发言，未免过于莽撞吧?"③ 虽然后来仍然鼓起勇气克服了犹豫，但开始反思自己的行事是否莽撞，仍体现出林震的成长。

对林震个人成长历程的刻画，得益于叙述者与人物林震保持了一个审视的距离。叙述者讲述了刘世吾和周润祥两个人物对林震的批评，表现出对林震的审视。刘世吾提点林震："不要作不切实际的要求""年青人容易把生活理想化……作一个党工作者，要多考虑的却是客观现实……充当个娜斯嘉式的英雄……是一种虚妄"④;周润祥也批评林震："背诵着抒情诗去作组织工作是不相宜的!"⑤ 小说刻画了一次林震自我审视的内心活动："难道自己真的错了? ……也许真的应该切实估量一下自己……等到自己'成熟'了以后再干预一切吧?"⑥ 这段惶惑的心理活动可看作林震的自我改造过程。由于当时许多分析者忽略了刘世吾、周润祥对林震的提点，关注点并未放在林震这类青年人的成长上，而是放在对官僚形式主义的揭露上，不管是肯定还是批判这篇作品，都没有区分开现实世界的作者与小说虚构的叙述者⑦，比起林震的成长，更看重对官场问题的揭露带来的社会影响，引发了王蒙的文难。王蒙在1957年《关于"组织部新来的青年人"》中指出自己的创作是想要提出"像林震这样的积极反对官僚主义却又常在'斗争'中碰得焦头烂额的青年到何处去"⑧的问题，在行文组织上不知所措的作者王蒙似乎逊色于隐含作者，隐含作者对

---

① 王蒙:《组织部新来的青年人》,《人民文学》1956年第9期,第39页。

② 王蒙:《组织部新来的青年人》,《人民文学》1956年第9期,第42页。

③ 王蒙:《组织部新来的青年人》,《人民文学》1956年第9期,第41页。

④ 王蒙:《组织部新来的青年人》,《人民文学》1956年第9期,第35、36页。

⑤ 王蒙:《组织部新来的青年人》,《人民文学》1956年第9期,第42页。

⑥ 王蒙:《组织部新来的青年人》,《人民文学》1956年第9期,第36页。

⑦ 增辉:《一篇严重歪曲现实的小说》,王冬青:《生动地揭露了新式官僚主义者的嘴脸》,第276-277页,李滨:《真实呢,还是不真实?》,第277-280页,李希凡:《评〈组织部新来的青年人〉》,第282-292页,秦兆阳:《达到的和没有达到的》,第297-303页,宋炳辉、张毅主编:《王蒙研究资料 上》,天津:天津人民出版社,2009年,第267-271页。

⑧ 王蒙:《关于"组织部新来的青年人"》,《新华半月刊》1957年第11号。

林震的同情与反思是很容易被推断出来的。这得益于小说的第三人称叙述视角，叙述者与人物分离，使叙述者既能够深入林震内心世界，触发同情，又可以出乎其外地借其他人物审视林震的莽撞与幼稚，引发反思。

王蒙小说的自我改造往往通过描绘人物的内心世界来展现，而人物的内心世界必定充满自我斗争；人物在自我斗争中改造自我，以让自己未来变得更好。同时，也正是因为与"被叙述时刻"有时空差，叙述者能够对所叙故事出入自由，能够任意穿梭于"八千里""三十年"①的广阔时空，如果身临其境，只能以时间顺序展开叙述。

王蒙许多小说都以第三人称叙述展开对人物自我改造过程的描绘。《杂色》中曾是音乐教师的曹千里被安排到边疆进行改造，女售货员将打包好的货品递给曹千里时，曹千里心中一个声音问自己是否联想到天津和北京的百货大楼，曹千里不承认；这个声音继续追问，当曹千里与少数民族的劳动人民在一起时，观看一些城市风光时"就没有些微的惆怅么？"曹千里以"我爱边疆"与其争辩，以符合时代的要求来改造自己。如何符合时代要求？便是服从在边疆进行改造、锻炼的安排，且说服自己"爱这匹饱经沧桑的老马……胜过了爱惜青年时代的自己""爱这严冷的雪山……胜过了……演奏舞台和……交响乐队"②，仍然向往着重回北京、重回演奏舞台，然而时代安排了他的命运。曹千里的这种自我改造有一种被迫服从时代和历史强力的凄楚感，强行压制自己的个人情感。曹千里以少数民族的风景和人情改造自我，小说以曹千里的这一自我改造突出在风暴中顽强生长的生命力。《买买提处长轶事——维吾尔人的"黑色幽默"》中买买提以幽默、"笑的力量"改造自己以"预防自杀""会生活"；《海的梦》中缪可言以海边的"夜和月"对白天的事物差别的"涂抹""和解"和一对年轻人的爱情、青春、自由，让自己重新找到了"激情""青春""跃跃欲试的劲头"；《黄杨树根之死》中变得愤世嫉俗、暴躁不安的马文恒通过萎缩的黄杨树根感悟到自己的腐烂，从而醒悟到自己应当改变思维方式和生活方式，否则日子将不好过，以未来的警示作用塑造改造的紧迫性……这些自我改造的过程，几乎都体现为人物内心世界出现自我分裂，且不同自我之

① 王蒙：《我在寻找什么？》，《文艺报》1980年第10期，第43页。
② 王蒙：《杂色》，《收获》1981年第3期，第70页。

间对话、审判的过程。

用第三人称叙述,使读者不陷入人物内心的纠葛与痛苦,能够与叙述者一道与之保持审视的距离,自由地出入所叙事件,使小说产生一种不沉溺于痛苦的健康因素。第三人称叙述使小说文本能够自由地在过去、现在与未来的时空中跳跃,也能够赋予叙述者更大的叙述自由,或预叙,或倒叙,或正叙,形成鲜明的形式特征,这一点将在第三章第三节详析。就王蒙小说创作来说,在叙述者这一"面具"背后,作者对自己所虚构的人物世界保持着清醒的审视,以"过去的未来"审视着"过去",纵然在小说技法上有些表达并未达到预设效果,但这一审视的姿态无疑成就了王蒙小说的哲理性与不沉溺于痛苦的超脱感和乐生意识。

三、王蒙小说中的审己意识

在这类个人成长型的未来叙事文本中,小说人物普遍具有审视自我的意识。不管是第一人称叙述还是第三人称叙述,王蒙小说中的个人成长往往是在自我处境的急速变化中审视自我的结果,人物具有明显的审己意识。处于五六十年代社会语境下的人物大多是以主流意识形态为尺度进行自省,审视自我是否偏离革命话语,注重消除小资产阶级情绪。而处于八九十年代社会语境下的人物开始以个体生命为尺度进行自省。

王蒙曾在《红楼梦》甄宝玉与贾宝玉两个"宝玉"的研究中阐释自己的审己意识:"为了寻找、认识与寄托自己,还必须考虑'我'与'人'的关系特别是'我'与'我'的关系……'我'与人的分离最终导致了'我'与'我'的分离。"① 根据上文对个人成长型的王蒙小说文本的分析,我们发现,王蒙这种"寻找、认识与寄托自己"的追求,也体现在他的小说创作中,其小说中的人物也普遍具有审己色彩。如《名医梁有志传奇》中,梁有志具有反省自我的习惯:"可能是由于从小受过'吾日三省吾身'的教导,可能是由于五十年代学《论共产党员修养》和在党的组织生活中频频开展的严格的批评与自我批

---

① 王蒙:《蘑菇、甄宝玉与"我"的探求》,《王蒙文存18》,北京:人民文学出版社,2003年,第197—198页。

评的传统。"① 这种审己意识与梁有志的革命经历相关。《奇葩奇葩处处哀》也强调这种直面自我、战胜自我的勇气："中国的圣贤对于勇敢的定义，首先不是敢于冒险、敢于斗争、敢于胜利、战胜对手，而是知耻，是指用于战胜自己。"② 沈卓然反省自己年少时不诚实与不坦白的怯懦，显然超越了革命性的斗争意识，而深入到儒家内圣外王的修身传统，比《名医梁有志传奇》中的审己意识更为深广。

王蒙小说中的审己意识塑造了王蒙小说的四重艺术特征。

一是人物精神世界革命性、向内性与未来性的统一。

自我分离进而展开自我审视。耿传明、陈蕾在《小说与技术的共振———王蒙新时期小说视觉叙事与多维时空构建》一文中，认为是"视像的媒介化发展"改变了人们的"感知结构"，从而导致"拟像世界中的主体"出现"由技术复制所导致的分裂现象"。③ 耿传明等以《蝴蝶》中"审判"一节张思远的自我审视为例，认为视像媒介发展影响人们对自我的感知方式，从而出现自我的分裂。然而如上所述，王蒙小说中的这种自我审视的思维在 50 年代的创作中就已普遍存在，耿文并未阐明王蒙小说中自我审视的意识是否随着媒介的发展进步而变化，如果王蒙小说中的自我审视意识是一以贯之的，那么媒介技术的发展也许只是王蒙小说人物审己意识的一个表面因素，"审己"的根本也许仍在于王蒙小说内部人物"自省"的意识、善于辩证分析的思维习惯、敢于直面自我的勇气以及革命理论与革命经历的性格塑造等内在因素。这种自我审视、自我剖析、自我改造的向内开掘自我的向内性，已然成为王蒙小说创作的典型特征。

王蒙小说中知识分子的自我改造，不同于同样写知识分子改造题材的杨绛的《洗澡》。《洗澡》描绘"三反"运动中余楠、朱千里、杜丽琳、许彦成等知识分子的"洗澡"过程，只用客观冷静的笔法呈现这批知识分子在检讨会上的发言，并不像王蒙小说那样以动情的笔触深入知识分子的内心世界；杨绛小说

---

① 王蒙：《名医梁有志传奇》，《王蒙文存 10》，北京：人民文学出版社，2003 年，第 72 页。原载于《十月》1986 年第 2 期。

② 王蒙：《奇葩奇葩处处哀》，《上海文学》2015 年第 4 期，第 9 页。

③ 耿传明、陈蕾：《小说与技术的共振———王蒙新时期小说视觉叙事与多维时空构建》，《山西大学学报》2021 年第 4 期，第 17 页。

中的知识分子书写自我检讨的材料时，考虑的也只是如何"夸大其词"地把自己说成"丑恶的妖魔"，只为了让革命群众感到"惊诧"，"争取一次通过"检讨会，而不是像王蒙小说中的钟亦成、张思远、钱文等知识分子真诚而痛苦地进行自我改造，在内心世界展开了激烈的自我斗争。[1]《洗澡》中，知识分子改造时也并不为自己构想两种不同的未来，作者似乎无意刻画人物内心挣扎的痛苦，而王蒙小说所塑造的知识分子如《如歌的行板》中的周克，"季节"系列中的钱文，则是认真地假设两种不同的未来，依照自己的革命信仰而谨慎地选择，实现自我改造，充满诚挚的革命理想和革命信仰。杨绛小说中的知识分子更有一种屈原式的传统士大夫的个人气节，王蒙小说中的知识分子则更看重政治形势，所以更能忍个人而谋大局，如此也就不难理解为何王蒙小说中的干部们没有一个走向自杀。

王蒙小说着力刻画共产党领导下的革命知识分子，而杨绛的《洗澡》刻画的是"五四"以来的学术知识分子，两种知识分子对革命话语下的理想信念有截然不同的态度。同样是在八九十年代书写革命时代，王蒙小说中的知识分子缺乏《洗澡》中姚宓和许彦成那样对外语学习和世界文学经典等学术知识的痴迷，王蒙把笔力集中于小说人物如何积极改造自己的资产阶级思想，如何专注于剔除自己的个人主义这一自我改造、自我斗争的过程。这是具有世界视野和人性关怀的民国知识分子与受苏联文学、电影和音乐影响而太过理想和热情的知识分子的区别。《洗澡》中的人物以"五四"知识分子对人性的深刻洞见冷峻地审视着这场革命，王蒙小说中的人物却是以"少年布尔什维克"对革命信仰的忠诚而严肃地进行着自我审视以求紧跟革命形势，把握未来，深刻投入这场革命。王蒙小说深入刻画知识分子自我改造的内心世界，体现出特有的革命性，擅于描写内心世界的向内性，以及构想不同未来而实现自我改造、自我斗争的未来性。

二是以设想不同的未来情境而深入审视力度，形成哲理色彩浓厚的小说创作风格。

深入人物内心的自我说服过程，构成了王蒙小说的哲理色彩浓厚的创作风格。正如苏联 C.A. 托罗普采夫对王蒙作品的评价："王蒙的作品并不是供人

---

①　杨绛：《洗澡》，北京：人民文学出版社，2004 年，第 202、215、218 页。

茶余饭后消遣的低级无聊之作，对它必须认真思考，它很能发人深思。"① 哲理性作为其小说的典型特征，其深广往往体现在所思考的对象与其他事物的联想中，而这类联想又多由对未来的设想构成。如《夏天的肖像》中，曼然对自我的审视来自对"游泳如果溺死"的未来情境的想象，设想丈夫和儿子以及画肖像的画家将会有何行动，当她意识到世界并不会因为她的消失而有所不同，她开始追求为自己而活。人物根据自己当下的处境，预设一个未来，从而衡量当下应如何抉择。又如《狂欢的季节》中，几十年后钱文审视自己曾在"文化大革命"时期没有接受洪无穷的建议给江青写信的原因，也是通过假设如果自己"已经受到江青的重用，你会怎么样"② 的未来而审视当时自己的处境。由此，审视自我的意识构成王蒙小说的哲理性特征，通过对未来的不同设想而不断推进审视自我的力度，哲理性的深入恰恰依赖未来性的突显。

三是自我改造不断形成"新我"，从而具有现代性，向未来无限敞开。

自我改造的过程就是与旧我决裂的过程，这种自我改造是中国当代这一政治运动多发而观念变化迅速的时代之个体伤痕，也成就了王蒙小说的现代性。正如黑格尔所指出的："我们这个时代是一个新时期的降生和过渡的时代。人的精神已经跟他旧日的生活与观念世界决裂，正使旧日的一切葬入于过去而着手进行他的自我改造。"③ 这一"过渡的时代"使人们"对某种未知的东西的那种模模糊糊的若有所感"④，而这些如《布礼》中钟亦成被划为"右派"后自己和凌雪都搞不清楚的东西，却"都在预示着有什么别的东西正在到来"⑤。过渡时期，自我改造过程充满了剥离旧我的痛苦与对改造后新我、新世界突然到来的被迫接受，对"旧"逝去的怅惘与对"新"到来的期望并存。对旧我的剥离成就了王蒙小说的现代性，福柯以波德莱尔为例，阐释"现代人……是试图创造他自己的人"，"这个现代性没有'在他自己的存在中解放人'；它迫使

---

① C. A. 托罗普采夫：《王蒙：创作探索和收获》，崔建飞编：《王蒙作品评论集萃》，青岛：中国海洋大学出版社，2003 年，第 65 页。原载于《当代文艺思潮》1985 年第 1 期。
② 王蒙：《狂欢的季节》，《当代》2000 年第 2 期，第 106 页。
③ 黑格尔：《精神现象学》，贺麟、玖兴译，北京：商务印书馆，1978 年，第 8 页。
④ 黑格尔：《精神现象学》，贺麟、王玖兴译，北京：商务印书馆，1978 年，第 8 页。
⑤ 黑格尔：《精神现象学》，贺麟、王玖兴译，北京：商务印书馆，1978 年，第 8 页。

他去面对生产他自己的任务"。① 当下是瞬间的，创造自己才是永恒的，即未来才是永恒的。王蒙小说注重"自我与自我的分离"，以审视自我而创造自我，这是其哲理性特征之下的现代性，这种现代性无疑是未来向度的，面向未来无数的即将被自己创造出来的"新我"。

四是深入到深层的自我本真，以幻化和想象使小说进入审美的艺术境界。

从心理学来说，自我的"自相观照"，往往会触及深层的自我，不被任何外在身份、角色、面具遮盖的自我，出现异常的精神状态。这种异常的精神状态也出现在王蒙小说当中，往往体现为"幻化"或"想象"，启发人们走出现实困境。如《杂色》中的曹千里，畅弹冬不拉，在音乐中审视自我并找到了自我，走出毡房后看见曾经那匹老马"高扬着那骄傲的头颅，抖动着那优美的鬃毛……身上分明发着光……"② 作者继续用幻化的笔法描写曹千里骑上马后的情境："好象一头鲸鱼在发光的海浪里游泳……眼前是一道又一道的光柱……彩色的光柱照耀着绚丽的、千变万化的世界。"③ 一切都从开头的死气沉沉变得生机勃勃，这绚丽的情境是曹千里自我与自我相观照之后对世界的丰富而奇异的感知，使他获得了"只知道飞快地前进"的精神力量。《海的梦》里缪可言审视着自己的梦，出门散步时震惊于夜和月的"法力"，"她们包容着一切……都温柔了……都和解了，都依依地联结在一起"④。将景物拟人化了，与其说是"一切"在"和解"，不如说是他终于与自我和解，不再执着于追求年轻时的梦，在和解之后，看待这月下的"银光区"也变得诗意而柔美了，使缪可言感悟到"爱情、青春、自由""永远不会老"。不难看出，王蒙小说中这些"想象"具有一种对强力的追求，阿多诺曾指出："从这些潜隐在对强力的原始心理需求底层的幻想中，闪现出一种旨在建构一个更为美好的世界的愿望，能使艺术与社会的全部辩证关系得以解救。"⑤ 王蒙这类小说也是这样，以对某种"强力"的幻想使自我审视进入化境，体现出对未来的某种期冀，而获得走出当下现实困境的精神力量。这种自我审视带来的精神的变异塑造了王

---

① 福柯：《什么是启蒙?》，汪晖、陈燕谷主编：《文化与公共性》，北京：生活·读书·新知三联书店，1998 年，第 432—433 页。

② 王蒙：《杂色》，《收获》1981 年第 3 期，第 85 页。

③ 王蒙：《杂色》，《收获》1981 年第 3 期，第 85 页。

④ 王蒙：《海的梦》，《上海文学》1980 年第 6 期，第 9，10 页。

⑤ 阿多诺：《美学理论》，王柯平译，成都：四川人民出版社，1998 年，第 16 页。

蒙小说的艺术性与感染力。

第二节　社会并置型：改造他者

　　如果说第一类"个人成长型"是对个人这一"点"的开掘，那么"社会并置型"则是对社会整个"面"的铺广。第一类改造自我，关注人与自我的关系，侧重自我的内心斗争；第二类改造他者，关注人与处境的关系，注意人与人、人与物之间的影响，强调介入社会，同样是对人思想、感受、观念的改造。

　　社会并置型小说在王蒙小说未来叙事的三种类型中数量最多，主要包括《青春万岁》《这边风景》《歌神》《友人和烟》《表姐》《说客盈门》《风筝飘带》《春之声》《相见时难》《莫须有事件——荒唐的游戏》《风息浪止》《哦，穆罕默德·阿麦德——〈在伊犁〉之一》《淡灰色的眼珠——〈在伊犁〉之二》《虚掩的土屋小院——〈在伊犁〉之四》《爱弥拉姑娘的爱情——〈在伊犁〉之六》《临街的窗》《来劲》《铃的闪》《活动变人形》《轮下——〈新大陆人〉之一》《风马牛小说二题》《选择的历程》《要字 8679 号——推理小说新作》《十字架上》《一嚏千娇》《球星奇遇记》《蜘蛛》《白先生的梦》《郑重的故事——又名一零七事件档案或二百五十万美元与诗》《狂欢的季节》《岑寂的花园》《小胡子爱情变奏曲》《悬疑的荒芜》《杏语》《奇葩奇葩处处哀》《我愿意乘风登上蓝色的月亮》《生死恋》《笑的风》等作品。改造自我与改造他者，都是以某种理想信念改造当下，使当下事物的发展能够走向理想的未来。

　　新旧交替的过渡时期，社会上出现认知不平衡的现象，是由于"未来"侵入了"现在"。20 世纪 80 年代，未来学家托夫勒的《未来的冲击》被译介到中国，其中阐释了这种"不平衡"："变化必然是相对的。变化又是不平衡的。……每当未来侵入现在之际，速度不断在变化。因而，在进程展开时，就有可能对不同进程的速度作一番比较了。……这就是威廉·奥格本称为'文化差’的现象。"① 笔者认为这种"文化差"具有两重内涵：一是某一个体的外在处境与自我内心感受之间的"不平衡"，二是同一时代中不同个体有不同的思想观念与认知感受。对于第一类，个体内外的不平衡体现为人的外在处境变化快，而内在精神思维观念等心灵事物变化慢，一旦"未来"侵入现实，即变化快的环境刺激了变化慢的心灵事物，人们就会产生惶惑、迷失、紧张等感受。对于第二类，社会不同个体之间的不平衡，在同样的历史洪流中，不同的个体有不同的应对方式，不一样的心灵世界和人生道路，由此产生"不平衡"的社会文化。多样社会角色的并置，更显示出人与人之间的距离、分歧与不平衡。

王蒙小说中，社会语境下对人的改造往往是对人思想、感情、认知的改造，改造当下，是为了建构理想的未来。在内心世界与外在处境的交互关系中，描绘广阔的生活图景，对社会不同人物的横向描绘，体现了生活的波澜壮阔。王蒙小说侧重刻画改造过程给改造者或被改造者带来的心灵震荡。人的处境往往由人际关系与客观环境构成，涉及人与物。因此本书对这类社会并置型未来叙事的阐释分为两个方面：一是人对人的改造，分析改造者与被改造者两类主体在改造前后的思想变化；二是物对人的改造，分析"物"如何影响或改造人们的心灵世界。这类小说也体现出王蒙"面向生活"的创作追求。

一、人对人的改造：加害者与相助者的转化

"加害者"与"相助者"引用的是普罗普《故事形态学》中的概念。普罗普在研究俄国民间神奇故事时认为，"相助者"是帮助主人公消除灾难、解决缺失、获得营救、解答难题的角色，"加害者"是给主人公带来灾难、缺失或与主人公争斗的角色。② 这两种角色在情节发展中可以转化："同一个人物在一个回合中扮演一个角色，在第二个回合中扮演的是另一个角色。"③这种同一人物的两种角色性质，与王蒙小说中的角色情况非常相似。当出现这种角色功能项同化的现象时，普罗普指出："永远可以遵循根据其结果来定义功能项的

① 托夫勒：《未来的冲击》，孟广均等译，北京：中国对外翻译出版公司，1985年，第19—20页。
② 普罗普：《故事形态学》，贾放译，北京：中华书局，2006年，第73页。
③ 普罗普：《故事形态学》，贾放译，北京：中华书局，2006年，第80页。

原则。"① 也就是说，通过事件发展的结果来判断角色的行为使角色成为相助者或是加害者。普罗普提出这对概念是以俄国神奇故事为背景的，而本书立足于王蒙小说，在运用这一概念分析王蒙小说时与普罗普的定义必然不完全吻合。在王蒙小说中，尤其是在描绘人与人之间相互改造、互为影响的小说中，"加害者"与"相助者"这两种角色常常相互转化。小说里没有绝对的坏人，不作完全的黑白两分，这是王蒙小说的一大特征。

梳理王蒙小说中人对人改造的叙事，我们发现，人物往往在对对方的未来产生构想之后，便希望、要求或直接帮助对方在当下做出改变，从而改造对方，实现自己为对方所构想的未来。根据加害者与相助者角色的转化，我们可以为王蒙小说中这种叙事总结出三种模式。

第一种叙事模式：某一人物先是相助者，后成为加害者。

根据普罗普在书中所言："相助者最重要的本质属性之一就是其未卜先知的智慧"②，比如"能预言的妻子"。王蒙小说当中也有这样一位智慧的妻子——《球星奇遇记》中主人公恩特的妻子酒糖蜜女士，但王蒙在小说中并不强调相助者是否"未卜先知"，而强调相助者对主人公未来命运的影响。《球星奇遇记》中，酒糖蜜先是让恩特在真假恩特之争中胜出，以此站稳脚跟，再帮助恩特克了"花天草地的毛病"，成为道德伦理模范。更重要的是酒糖蜜在关键时刻提出让恩特不再踢球，而去做球员们的上司，"管住他们"以"稳住局势"，以真恩特的身份做稳、做强，并清晰地为恩特拟出政途规划：由副会长到会长再到上院议员。在酒糖蜜的帮助下，恩特也的确按照妻子的规划一步步升迁：她平息足球队内部威胁，帮助恩特成为足球协会副会长；铲除伯爵，让恩特顺利成为会长；在勃尔德事件中帮助恩特提名为上院议员。故事发展到这里，恩特开始忏悔自己的人生，为了除去自己仕途路上的妨碍者，恩特罪孽太深，本来自己就是假球星恩特，但由于妻子酒糖蜜始终操控着恩特的人生，恩特步入深渊，在这个意义上，帮助恩特一路升迁的酒糖蜜，便成为损害恩特自我命运决定权的加害者。恩特拿到毒药后，终于想要自己主宰自己的人生，不再"征求酒糖蜜的意见"，"要试一次怎样做自己的主人"，做主动把握自我

---

① 普罗普：《故事形态学》，贾放译，北京：中华书局，2006年，第61页。
② 普罗普：《故事形态学》，贾放译，北京：中华书局，2006年，第77页。

命运的真正的"恩特强人"，"他将要成为上帝"。① 同样如酒糟蜜一般充满智慧的妻子，以及与恩特一样无法掌握自己命运的"无能的人"的夫妻人物，还有《生死恋》中的单立红和苏尔葆、《笑的风》中的白甜美和傅大成，妻子都有"杀伐决断"的魄力，敢于在历史关头做出决定、改变命运，而丈夫都难以自主决定自己的婚姻与恋爱，在关键时刻往往难以决断。纵观这类小说，妻子作为相助者与加害者转化的关键节点就在于"未来"，当妻子对丈夫的未来规划获得丈夫的认同与遵从时，妻子对于丈夫而言是相助者；当丈夫突然醒悟要有自己的人生，要主动掌握自己未来的命运时，一手操办丈夫"未来"的妻子便成为损害丈夫自主决定权的加害者。

　　除了上述提及的作品，王蒙的其他小说也有相助者转变为加害者的情况。如《选择的历程》中帮助"我"治牙疼的人们，包括拔"我"牙的实习医生，给"我"开去痛片、针灸的医生，找来老太太们给"我"刮痧、找来气功师给"我"治牙疼的史学牙，以及一批刘处长、赵主任、朱市长等领导，一开始"我""只有那么一点点牙疼"，经过这一番折腾之后，"区区一牙病烂迁延至此，照照镜子连形状也没有了"②，帮助主人公治疗牙疼的相助者最后都成为加重牙病的加害者。《风息浪止》中陈志强写材料让金秀梅成为"先进"，金秀梅以"模范"身份参观游览了大城市之后回到曾经的县城："从省城和 W 市回到黑石县，真象是从温暖暖的太阳下掉到了冰洞里……"③ 大城市与小县城环境的巨大差异、金秀梅因处境变化而逐渐自傲的心境、小县城人们的愚昧无知与嫉妒人心，使金秀梅在这次风波中跌入深渊，难以安生，帮助金秀梅获得荣誉的陈志强在这个意义上便成为加害者。与之情节相似的是《我愿意乘风登上蓝色的月亮》，小说中的记者"我"通过写一篇材料而帮助乡村教师白巧儿走出乡村，逐渐成为县长夫人、妇联干部、副市长，最后她失却了曾经作为"播种者姑娘"的纯真美好，销声匿迹于官场当中，"我"从相助者转化为加害者，终于意识到"拒收救国，拒收救世，拒收救人！"④

　　王蒙这类小说突出一种"你别无选择"的处境，塑造出一批听任他人摆布

---

① 王蒙：《球星奇遇记》，《人民文学》1988 年第 10 期，第 58 页。
② 王蒙：《选择的历程》，《王蒙文存 12》，北京：人民文学出版社，2003 年，第 306 页。
③ 王蒙：《风息浪止》，《钟山》1983 年第 1 期，第 58 页。
④ 王蒙：《我愿意乘风登上蓝色的月亮》，《中国作家》2015 年第 4 期，第 12 页。

而难以主宰自己未来命运的"无能的人"。在这处境中的人们，如果无法主宰自己的命运，将自己的未来交给他人操控，便只能使事态恶化，跌入深渊；如果醒悟到应当自主选择，做自己的主人，便能"成为上帝"。有一个鲜明的声音藏在这类文本背后：谁掌握了未来，谁就是"强人"，谁就获得人与处境的和谐关系。

第二种叙事模式：某一人物先是加害者，后成为相助者。

这类小说在王蒙小说中数量较少。加害者转化为相助者，较为典型的是《相见时难》中的孙润成，在"文化大革命"中批斗翁式含，"坐在桌子后面拍桌子，痛斥，不时又跳起来挥拳头"[1]，后来帮助翁式含与蓝佩玉见面，使翁式含获得审视革命信念的机会，解开自己的心结。孙润成在加害者与相助者之间转变的契机是即将举办蓝老的追悼会这一未来事件，孙润成想要完成自己作为党委副书记的工作职务，而翁式含愿意遵从党的统一战线的政策，于是二人在促成蓝老追悼会顺利举办这件事上达成一致，二人的"未来"相重叠。

另外，《青春万岁》也是王蒙小说中人对人进行思想改造的典型，而对思想的改造主要体现于改造对"未来"的认知。资产阶级家庭出身的苏宁、信仰天主教的呼玛丽、具有个人主义思想的李春，与团员积极分子杨蔷云、郑波一开始有冲突与争斗，苏宁、呼玛丽、李春可看作非典型性的"加害者"，当她们逐渐走向对集体的认同，也赋予了杨蔷云、郑波继续进步、坚持斗争的精神力量，在这个意义上苏宁等人成为杨蔷云等人的"相助者"。两方一开始的冲突便在于对"未来"的不同认知。以苏宁为例，她一开始具有较多的"小资产阶级"感伤情绪，如在夏令营燃起的篝火中，苏宁认为"这些火星"很美好，"可惜不能长久留存"；而积极分子杨蔷云则表示反对，"我喜欢火；火星，不过是火的孩子"[2]，这一比喻体现了杨蔷云对共产主义信仰的归属以及集体意识。接着杨蔷云歌唱"火星飞落……我们的青春燃烧，我们的青春常在"[3]，隐含着对苏宁"不能长久留存"的感伤之反拨，是一种乐观的情绪，具有未来意识。就所构想的未来而言，苏宁休学在家，是因为担心自己的未来："我有

---

① 王蒙：《相见时难》，《十月》1982 年第 2 期，第 13 页。
② 王蒙：《青春万岁》，北京：人民文学出版社，1979 年，第 12 页。
③ 王蒙：《青春万岁》，北京：人民文学出版社，1979 年，第 14 页。

点怕，怕功课赶不上，考试不及格，补考不及格就得降班。"① 对未来的构想是悲观的，当下也便会怠于行动，陷入颓废。杨蔷云同样以"未来"鼓励苏宁，认为苏宁的父母能够被改造，哥哥也能够进步，而苏宁因为有同学们这一集体而成为"新的人"，"来到学校就什么都好了"②，以集体意识和未来意识安慰苏宁。后来在杨蔷云等团员同学的帮助下，苏宁认清了父亲的丑恶行径，感受到了集体的温暖，最后举报了违法的父亲，拒绝了要束缚自己的母亲，"对自己的前途有不可动摇的信心"，"已经决心往前追赶了……今后，再也不能盲目地，叫别人拖着、拉着生活了……我申请加入到青年团的队伍里去！"③ 苏宁由"叫别人拖着、拉着生活"的被动的人，成为自主决定命运的强人，由弱者到强者的转变，源于苏宁具有了关于"前途""今后"的未来意识，具有了掌握自己命运的决心。对人思想的改造体现为对其未来意识的建构或对其未来愿望的重构，改造者与被改造者认同一个相同的"未来"。

第三种叙事模式：某一人物自以为是相助者，其实是加害者。

这是王蒙小说创作比普罗普的理论更为丰富之处，这类叙述模式在王蒙小说未来叙事的"社会并置型"中出现最多。普罗普发现了故事中同一人物在不同回合中做出了不同行为而产生了不同的形态意义、前后不同回合中角色功能项发生变化（如上述两种王蒙小说的叙述模式），但没有王蒙小说中的这种情况：关于同一人物的同一行为，由于对当时行为存在审视距离，当时人物的行为具有了不同的形态意义；在反思、回看的视角下，当时的人物具有了双重角色身份。如"反右"运动中帮助"右派"改造的人，在当时认为自己是相助者，但站在"文化大革命"后的叙述时刻和反思立场而言，这类人物其实成为被改造者的加害者。

这一类角色的代表性人物是《布礼》中的宋明。小说主人公钟亦成被打成"右派"，先是评论新星批判钟亦成的诗歌，钟亦成这时候想反抗："他不能接受，他非抗议不可。"④ 二者形成"争斗"，对于主人公钟亦成来说，评论新星是加害者。后来宋明主持钟亦成"定右派"的事件，一次次"苦口婆心的推理

---

① 王蒙：《青春万岁》，北京：人民文学出版社，1979年，第61页。
② 王蒙：《青春万岁》，北京：人民文学出版社，1979年，第65页。
③ 王蒙：《青春万岁》，北京：人民文学出版社，1979年，第301，309页。
④ 王蒙：《布礼》，《当代》1979年第3期，第5页。

与分析",包括钟亦成自己也有"一次比一次详尽、一次比一次上纲上得高、一次比一次更难于自拔的检讨",终于,"这种揭发批判变成了无情的毁灭性的打击、斗争"①。钟亦成与宋明一道成为自己的"加害者",钟亦成也开始与自己作斗争。而宋明在1957年处理钟亦成的案件时,热衷于用推理分析每个人的思想,"自以为在'帮助'别人",所以在分析钟亦成的"右派"思想时仍然在生活上"关心和帮助着钟亦成",真诚地期待钟亦成积极改造,投身革命。②宋明自以为自己是钟亦成的相助者,实际上却成为加害者,让钟亦成开始了人生曲折的新阶段:"一切的连续性,中断了。"③ 如何理解这种"中断"?结合《眼睛》中被下调到乡镇文化馆的苏淼如的内心独白:"说让我在下面工作一段时间,锻炼锻炼……但是,过去昼夜盼望着的未来,毕竟不是这样的啊……"④ 钟亦成的这种断裂,也是苏淼如这种过去所盼望的未来在当下并未得以实现造成的断裂,即过去、现在、未来的断裂。这种断裂显示出信仰危机,从过去持续到现在的对未来的不变的信念才能联结过去、现在与未来,这种信仰危机给钟亦成带来痛苦与"缺失"。从给钟亦成带来痛苦与"缺失"的这个结果来看,宋明成为加害者。虽然文本中一再强调只要有光明的信念,政治运动带来的一切痛苦和冤屈都不算什么,但也并未否定这一系列政治运动的确给主人公带来了缺失和灾难。

宋明自以为是"未卜先知"的相助者,认为如果自己当前不提醒钟亦成,帮助他转变,他就要堕落,但其实宋明成了钟亦成的加害者,钟亦成在加害自己的同时又何尝不以为自己是相助者呢?普罗普也注意到主人公自己成为自己的相助者的情况,认为相助者最本质的属性之一就是"未卜先知的智慧",当没有相助者时,"这种特性就转移到了主人公的身上。出现了未卜先知的主人公形象"⑤,这一论断在钟亦成这类人物身上,似乎具有某种反讽意味。王蒙小说中这种特有的加害者与相助者的辩证,是一个有意味的形式。

王蒙的小说中宋明式的人物有很多。《一嚏千娇》中"才情则全在于助

① 王蒙:《布礼》,《当代》1979年第3期,第15页。
② 王蒙:《布礼》,《当代》1979年第3期,第17页。
③ 王蒙:《布礼》,《当代》1979年第3期,第7页。
④ 王蒙:《眼睛》,《王蒙文存11》,北京:人民文学出版社,2003年,第65页。
⑤ 普罗普:《故事形态学》,贾放译,北京:中华书局,2006年,第77页。

人"① 的老喷，在"反右"运动中以自己认为坚不可摧的党的理论指出并分析他人的毛病，"帮助"他人避免"下堕"。新疆叙事背景下的《歌神》《哦，穆罕默德·阿麦德——〈在伊犁〉之一》《爱弥拉姑娘的爱情——〈在伊犁〉之六》，以及关注"新大陆人"这类特殊群体的《轮下——〈新大陆人〉之一》，都反思政治运动给少数民族友人和定居美国的"新大陆人"带来的灾难处境。《说客盈门》中的说客们大多也是以相助者自诩，糨糊厂厂长丁一把触犯纪律的合同工龚鼎除名，龚鼎是县委一把手的表侄，上门的说客中，老刘说："我只是为你想。还是不要除名吧！"老赵说："还是不除名比较有利。"小萧说："我首先是为了你，其次，才是受龚小子之托……"前女演员说："与人方便，自己方便……还不高抬贵手?!"大多以"帮助"丁一而"说"，"确实是爱护丁一、怕他捅娄子而来的：五十三，占百分之二十七"，人数占比排第二，人数最多的却是受李书记间接委托而来的人。② 但"丁一拒绝了所有这些说项"，这一风波逐渐消停之后，"糨糊厂的生产愈搞愈好"，糨糊厂成为企业标兵后，丁一总结经验说："不来真格的，会亡国！"③ 揭示出曾经那些自以为是丁一的相助者的说客们实际的"加害者"身份。

　　某一人物自以为是相助者，实质是加害者，这类叙事文本传达出一种对人物的审判意味。上述的《说客盈门》便是以丁一的刚正与务实，审判说客们的虚伪与是非不分。对人物的审判在《蝴蝶》中有更为鲜明的体现，《蝴蝶》中的张思远也是在 1957 年的政治运动中自以为是相助者，而在新时期再回溯曾经在政治运动中的表现，自己成了加害者。妻子海云在"反右"中被"揪"出，作为丈夫的张思远"铁面无私"："我实在没想到你会堕落到这一步。""只有低头认罪……脱胎换骨！"④ 已然是市委书记训斥下级的口吻，丝毫没有夫妻之间的情义与关怀。以海云的视角看来，"他的每个字都使海云瑟缩，就象一根一根的针扎在她身上"⑤，如果是《布礼》的钟亦成、《如歌的行板》的周克以及《失态的季节》的钱文，听到这类话也许也会像海云一样"瑟缩"，但

---

　　① 王蒙：《一嚏千娇》，《收获》1988 年第 4 期，第 106 页。

　　② 王蒙：《说客盈门》，《王蒙文存 11》，北京：人民文学出版社，2003 年，第 242、243、244、247、248 页。

　　③ 王蒙：《说客盈门》，《王蒙文存 11》，北京：人民文学出版社，2003 年，第 248、248、249 页。

　　④ 王蒙：《蝴蝶》，《十月》1980 年第 4 期，第 11 页。

　　⑤ 王蒙：《蝴蝶》，《十月》1980 年第 4 期，第 11 页。

与海云不同的是，他们更多是感受到愧对于同志对自己的帮助，认为他们是相助者，有一种自责心理，从而决心改造自己；而海云却是以"冰一样的目光"刺向张思远，即刻认清了张思远加害者的身份，叙述视角在海云与张思远之间转换，作为弱者的海云，面对强者张思远，只能以"冰一样的目光"以及后面主动提出与张思远离婚，从而对改造者、改造话语作潜在拒绝与反抗，拒绝被"加害"。

从"被叙述时刻"的 1957 年看来，海云这类人的确是"堕落"，而从"叙述时刻"的 1980 年看来，海云这"冰一样的目光"与离婚后脸上的喜气，充满了对"强者"张思远和"反右"革命话语的反击与审判意味。冬冬在张思远复职后对父亲说："您太爱对我进行教育。妈妈在世的时候并不是这样，她用十分之九的力量照顾我，只用十分之一的力量指点我。这又有什么办法呢？她是一个弱者，而您是一个强者。我宁愿碰得头破血流也不愿依附于您。"[①] 在"叙述时刻"的 1980 年看冬冬这段话，回想 1957 年张思远的"强者"身份与海云的"弱者"身份，似乎应当颠倒过来，有"爱"才是最终的"强者"，而不是被各种历史洪流冲昏了头脑。海云最终胜过了张思远，1957 年海云那"冰一样的目光"，是对"强者"的极大讽刺、有力一击。因此，在这个意义上，我们便可以发现《蝴蝶》深刻的"审判"主题，通过"被叙述时刻"与"叙述时刻"之间的不断跳跃与审视，构成对自诩为相助者的人物的审判。

这类相助者与加害者的辩证，除了发生在上述政治干部类的人物身上，也出现于家庭夫妻关系中。在王蒙代表作《活动变人形》中，倪吾诚和静宜都是出于"为对方好"的初衷而试图改变对方，实际却给对方带来苦难。小说主人公倪吾诚的人生悲剧揭示了改造他者的虚妄。倪吾诚与妻子静宜之间始终坚持改造对方，常常进行着各种"斗争"，互视对方为"加害者"。静宜"幻想过自己有一个百里挑一的好丈夫"[②]，一发薪就全部交给她，由她支配"财权"，而这一对未来的幻想并未成真。但静宜没有向现实妥协，而是继续以"给钱、顾

---

① 王蒙：《蝴蝶》，《十月》1980 年第 4 期，第 34 页。

② 王蒙：《活动变人形》，人民文学出版社主编：《当代长篇小说 人民文学出版社建社卅五周年纪念》，北京：人民文学出版社，1986 年，第 20 页。

家、不打吵子、过日子、抚养孩子"① 幻想着倪吾诚的未来。静宜对倪吾诚的这种未来的幻想，只让倪吾诚感到痛苦。同时，倪吾诚又以自己对西洋现代化的盲目崇拜，以一种"贵族议论贱民的神气"② 傲慢地要求着静宜与孩子们"讲卫生"，曾经也"竭力把静宜带到城市知识界"③，但静宜在城市知识界的生活中"只觉得失魂落魄，无处安生"④。

倪吾诚与静宜都始终站在自己的立场上为对方构想了一个并不愿接受的未来，以为是帮助对方走向更现代的知识生活或更和谐的家庭生活，但这种对对方的未来幻想实质成为对方的苦难。一旦这一幻想不能在当下实现，便会出现不可调和的夫妻矛盾。叙述者"我"早在第五章开篇便阐明了这篇小说的主题，是要审视"人的因为爱，因为恨，因为悲，因了喜，因了卑劣和因了崇高而互相施加的碾轧，互相赠予的苦难"⑤。倪吾诚与静宜便是不放弃对对方的未来之构想，自以为是对方的相助者，试图改造对方的当下，实际上是在"互相赠予""苦难"，成为对方的加害者，这揭示了人对人改造的虚妄。以家庭内部的改造意图凸显小说第一章就提出的对"文化大革命"的反思主题，倪吾诚与静宜的这种互相赠予苦难，成为政治运动中改造者与被改造者之间苦难的转喻，将第一章提到的汉学家史福岗发现的中国"糊涂"文化与"忍让"文化推至台前，试图从中国传统的"把自己保存住"⑥ 的"难得糊涂"中，找到当代革命运动中"改造社会"意图的救治良药。

在人对人的改造这一主题下，王蒙小说中加害者与相助者的辩证统一将弱者与强者的鲜明对立全面呈现出来。王蒙小说中往往没有绝对的好人坏人之别，只有弱者和强者之分，即无法把握自身命运的"无能的人"与主动掌握并

---

① 王蒙：《活动变人形》，人民文学出版社主编：《当代长篇小说 人民文学出版社建社卅五周年纪念》，北京：人民文学出版社，1986年，第21页。

② 王蒙：《活动变人形》，人民文学出版社主编：《当代长篇小说 人民文学出版社建社卅五周年纪念》，北京：人民文学出版社，1986年，第22页。

③ 王蒙：《活动变人形》，人民文学出版社主编：《当代长篇小说 人民文学出版社建社卅五周年纪念》，北京：人民文学出版社，1986年，第46页。

④ 王蒙：《活动变人形》，人民文学出版社主编：《当代长篇小说 人民文学出版社建社卅五周年纪念》，北京：人民文学出版社，1986年，第46页。

⑤ 王蒙：《活动变人形》，人民文学出版社主编：《当代长篇小说 人民文学出版社建社卅五周年纪念》，北京：人民文学出版社，1986年，第30页。

⑥ 王蒙：《活动变人形》，人民文学出版社主编：《当代长篇小说 人民文学出版社建社卅五周年纪念》，北京：人民文学出版社，1986年，第14页。

决定自我命运的强者。强者，是具有坚定而崇高的理想信念的人，是对未来充满信心的人。如《闷与狂》的这段独白："请相信我也能成为大写的人。……生活里有急流也有缓流，而我当然应该周旋在搏击在急流里，甭客气，俺就是弄潮郎，应该一日千里……要大显身手，要求爱与被爱，要有所作为，有所可爱可亲可喜可珍重可敬不已。"① 在风浪中搏击，有明确的追求与奋斗目标，这便是强者的姿态。《布礼》中关于钟亦成在 1957 年至 1979 年的经历也有一段类似的内心独白："他选择的道路是正确的道路，他为之而奋斗的信念是崇高的信念"②，对党、生活和人类充满信心，"他不是悲剧中的角色，是强者，他幸福！"③ 弱者，是无法决定自我命运，因形势或处境的变化而漂泊不定的人，《相见时难》中的蓝佩玉和《活动变人形》中的赵微土，都沮丧于自己是听凭外在力量和时运支配的"微尘"，深受"背离了自己的理想"之"苦"，是无法把握自身命运的弱者，这些弱者只有像《球星奇遇记》中的恩特那样醒悟到应当自主决定自己未来的命运，才能成为"强人"，成为"上帝"。王蒙小说中往往强者幸福，而弱者受苦，小说塑造了一批在历史的波诡云谲中追求成为"强者"的人物形象，这类强者人物往往因为心怀"未来"且意欲掌控"未来"而成为强者。王蒙小说始终宣扬的是，掌握了"未来"的人才能成为强者，才能活得幸福。

这一改造主题下，加害者与相助者转化的契机便是"未来"。当改造者与被改造者之间对"未来"的构想重合，便成为对方的相助者；当改造者与被改造者之间对对方的未来构想不符合对方的意愿，或二者对同一事物构想了不同的未来，便成为对方的加害者，双方形成冲突，内心产生痛苦。除了描写相助者与加害者转化关系的这类小说，王蒙小说中其他改造他者主题的作品，也仍然以"未来"为关节，按照自己所构想的关于对方的未来而改造或试图改造对方，或改造他人对某一事物的未来的态度，如《脚的问候》《友人和烟》《表姐》《风筝飘带》《十字架上》《蜘蛛》《郑重的故事——又名一零七事件档案或二百五十万美元与诗》《狂欢的季节》《岑寂的花园》《奇葩奇葩处处哀》《邮事》等。也就是说，王蒙小说中人对人的改造，往往是对人观念、思想的改

---

① 王蒙：《闷与狂》，北京：北京联合出版公司，2014 年，第 81 页。
② 王蒙：《布礼》，《当代》1979 年第 3 期，第 14 页。
③ 王蒙：《布礼》，《当代》1979 年第 3 期，第 14 页。

造，对人的未来构想的改造。这类作品中，包含家庭夫妻之间的改造，"反右"运动中对人知识分子性的改造，"文化大革命"中对社会和他人的改造，贯穿了三四十年代至 21 世纪中国的历史。这类社会性改造多由个体心理而及社会心理，由点到面，深入剖析人的内心世界、心理动机，从而实现对社会荒谬的现象、意识形态的变化、革命动机的虚妄等社会面貌的剖析。

二、物对人的改造：科技与未来对当下的冲击

王蒙小说中的人物介入社会后，不仅涉及人对人的改造，也有物对人的改造。"物"与"他人"共同构成人在社会当中的"处境"，同样体现人与处境的关系问题。王蒙小说中涉及物对人的改造这一主题的作品比较少，但仍然成为本书不可忽视的研究对象，"物对人的改造"与"人对人的改造"共同构成"人与处境的关系问题"的全域。

物对人的改造，这一主题在王蒙小说中往往出现在对现代科技的描绘中，多为科技产品对人的改造。从晚清至今，"科技感"本就意味着"未来感"。晚清的"科幻小说""科幻戏剧"① 就开始通过对当下科学技术的发展状况展开对未来科技的想象；"五四"时期，1920 年郭沫若在《天狗》中大喊着"X 光线""电气"这类科技元素时，正是在呼唤着未来，向着未来而"飞跑"；当代科幻作家、学者吴岩也指出，科幻小说是"科技和未来双重入侵现实的文学品类"②。"科技"与"未来"在现代人类社会天然地在某种意义上重合。

王蒙创作过的科幻小说当举 1986 年《风马牛小说二题》中的第二篇《音响炎——不科学幻想故事》，这篇小说同时也是王蒙小说中体现"物对人的改造"的代表作品。《音响炎——不科学幻想故事》幻想的是 Y 国 Z 年，音响技术的发展对人们的改造。"微型化""多功能化""自动化"，使音响逐渐取代了人们发自肺腑的声音，消解了人与人之间的真情与温暖，人们的面貌和心灵都出现真假混淆的现象。造成三类"音响综合征"：一类使人什么都"不相信"甚至"失去生活的信心"而轻生；一类使人做出煽动演说、自吹自擂、自怨自艾等过度狂躁的行为；一类使人发出颠倒错位的音响，精神错乱。在"反音响

---

① 李广益：《导言》，《中国科幻文学大系 晚清卷 创作一集》，贾立元点校，重庆：重庆大学出版社，2020 年，第 1、3 页。

② 吴岩：《什么是科幻》，《科幻应该这样读》，南宁：接力出版社，2012 年，第 3、5 页。

措施"施行后，怪病终于得以缓解，人们开始发出自己真实的声音。[1] 这类科学幻想的未来叙事立足于人们的精神心理状态，描绘了人们由被物操控到主动控制物、由自我迷失到确立自我的过程，以未来构想的警惕作用，突出在瞬息万变的科技生活中确立主体性的紧迫感。王蒙在同年的《梁有志他》一文中也写道："生活在前进。人应该把握得住自己。"[2]《音响炎——不科学幻想故事》中，没有特定的主人公，因此不是人物在填补"认知差"，而是叙述者作为"意识主体"，意识到自己在音响技术、电脑科技的发展面前处于"认知低位"，"有一个落差需要填补"[3]，于是叙述了这个"不科学幻想故事"，叙述的过程则是把握对象和把握自己的过程。这便是"物"对人的改造，让人逐渐走向对自我的认知和把握。

同年创作的《铃的闪》，描述的同样是科技之物对人的改造。小说讲述了电话铃对"我"写作的打扰以及"我"最终与它和解的故事，学会了在电话旁"写诗"。后来"我"换了一个可把铃声转化为闪灯的电话机，"我"写诗赞美生活与现实的"这股乱乎劲儿"[4]。在电话铃中写诗，是"我号召生活"，而电话铃响了，电话期待着"我"，是"生活号召我"[5]。"诗折磨着生活电话折磨着诗"[6]，而"我"却相信着"诗"常在，这一未来目光，使庸俗的现实曲折地投射出一线希望。这一作品具有极丰富的寓意，如何在生活的庸俗和嘈杂中保持纯洁美好的诗意？电话铃响代表着一种"对话的意愿"，人如何在与他人的"对话"、交互中保持自我而不被干扰？电话铃作为一种隐喻，即想要与自己进行对话的他者期待，如何处理自我与他者的关系，则可替换为如何应对他者对自己的未来期许。小说最后对"诗心"的期待，即是呼唤每个人都能在"乱乎"的生活中保有自我的纯净，传达一种对主体性的呼唤。对科技之物的反思，也是对未来人的处境之反思。

---

① 王蒙：《音响炎——不科学幻想故事》，《风马牛小说二题》，《收获》1986 年第 5 期，第 33－38 页。

② 王蒙：《梁有志他》，《王蒙文存 21》，北京：人民文学出版社，2003 年，第 92 页。

③ 赵毅衡：《哲学符号学：意义世界的形成》，成都：四川大学出版社，2017 年，第 189 页。

④ 王蒙：《铃的闪》，《王蒙文存 12》，北京：人民文学出版社，2003 年，第 206 页。原载于《北京文学》1986 年第 2 期。

⑤ 王蒙：《铃的闪》，《王蒙文存 12》，北京：人民文学出版社，2003 年，第 206 页。

⑥ 王蒙：《铃的闪》，《王蒙文存 12》，北京：人民文学出版社，2003 年，第 207 页。

　　1988 年的《球星奇遇记》①描绘了恩特由平平无奇的打工人一夜之间成为全市公认的球星，是通过一台"'P·B·303'电脑"鉴定出来的——一台电脑的计算结果完全颠覆了恩特的命运。这改变了恩特一开始想要在这座城市打工、成为电影演员、变成空中飞人、不被糊涂处决的未来设想，糊里糊涂成为一名球星。电脑带来的命运变化让他思考"他是谁"，在一连串的反问句疑问句中审判自己是否是骗子；他决定逃走，然而没有做到，对"新"的排斥与贪恋相互拉扯，终于一年后恩特的"新我被塑造完成了"，他完全适应了自己的"球星"身份及处境。一台电脑决定人生命运，揭示了命运变化的荒谬性和人生的荒诞感。这篇小说从恩特进入这个城市后对自己未来人生命运的构想开始，由恩特对自己未来是去做议员还是谋杀妻子或者自杀等未来命运多种可能性的构想而结尾。物对人的改造，在这篇小说里体现的是对人命运的改造，对人的未来的改造，摆脱物而确立主体自我，由自己把握自我命运，是这篇小说的主题。

　　另外，《虚掩的土屋小院》也在现代化的语境下提出了现代科技对人的改造。穆敏老爹第一次接触半导体收音机，一开始认为是"圣人们写下了如何制造万物的书……人们陆陆续续地发现了这些书，便造出了万物"②，老王举出了爱迪生、居里夫人、瓦特、罗蒙诺索夫等诸多科学家的实践，这使老爹陷入"慌乱和惶惑"，当新知识与旧观念冲突时，个体会陷入慌乱和惶惑不安。在诸多现代科学知识的冲击下，穆敏老爹终于放下了传统的观念，而决定"我们要买一台半导体收音机！"③显示出对现代科学的逐渐接受，确立了新的"未来"愿望，体现现代科技对穆斯林世界观的改造。

　　这类科技之物对人的改造，主要体现于科技的迅速发展给人们带来精神的冲击，产生心灵的震荡。科技与未来侵入当下现实，形成托夫勒所言的"未来的冲击"："'未来的冲击'一词，用以形容人在短时间内遇到过激的变化所引起的紧张情绪和迷失感。"④这种冲击是社会加速变化的产物，是加速变化的事物对变化缓慢的事物之冲击，新对旧的冲击，新文化与旧文化的碰撞。王蒙

---

①　王蒙：《球星奇遇记》，《人民文学》1988 年第 10 期，第 4—41 页。
②　王蒙：《虚掩的土屋小院》，《王蒙文存 8》，北京：人民文学出版社，2003 年，第 108 页。
③　王蒙：《虚掩的土屋小院》，《王蒙文存 8》，北京：人民文学出版社，2003 年，第 110 页。
④　托夫勒：《未来的冲击》，孟广均等译，北京：中国对外翻译出版公司，1985 年，第 1 页。

1987 年的《来劲》便是对人们心灵世界"未来的冲击"文本化的代表作，以混乱的语法和相悖的词汇之并置，形象地描绘出"未来的冲击"带来的心灵波痕，紊乱的语言形式构成对紊乱的社会现象造成的心灵紊乱之隐喻。王蒙的这类小说便主要描绘"未来的冲击"下，人们心理感受的变化，并试图以个体的自我主体意识重新找回内心世界的和谐秩序，缓解冲击。对"未来的冲击"的刻画，显示出王蒙小说的先锋性。

王蒙小说中人对人的改造、物对人的改造，是不同文化观念碰撞之产物。面对这种冲击，王蒙小说主张建构自我主体意识，以强者姿态应对瞬息万变的处境。这类小说中人与他者的碰撞往往是两种文化的碰撞，包括现代文化与传统文化、少数民族文化与汉族文化、中国文化与西方文化……在中国新旧交替的过渡期，不同文化共存，构成这一时代人的处境。人与他者的关系，实则为人与处境的关系。王蒙在这类小说中提出了一个命题：人在诸种文化共存的社会中如何选择，人如何应对瞬息万变的处境。字里行间呼唤着自我主体性。始终关注人与处境的关系，是王蒙小说创作的中心，以人在社会变动中的心理震荡刻画一个时代社会生活的心理机制，描绘社会中不同人物的观念差异，进而指向社会生活的驳杂多样，构成了对社会生活的转喻。

三、王蒙"面向生活"的创作追求

王蒙小说中人与处境关系主题下的改造他者，尤其是物对人的改造，体现出作家王蒙"面向生活"的创作追求。生活滚滚前进，伸向未来，"面向生活"其实就是"面向未来"。

王蒙极力提倡"面向生活"，以还原外部世界和内心世界的真实。在 1979 年《反真实论初探》一文中，王蒙反对以前"世界观决定了生活的面貌"的错误观念，主张"面向生活，如实地认识生活"，基于一种改造意识以"生活实践"来"改造自己的世界观"。[①] 认识生活的本来面目，尊重生活的自有规律，认识到人并非无往不胜、无所不能，生活比人强大。"面向生活"，是在"拨乱反正"的背景下提出的。同年的《睁开眼睛面向生活》认为，"拨乱反正"要把颠倒的事物正过来，必然产生"新的不平衡以至新的颠倒"，需要以"面向

---

① 王蒙：《反真实论初探》，《文学评论》1979 年第 5 期，第 90 页。

生活"解决这些"新的不平衡"带来的问题。① 可见，"面向生活"这一命题是在意识形态发生较大转变的社会转型期的背景下提出的，目的是解决新旧交替带来的"不平衡"问题。在 1980 年《漫谈文学的对象与功能》一文中，王蒙进一步指出"文学是以生活的整体为对象的"②，多样性的生活决定了文学作品的多面意义，正如短篇《铃的闪》所强调的，就是要赞美生活"这股乱乎劲儿"，也就不难理解这一时期王蒙的许多先锋小说意图的多面性。该文主张"用'面向生活'的口号取代'干预生活'的口号，用'揭露矛盾'的提法取代'揭露阴暗面'的提法③，从而让我国的"文学事业""沿着健康的方向，取得新的、更高的发展"④。很明显，这种"面向生活"的追求，具有一种专注于文学健康发展的未来向度，所以即便以沉重的笔墨描绘"新大陆人"在海外的漂泊之苦和对祖国"苦味的爱"，字里行间仍透露出建设祖国的积极健康的因素。因此，"面向生活"，是以解决现实矛盾冲突为目标，以促进文学与国家健康发展为旨归，是一种改造当下、建设未来的理论视野。

注重在生活中把握人，王蒙在小说创作的实践当中也贯彻自己的这一创作追求。50 年代的《青春万岁》就注意到了人与生活的紧密联系，尽管小说主旋律是崇尚个体意志对改造世界的强大力量，但仍隐约注意到与生活相比人的被动性："人们来不及去欢迎、吟味和欣赏生活的变化，就被卷到生活的变化中去了。"⑤ 人往往是被生活裹挟着、推着前进，不可避免地与环境、与生活错位，因而出现心理的不协调、不适应现象。究其根本，社会面貌变化的速度，快于人们精神心理适应的速度，文化变革总是慢于政治经济变革。生活的前进，便外在于社会面貌的变化，如《这边风景》中伊力哈穆对自己说："生活在前进！……请看这路旁的电线杆吧，这也是我离家的时候还没有的，现在，有线广播拉到了庄子，将来呢，安装在这些杆子上的全是高压输电

---

① 王蒙：《睁开眼睛面向生活》，《王蒙文存 23》，北京：人民文学出版社，2004 年，第 25 页。

② 王蒙：《漫谈文学的对象与功能》，《王蒙文存 23》，北京：人民文学出版社，2004 年，第 50 页。

③ 王蒙：《漫谈文学的对象与功能》，《王蒙文存 23》，北京：人民文学出版社，2004 年，第 56 页。

④ 王蒙：《漫谈文学的对象与功能》，《王蒙文存 23》，北京：人民文学出版社，2004 年，第 57 页。

⑤ 王蒙：《青春万岁》，北京：人民文学出版社，1979 年，第 21 页。

线……"① 通过与新中国成立前旧社会的苦难生活对比，突出当下生活的便利与发展，从而期待未来发展更好，以新事物的产生体现生活的前进，以一种发展的眼光看待生活。这种生活观是未来向度的，体现了一种乐观主义。1981年《如歌的行板》明确了个体与生活的关系，如果说生活是"河流"，那么每个人就是"河上的一叶扁舟"，"肉体是我们的船身，意志是我们的马达"，"判断"是"舵"。有时候"马达"也拗不过河水流动力，人对未来的预见多少次都失败了，个体的意志往往不堪一击，终于承认"水比船强"。②

王蒙小说中的"生活"紧跟现实，且时时在瞬息万变的"生活"中反思过去与当下。《踌躇的季节》写道："生活本来应该像诗剧里吟颂的那样好，而实际上却居然到处都是蛮横，肮脏……于是你走向了文学，走向了诗，走向了无尽的叹息。"③ 发现生活的庸俗，传达出人物钱文的梦破碎后的凄凉感。五六十年代的王蒙小说并未如此描写生活，也许因为那时政治与社会生活高度一体化；况且那时候人们大多沉浸在革命胜利的喜悦中，难以真切地感受到生活肮脏庸俗的一面。正因为珍惜革命成果，所以在90年代对生活庸俗面的揭示带着改造的愿望，不让曾经抛头颅洒热血换来的新中国新生活被后人糟蹋。所以在1995年《郑重的故事》中诗人阿兰高呼："决不能向通俗其实是庸俗的东西投降！"④ 呼唤不向庸俗妥协的诗意，试图以"爱"来驱散庸俗，以"季节"系列中钱文一代革命者所拥有的崇高理想与纯真美好来改造现实，重塑未来。到2009年《岑寂的花园》结尾，鞠囝舧在"吵闹而俗气"的氛围中说着"生活……"⑤ 而走向衰竭，颇有《红楼梦》林黛玉去世时所言的"宝玉你好……"的意味，令人意犹未尽，不由得咀嚼"生活"的深意。直到2019年，王蒙在《已经写了六十五年》一文中仍然表白："文学是我给生活留下的情书。"⑥ 王蒙"面向生活"的创作追求始终未渝，其生活观经历了一个演变的过程，当崇尚个人意志时，生活是可被轻易改造的，是纯净而令人振奋的；当

① 王蒙：《这边风景（第三、四、五章）》，《新疆文艺》1978年第8期，第59页。
② 王蒙：《如歌的行板》，《中篇小说选刊》1982年第2期，第126、132页。原载于《东方》1981年第3期。
③ 王蒙：《踌躇的季节》，《当代》1997年第2期，第119页。
④ 王蒙：《郑重的故事》，《当代》1995年第6期，第12页。
⑤ 王蒙：《岑寂的花园》，《北京文学》2009年第3期，第36页。
⑥ 王蒙：《已经写了六十五年》，《中华读书报》2019年1月9日第3版。

命运受挫，发现个人的渺小时，生活是强大而无法抗拒的；当看到生活的庸俗时，便以革命年代的崇高信念重塑生活，面向未来。

王蒙这种"面向生活"的文学观，与推动生活、改造生活的政治观是两位一体的。王蒙在 1979 和 1980 年著文阐述以"睁开眼睛面向生活"促进"社会主义文化事业"发展，给"为'四化'而奋战"的人们提供"精神食粮"。① 很可以说，"面向生活"是在"社会主义"和"四化"的政治语境下提出的文学观念。"面向生活"不仅是文学追求，也是政治追求。王蒙笔下的人物往往在新旧过渡期出现不安与惶惑的心理，在曾镇南看来这种"惶惑"产生于"群体的历史活动的铁流和个体的情感活动的波流之间"，这是王蒙"身上实际的革命工作者的务实气质与诗人的易感气质相激相荡、相因相成的结果"。② "面向生活"便是沟通革命者的"务实气质"与诗人的"易感气质"之间的桥梁，是王蒙小说中政治性、现实感与文学性、审美性的共同的阐释符码。

这种"面向生活"的创作追求，为王蒙的文学创作带来五彩斑斓的审美性。王蒙小说中这类社会并置型叙事，由个体心理而及社会问题，如苏联评论家 C. A. 托罗普采夫所言，"把联想的链条伸向社会问题、道德范畴"。这种联想功夫体现出王蒙小说创作的"本领"，也成为其创作特点之一，他称赞这一"本领"是"崭新的、实验性的"，为中国文学开拓出一条"走向研究人的灵魂深处、心理活动"之路。③ 这种实验性，也许正来自王蒙"面向生活"的创作追求。同时，尽管王蒙小说中的人物认识到"生活比人强"④，但仍然不放弃奋斗，如《高原的风》中所言："生活，就是奋斗、就是咬紧牙关、就是承受一个又一个打击。"⑤ 这种"韧性"在《蹉跎的季节》中钱文这批人物身上体现得尤其鲜明，经历了"右派"改造后，在"调整"时期获得短暂的喘息："即使已经被命运打倒在地，不免怀疑自己是不是再也没有还手的力量，在数到'十'以前，我们仍然要一跃而起，仍然要立好个门户，握紧拳头，调理内

---

① 王蒙：《漫谈文学的对象与功能》，《王蒙文存 23》，北京：人民文学出版社，2004 年，第 57 页。

② 曾镇南：《王蒙论》，北京：中国社会科学出版社，1987 年，第 65 页。

③ C. A. 托罗普采夫：《王蒙：创作探索和收获》，崔建飞编：《王蒙评论集萃》，青岛：中国海洋大学出版社，2003 年，第 67 页。原载于《当代文艺思潮》1985 年第 1 期。

④ 王蒙：《失态的季节》，《当代》1994 年第 3 期，第 106 页。

⑤ 王蒙：《高原的风》，《人民文学》1985 年第 1 期，第 29 页。

息，大喝一声'咑！'再搏他一个天昏地暗。"① 不调整心态积极生活，便只有走向死亡，"面向生活"也体现一种"向死而生"的苦楚而悲壮的生命力量。对韧性的坚持，持续到 2013 年的《明年我将衰老》："即使明年我将衰老，现在仍是生动！"② 这种"积极的痛苦"传达出来的韧性使王蒙小说具有顽强的生命力，给人以健康、上进的精神力量，形成了独特而鲜明的艺术魅力。生活生生不息、滚滚前进，伸向未来，"面向生活"的文学创作也因此具有了未来向度。

然而，"面向生活"的追求却使王蒙始终囿于"现实主义"而无法放开手脚进行艺术创新，将其小说创作束缚于"现实主义"的大地，难以进入更为开阔的艺术境界。"面向生活""探索生活"使王蒙自觉区别于西方的"意识流"。80 年代初王蒙极力否认自己是西方现代派的"意识流"，在 1982 年的《漫话小说创作》中表示自己"没有好好研究过意识流"，但肯定其对"人的精神世界"的探索，认为这种探索"离不开对社会生活的探索"。③ 王蒙对"意识流"的认知也局限于"探索社会生活"的现实主义范畴内，这也许受到当时自身处境与社会环境的影响。对"面向生活"的一味坚持，使王蒙难以向西方"意识流"汲取更多的创作养分，一定程度上造成了王蒙小说创作艺术革新的不彻底。

第三节　代际冲突型：调和新旧

王蒙小说中刻画两代人对未来构想的差异，并试图弥合这一代际差异的叙事，本书称为"代际冲突型"叙事。这一类型的小说，包括《冬雨》《最宝贵的》《悠悠寸草心》《夜的眼》《蝴蝶》《深的湖》《湖光》《最后的"陶"》《爱弥拉姑娘的爱情——〈在伊犁〉之六》《春夜》《青龙潭》《苦恼》《高原的风》《冬天的话题》《致爱丽丝》《名医梁有志传奇》《失去又找到了的月光园故事》《坚硬的稀粥》《现场直播》《暗杀 3322》《春堤六桥》《踌躇的季节》《枫叶》

---

① 王蒙：《踌躇的季节》，《当代》1997 年第 2 期，第 63 页。
② 王蒙：《明年我将衰老》，《花城》2013 年第 1 期，第 15 页。
③ 王蒙：《漫话小说创作》，《钟山》1982 年第 1 期，第 222—223 页。

《青狐》《秋之雾》《山中有历日》《猴儿与少年》等作品，小到父子关系，大到社会中老者与年轻人的关系。

如郭宝亮所言，将两代人并置于同一时空体，形成了"历史与未来共同交织在现在的时空体中"[①] 的文本现象。王蒙小说以不同代人作为新旧不同感受的具象，并以此呈现联结历史与未来的文本意图。

王蒙小说中的代际关系有两种，一种是四五十年代的代际关系，一种是八九十年代以来的代际关系。前者往往描绘叙述视角人物少年或青年的人生阶段，如钱文和倪藻在旧社会的童年和走上革命的经历；后者的叙述视角人物往往是父辈或老者，描绘其与子辈、年轻人之间的关系，在自己的四五十年代青少年时期与八九十年代的青少年的对比中，试图把握八九十年代的现实生活，寻求改造现实的方案，建构未来。后者在王蒙小说中居多。

郭宝亮虽然也注意到王蒙小说中的代际关系对历史与未来的隐喻，但他认为王蒙小说呈现的是"父子两代之间冲突的不可调和性"和"历史时间与未来时间的断裂"[②]。而本书稍与之不同，认为王蒙小说是在寻求代际冲突的弥合、历史与未来之间的联结、新与旧的调和。老少两个点连成过去、现在与未来这条时间线，代际冲突的调和突出的是小说所认同的历史必然前进的巨大力量。

王蒙小说中的代际关系，其叙事模式往往是子辈在父辈的参与下不断寻找所缺失的理想信念，并逐渐弥补这一缺失。这种叙事模式也与普罗普《故事形态学》中"缺失""寻找""消除缺失"这一组功能项十分契合。"缺失"是加害者带来的"危害或损失"，或者没有加害者，只是人物意识到自己的缺失或想要得到某一东西。当"缺失"被告知或被意识到之后，便有人物出发去寻找，历经考验之后获得要寻找的东西，最初的缺失得以消除。[③] 在王蒙小说中，年轻一代的"缺失"往往由老一代意识到，尽管也存在年轻一代自己认识到自我的"缺失"，但多篇小说的叙述者都是站在老一代人的立场上去看待年轻人的"缺失"。"寻找"的过程便是改造的过程，父辈和子辈都试图靠近对方。"消除缺失"即父子之间的冲突得以缓和。下文借用普罗普这组故事形态

① 郭宝亮：《王蒙小说文体研究》，北京：北京大学出版社，2006年，第86页。
② 郭宝亮：《王蒙小说文体研究》，北京：北京大学出版社，2006年，第88页。
③ "缺失"与"寻找"参见普罗普：《故事形态学》，贾放译，北京：中华书局，2006年，第28—35页。"消除缺失"参见普罗普：《故事形态学》，贾放译，北京：中华书局，2006年，第48—50页。

学的概念，立足于王蒙小说创作实际，以"缺失"的存在与"缺失"的消除为主线，展开对王蒙代际冲突型小说的分析。

一、"缺失"的存在：代际的断裂

王蒙小说中的代际冲突型叙事早在《小豆儿》《青春万岁》中就已出现，年轻一代充满革命斗志，而父辈是旧社会的遗留，是需改造的对象，小说以子辈视角展开叙述，后来的创作逐渐转向父辈视角。1956年的《冬雨》出现了以父辈视角叙述"代际差"的现象。"我"作为一个当了二十年小学教员的中年人，在公交车上不小心踩了一个年青人的脚，年青人出口不逊，"我觉得这小伙子很'刺儿'，对成年人太不礼貌"，并建议他"年青人说话还是谦和一点好"[①]，这话惹火了年青人，此处出现代际认知差。老一辈是注重礼貌友善的一代，年轻人是浮躁易怒的一代，老一辈对年轻人有"谦和一点"的未来期许，年轻人当下的不礼貌行为与老一辈的"谦和"期许之间构成代际差异。作为老一代的"我"认为这个年青人"缺失"谦和与礼貌。但《冬雨》中并不存在老一代对年轻一代的改造，而是公交车上一对有礼貌的小学生姐弟对"我"行礼，这对小学生的模范作用让年青人露出窘态，小说只呈现这一代际冲突。

以父辈视角呈现父子冲突，在《最宝贵的》中起到深化主题的作用。这篇小说描写市委书记严一行对儿子蛋蛋的愤怒，蛋蛋曾在"四人帮"的威胁下出卖正直的共产党员，相比于《冬雨》，《最宝贵的》进一步赋予了子辈话语权，让他们有机会作出解释。小说中蛋蛋解释自己在"文化大革命"时期真诚地相信了"四人帮"对黑白的划分，突出了"四人帮"对青少年的毒害之深。而蛋蛋对父亲所说的"更宝贵的东西"，将"我们的主义"错听成"我们的主意"，瞬间激怒了严一行，认为儿子不懂共产主义、道德和良心，意识到儿子的这一"缺失"，蛋蛋自己对此却无意识，刻画出代际差。相比《冬雨》，这篇小说出现了明确的加害者，更重要的是已经开始注意到年轻一代丧失革命理想，出现信仰危机的问题。这也许是父辈叙述视角对子辈的审视之结果。

《夜的眼》的叙事高潮和主题凸显也在于对两代人冲突的刻画，代际冲突成为题眼。在即将到访的领导战友的楼房里，陈杲看到楼灯是"光色显得橙红

---

① 王蒙：《冬雨》，《人民文学》1957年第1期，第17页。

的小小的电灯泡"①，"橙红"寓意着一种温暖。而当陈杲与屋内的年轻人接触之后，"不耐烦"且缺乏礼貌的小伙子，显得"厌倦和愚蠢的自负"，让陈杲十分不满，小伙子那个"招摇撞骗"的办事方法也让陈杲"昏昏然"。陈杲离去时回头再看那楼灯，"暗淡的灯泡忽然变红了，好像是魔鬼的眼睛"②，曾经温暖的"橙红"，变成可怕的"红色"。这盏灯便是"夜的眼"，通过描绘陈杲对楼灯的前后不同感受，刻画出陈杲与小伙子的代际差，强调代表新生事物的城市小伙子对刚进城的陈杲的心灵冲击，也即新对旧的冲击。

直到 1980 年的《蝴蝶》，王蒙小说对代际关系的描绘开始从父辈视角转化为父辈视角与子辈视角并行。小说开始关注年轻一代的心理，深入其信仰缺失的灵魂之痛，不再强调父辈对子辈的单向要求，也看到子辈对父辈的审判意义，描绘年轻一代对未来的构想，尊重年轻一代的价值。

《蝴蝶》中的父子冲突刻画得最为细腻和复杂。张思远与儿子冬冬之间始终存在难以弥合的罅隙，这是从儿子刚出生就产生的。张思远在冬冬刚出生时就感觉不到这个新生儿与自己有多紧密的关系。得知海云和班上的男同学关系"不正常"，张思远怀疑过"冬冬是我的吗?"，于是"忙得没有时间正眼看冬冬一眼"。③ 后来海云被划为右派，与冷漠无情的张思远离婚，儿子与母亲住在一起，父母之间处境的悬殊使儿子越来越疏远父亲，这种疏远也令张思远生气。"文化大革命"中，张思远被批斗时，儿子冬冬上前狠狠地打了父亲几个嘴巴，张思远认为这是"阶级报复"。张思远被释放后请求去儿子插队的山村，张思远询问海云自杀前的事情时，得到了冬冬的否定回答，当时冬冬在打了张思远之后因说出"只许左派造反，不许右派翻天"被抓去了公安局，而无法在母亲海云自杀前陪在她身旁，张思远也因此无法得知海云自杀前的情形。这使冬冬那句"只许左派造反，不许右派翻天。这是你们提出来的口号"④ 对张思远来说具有了审判意味：张思远不仅是冬冬的加害者，也是海云的加害者；张思远因失去了最爱的海云而痛苦，因与自己唯一的亲人即儿子相疏远而不安，

①　王蒙：《夜的眼》，《王蒙文存 11》，北京：人民文学出版社，2003 年，第 235 页。原载于《光明日报》1979 年 10 月 21 日。

②　王蒙：《夜的眼》，《王蒙文存 11》，北京：人民文学出版社，2003 年，第 239 页。

③　王蒙：《蝴蝶》，《十月》1980 年第 4 期，第 15 页。

④　王蒙：《蝴蝶》，《十月》1980 年第 4 期，第 20 页。

但造成海云悲惨处境和儿子被囚这一结果的，正是曾经心中只有革命热情的张思远自己——张思远更是自己的加害者。

张思远看到冬冬日记中对充满了"谎言和伪善"的生活的厌恶，父子冲突达到高潮。他恼怒于自己过去流血牺牲换来的生活，却在当下遭到儿子的厌弃，张思远与《眼睛》中的苏森如、《布礼》中的钟亦成一样，感受到自己过去所热情幻想的未来并未在当下实现，过去与未来在当下产生断裂。而这种断裂在父子冲突中体现出来，成为王蒙小说中父子冲突的本质。

张思远在这场政治运动中并未受到什么损害，但张思远所代表的利益阶层却成为给冬冬这一代带来苦难的加害者，是父辈造成了子辈的"缺失"。张思远一代的革命热情发展到顶峰造成了"文化大革命"，造成了冬冬一代在"文化大革命"中被欺骗的命运。冬冬在当下感到痛苦，缺乏理想信念，缺乏对生活的热情，正是张思远一代造成的结果。进一步说，是张思远自己造成了过去与未来在当下的断裂。张思远的爱不仅是"海云的不幸的根苗"，也是冬冬的更是自己的不幸的根苗。也正是因为张思远与冬冬之间是加害者与受害者的关系，冬冬不愿成为父亲革命事业的接班人，不愿回城与父亲住在一起，父子在这件事上产生分歧。冬冬解释原因说："您太爱对我进行教育……我宁愿碰得头破血流也不愿依附于您。"① 而海云与张思远不同，只是照顾冬冬，很少"指点"冬冬。冬冬认为这是因为父亲是"强者"，而母亲是"弱者"。强者，因为自己有确信为正确的信念而成为强者，也同样因为对这信念的确信，强者往往将自己的信念强加给别人，以此改造他人，却给他人带来苦难和"缺失"。

如果说《蝴蝶》及其以前的代际冲突型小说大多是站在父辈视角展开的叙述，那么《深的湖》则是以第一人称"我"站在子辈的视角叙述父子冲突的代表作，构成对其他小说中父辈视角的补充。《深的湖》从 1980 年 21 岁的"我"的"烦恼"讲起，"我"意识到自己"缺乏性格或者才能的光辉，尤其缺乏对姑娘们的吸引力"②，不具备自己认为的新时期 21 岁的青年人"应该具有的一切"。相比于《蝴蝶》《最宝贵的》这类小说，《深的湖》是子辈自己意识到自我的"缺失"，而非父辈意识到子辈的"缺失"。后来"我"参观美术作品展，

---

① 王蒙：《蝴蝶》，《十月》1980 年第 4 期，第 34 页。
② 王蒙：《深的湖》，《人民文学》1981 年第 5 期，第 42 页。

在参观中回想起 1978 年看画册的经历，"我"被画册中的《湖畔》深深吸引，它一下子照亮了"我"19 岁的心灵，激起无限美好的幻想与愿望，但这幅画竟然是"我"父亲所作，于是"我"决定暑假回家"看一趟我的爸爸"，"缺失"者开始了"寻找"。谈话中，父亲否定了《湖畔》的意义和价值，《湖畔》引起的"我"对"美的向往、追求和爱"被生活的琐碎、庸俗打碎，1978 年的这次"寻找"宣告失败。"我"与父亲也始终"很难找到共同语言"，他教"我"唱他所喜欢的青春时代的歌曲，"我"反感；"我"唱自己中学时学会的"四人帮"时期的歌曲，却让父亲失望又愤怒，青春的歌曲成为时代的标记，更成为代际差异的提喻。生活的"虚伪和丑陋"让"我"的心变得"冷漠与虚无"，但"我"仍在"寻找"着："你在哪儿？/我的纯真，我的青春，我的爱慕？"① 父亲对"我"的回应是："去爱生活，这就对了，这就是光明。"② 而"我"仍然"疑惑"。《深的湖》站在子辈的视角叙述子辈在"缺失"中的痛苦，新时期初期子辈开始意识到自己的"缺失"，开始"寻找"自己所缺失的对生活的激情，但此时父辈却早已找到，很快恢复了五十年代初期就具有的理想热情，显示出代际差异。

从《最宝贵的》《悠悠寸草心》到《蝴蝶》再到《深的湖》，由父辈视角到父子两重视角再到子辈视角，王蒙的创作逐渐深入年轻一代的内心世界，用父辈和子辈两种视角共同展现代际冲突。

王蒙代际冲突型小说中，除了故事背景发生于七八十年代及以后的作品，也有描写四五十年代的代际冲突之作。后者数量较少，除了上文提到的《小豆儿》《青春万岁》，这类叙事的代表作还有《活动变人形》。《活动变人形》除了倪吾诚与妻子静宜的冲突这条主线，也铺设了倪吾诚与儿子倪藻的隔阂这条副线。这两条线索使这篇小说不仅在第二类社会并置型的叙事中有代表性，也呈现出代际冲突型小说的叙事特征。《活动变人形》偏重于子辈视角，即主要以倪藻的视角刻画他与父亲的关系。在倪藻眼中，父亲倪吾诚是令人讨厌的，倪藻"隐隐感到了一种厌烦"，想要改变这痛苦的现实生活，"必须改变这一切

---

① 王蒙：《深的湖》，《人民文学》1981 年第 5 期，第 51 页。
② 王蒙：《深的湖》，《人民文学》1981 年第 5 期，第 51 页。

了，是到了非改变不可的时候了"①。儿子倪藻是改造现实，建立未来，把握新的生活的人物。若倪吾诚代表"旧根"②，那么倪藻则代表"新生"。

与之类似，"季节"系列的主人公钱文也是倪藻式的人物。《恋爱的季节》中，40年代青春时期的钱文，认为"家代表的是昨天的破败琐碎寒碜沉沦"，他的学校、单位"才是生活""才属于青年""属于未来"。③ 对家庭的不满，促使他们走向革命，如巴金的《家》，革命动机来自对家庭的反抗。梁漱溟的《中国文化要义》论述中国与西方宗教国家的区别时就发现："集团生活与家庭生活，二者之间颇不相容"④，认为基督教国家偏重集团生活，而中国偏重家庭生活；进一步以商鞅为例，认为要在国家立场控制个人，"便不得不破坏家族伦理"⑤。同样，倪藻和钱文要走向国家集体化的社会主义生活，便不得不通过对旧家庭的仇恨与反叛而走向革命；反叛父亲，走向新生。"后季节"的《青狐》中，儿子钱远行对父亲钱文说："我是您的儿子，而您并不是我爷爷的儿子。您是真正的党的儿子！"⑥ 钱文一代脱离了家庭的生身父亲而走向了国家，走向了党，成为党的儿子，成为真正的新中国的新生儿。钱文这一"党的儿子"与钱远行这一"父亲的儿子"之间产生了罅隙，这个有意味的断裂正符合梁漱溟的发现。陈思和在《从"少年情怀"到"中年危机"——20世纪中国文学研究的一个视角》中认为，这类"青春主题"的创作"夸大了老年与青年（少年）、旧与新、过去与未来……等二元对立"⑦，当青年人踌躇满志地走向未来，寻求自身发展时，"首先感到的压力……是自己一方的权威、前辈和引路人"⑧。的确如此，儿子为了开创自己的人生，必然走上反抗父亲的道路。曾经钱文反抗自己的家庭走向革命，在中年也能理解儿子反抗自己而开创属于

① 王蒙：《活动变人形》，人民文学出版社主编：《当代长篇小说 人民文学出版社建社卅五周年纪念》，北京：人民文学出版社，1986年，第60—63页。

② 郜元宝：《未完成的交响乐——〈活动变人形〉的两个世界》，《南方文坛》2006年第6期，第30页。

③ 王蒙：《恋爱的季节》，《花城》1992年第5期，第92页。

④ 梁漱溟：《中国文化要义》，上海：上海人民出版社，2018年，第88—89，91页。

⑤ 梁漱溟：《中国文化要义》，上海：上海人民出版社，2018年，第88—89，91页。

⑥ 王蒙：《青狐》，北京：人民文学出版社，2004年，第311页。

⑦ 陈思和：《从"少年情怀"到"中年危机"——20世纪中国文学研究的一个视角》，《探索与争鸣》2009年第5期，第6页。

⑧ 陈思和：《从"少年情怀"到"中年危机"——20世纪中国文学研究的一个视角》，《探索与争鸣》2009年第5期，第6页。

他们自己的事业。40 年代与 80 年代儿子对父亲的反抗与冲突，都是同样的内在逻辑。

新疆题材的小说作为王蒙小说的重要部分，也有刻画代际冲突的作品，且往往以代际冲突刻画时代发展。短篇《最后的"陶"》中，依斯哈克与儿子达吾来提之间充满了"沉郁紧张的气氛"①，达吾来提打扮新潮，话语中带有许多新名词，想要摆脱狭小的哈萨克人的世界，进入真正的广大世界中去；而依斯哈克是传统而古板的哈萨克人，父子之间"连一句话也没有"②。达吾来提十分憧憬库尔班所从事的畜牧加工的现代化生产，期待着过上"文明的富裕的生活"，而依斯哈克则对库尔班十分憎恶，认为他有违哈萨克"把金钱看做指甲缝里的泥垢"③ 的传统，为了赚钱而破坏了天山的生态，马与驴杂交破坏了清真马的纯洁。达吾来提便认为父亲是"老顽固"，依斯哈克大叔也终于把达吾来提"妖里妖气"的录音机砸了，父子冲突达到高潮。现代化的新风吹到了哈萨克人的山沟里，新的变革与旧的传统之间的冲突，在王蒙小说中具化为父子之间的冲突，以此来刻画时代前进的必然趋势。

除了父子冲突，《爱弥拉姑娘的爱情——〈在伊犁〉之六》也刻画出少见的母女冲突。爱弥拉姑娘是图尔拉罕的养女，毕业后做了伊宁当地的小学教师，她怀揣着浪漫的电影演员梦，有一种"青春的活力和亲人间的慈爱之情"④，与养母幸福美满地生活。但在"文化大革命"中，她被派到县城集中学习，在学习期间与天山公社一位男教员恋爱了，而图尔拉罕并不愿意女儿远嫁，否则自己将孤身一人，无法活下去。爱弥拉姑娘因此回家，之后却形容憔悴，失去了曾经的青春光彩。老王用"五四"以来"关于婚姻自主、自由恋爱的道理"⑤ 也说服不了图尔拉罕，她只关心自己抚养女儿所耗费的粮茶油盐都白白给了人家，抱怨女儿"没良心"。选择婚恋自主的女儿最终远嫁，丈夫对爱弥拉姑娘十分宠爱，打破了新疆地区传统的男尊女卑的观念。年轻一代追求自由恋爱与自主婚姻，与老一代的传统观念形成冲突。

---

① 王蒙：《最后的"陶"》，《王蒙文存 11》，北京：人民文学出版社，2003 年，第 359 页。原载于《北京文学》1981 年第 12 期。
② 王蒙：《最后的"陶"》，《王蒙文存 11》，北京：人民文学出版社，2003 年，第 359 页。
③ 王蒙：《最后的"陶"》，《王蒙文存 11》，北京：人民文学出版社，2003 年，第 362 页。
④ 王蒙：《爱弥拉姑娘的爱情——〈在伊犁〉之六》，《延河》1984 年第 1 期，第 13 页。
⑤ 王蒙：《爱弥拉姑娘的爱情——〈在伊犁〉之六》，《延河》1984 年第 1 期，第 14 页。

　　纵观王蒙的小说创作，代际冲突多是当下难以弥合的。除上文所述作品，还有如《苦恼》讲述了一个文坛前辈金永用纯真的文学理想和严谨的创作态度辅导后生钱莉莉的文学创作，而自己的纯真和严谨得到的却是钱莉莉物质上的感谢，前辈崇高的理想追求并未在后辈这里得以延续。《冬天的话题》描写63岁的朱慎独的沐浴学受到了年轻人赵小强的反对，两代人在应该早上沐浴还是晚上沐浴这一荒诞问题上的分歧始终未得解决。小说借此讽刺文坛无聊的争论，同时探求新与旧如何共存的答案。《致爱丽丝》中，青年作家对老年作家"我"不愿让位于年轻人而感到不满，"致爱丽丝"仿佛代表一代人的理想追求，"我"门铃的有气无力的呻吟，寓意着"我"这一代的理想逐渐过时，而青年也在"默默地"期待着属于他们这一代的未来。《现场直播》中的一家人，看体育比赛直播时各自持有不同观点，父子之间总是产生冲突，父亲厌恶儿子这类没有本事的"刻薄的看客"，儿子抱怨父亲没有本事解决自己的现实待遇问题，小说体现出对年轻一代沉迷于物质欲望而失却信仰的深深焦虑。《暗杀—3322》也描绘了李门与儿子李坚强在理想信仰上的冲突，父亲有更高的理想道德信念，而儿子追求待遇、物质、攀比，并嘲笑父辈的理想信念是"乌托邦"[1]。《春堤六桥》描写了老人鹿长思在湖边散步的遐思，以老人的视角描写年轻一代对老一辈理想追求的"轻蔑"和"麻木不仁"，认为老一辈的"忧国忧民"是"自作多情"，传达对现实问题的深刻担忧和对年轻一代的信仰焦虑。[2]《青狐》中钱文也因儿子的信仰缺失、精神痛苦、寻求轻生，而感到自己与年轻人已如此"陌生"。在骂儿子"混账"时，钱文马上联想到了巴金笔下的高觉新与高老太爷、《红楼梦》里的贾政、想要杀死儿子的彼得大帝与伊凡雷帝，将这一代际冲突扩展至古今中外数百年的历史中。[3] 直至2021年的长篇《猴儿与少年》中也有施炳炎与女儿关系的不合，施炳炎"不愿意多想她"，女儿在母亲去世后更少回家，父女之间只是"礼貌地互通信息"[4]。王蒙小说中存在大量对代际关系的描写，而且往往关系不和谐，代表着新与旧的冲突。父辈所引出的"过去"并未在子辈所引出的"未来"中得以延续，形成表

---

① 王蒙：《暗杀—3322》，沈阳：春风文艺出版社，1991年，第252页。
② 王蒙：《春堤六桥》，《小说界》1997年第5期，第11页。
③ 王蒙：《青狐》，北京：人民文学出版社，2004年，第159—160页。
④ 王蒙：《猴儿与少年》，《花城》2021年第5期，第51页。

面上的断裂。

二、"缺失"的消除：以未来意识弥合断裂

王蒙小说中尽管普遍存在代际冲突，但小说也显示出调和新旧、化解冲突、弥合断裂的努力，即未来意识的表达。对于当下难以解决的问题，小说往往将解决的希望寄托于未来，试图以未来意识弥合断裂。

王蒙小说往往并不交代父子之间的断裂是否最终弥合，把这一弥合的结果放在未来，而当下未知。《最宝贵的》中父亲想要帮助儿子"寻找"到所缺失的革命理想、对真理的追求，这一向未来敞开的"寻找"行为，构成消弭父子冲突的契机。相比于《冬雨》，《最宝贵的》开始有了对所缺失的东西的"寻找"，且有了明确的造成"缺失"的加害者，即"四人帮"。陈思和发现这篇小说与《班主任》在"思路和表达形式"上的相似性："从青年人的错误引申出教训，让成年人去思考，正面来解答历史教训与理想重建。"① 陈思和的关注点在于"青年人"的错误对"成年人"的触动、影响，进一步讲，这种触动和影响其实主要体现在"成年人"因此而建立起对未来的构想，如《班主任》结尾里张老师计划着未来如何引导学生们更好地建设社会主义，《最宝贵的》结尾也是严一行计划着未来要保持自己的忠实和勇气，坚持揭批"四人帮"。所计划的这一未来，能够弥补儿子当下的"缺失"，化解父子冲突。《悠悠寸草心》中吕师傅去找唐久远，在客观上构成对儿子缺失的"阶级感情"的"寻找"，试图在唐久远对自己的礼貌接待中印证"阶级情感"的存在，以此消弭父子冲突。尽管找到唐久远后受到他的冷落，但小说结尾吕师傅仍然计划，未来两天再次去看望唐久远。小说并未交代"缺失"最终是否被弥补，即唐久远是否以真诚的"阶级情感"接待了吕师傅，向儿子印证"阶级感情"的存在，但小说结尾的这一未来向度，仍显示出父辈消弭代际冲突的努力。同样，《夜的眼》中，陈杲尽管在年青人那里受到了心灵冲击，楼灯的灯光最后变成了"魔鬼的眼睛"，但小说结尾写道：陈杲"仍然爱灯光，爱上夜班的工人……"②用对生活的"爱"来消弭代际冲突，而生活本就是不断延续的、向

① 陈思和：《从"少年情怀"到"中年危机"——20世纪中国文学研究的一个视角》，《探索与争鸣》2009年第5期，第7页。
② 王蒙：《夜的眼》，《王蒙文存11》，北京：人民文学出版社，2003年，第239页。

未来敞开的，陈杲的"爱"由此也具有未来向度。

以未来意识弥合父子之间的断裂，在《蝴蝶》中体现得更为细致。张思远尽管之前感受不到刚出生的儿子与自己有什么联系，尽管怀疑过冬冬不是自己的儿子，但当想到冬冬与自己是"一条生命之线上的两个点"，联想到"冬冬长大了，他们的生活会比我们这一代人好得多"①，便愿意一有空就与儿子在一起。将自己和冬冬这两点连成一条线，一直延伸向未来；想到儿子的未来会更幸福，便搁置了原先存在的罅隙，而愿意与儿子建构友谊，冲突得以和解。在日记事件中，冬冬厌恶父亲流血牺牲换来的生活，但他意识到"生活压根儿就不象我小时候想的那样美好，所以生活压根儿也不象我现在所想的那样不好"②。当下对生活的想象也许在未来并不会实现，同样是未来思维，使冬冬放下了与父亲在日记事件中的冲突，而来看望生病的父亲，做出与父亲和解的姿态。在张思远提出儿子应该进城与自己一起生活时，冬冬表示反对，认为："您们可能是崇高的和伟大的一代人……我们也愿意作崇高伟大的一代人，象您们一样，做披荆斩棘的探求者，开路者，创业者。"③儿子与父亲在是否进城生活上出现了分歧，但在希望未来做崇高的一代上却达成一致，对未来事业有相同的奋斗目标。在这一未来规划下，父子冲突得以缓和，对于冬冬不愿做自己革命事业的接班人这件事，张思远也表示了默许。尽管张思远与冬冬总是"谈不拢"，但小说并不停留在这种断裂上，一系列父子冲突之后，小说最后一节被命名为"桥梁"："在昨天，今天和明天之间，在父与子与孙之间……分明有一种联系，有一座充满光荣和陷井（阱）的桥。……他期待明天，也眺望无穷。"④王蒙小说并不停留于父子冲突，而在寻求调和冲突，弥补"缺失"和断裂。"消除缺失"的便是这"桥梁"，是"期待明天"的望向未来的目光——当下的断裂在当下难以弥合，但在未来可以弥合。"未来"是对当下冲突的和解，对当下断裂的弥合，对当下"缺失"的消除。

更进一步的是，同样是将和解的希望放在未来，但《深的湖》和《高原的风》提供了一个中间者来调停父子冲突。《深的湖》中儿子"我"的"缺失"

---

① 王蒙：《蝴蝶》，《十月》1980 年第 4 期，第 15 页。
② 王蒙：《蝴蝶》，《十月》1980 年第 4 期，第 25 页。
③ 王蒙：《蝴蝶》，《十月》1980 年第 4 期，第 33 页。
④ 王蒙：《蝴蝶》，《十月》1980 年第 4 期，第 37 页。

以及与父亲的隔阂的消除，在于有一个得力的"相助者"，即同学锦红。她是比"我"大九岁的具有丰富经验和学识的人，她的年龄正好处于"我"与父亲之间，对于父亲这一代人，她比"我"更能理解他们的伟大与辛酸。正是在锦红的指导和强调下，父亲的《湖畔》和《猫头鹰》才对"我"有如此大的触动，她认为《湖畔》能够激起人们美好的幻想和愿望，认为猫头鹰的眼里装满了父亲那一代人的"悲哀和快乐，渺小与崇高，经验和智慧，光荣和耻辱"①。锦红向"我"解释父亲这一代人并不像"我"所认为的那样渺小和庸俗，使"我"对父亲的误解逐渐消除，并最终愿意主动走向父亲。小说仍然以未来叙事结尾，"我"决定下礼拜日要回家"和父亲好好地谈一谈"，认为父亲尽管庸俗，但"他毕竟曾经找到过如今又找到了他在生活中的位置"②，但"我"还没有找到自己的位置。在锦红这个中间者的提点下，"我"意识到"我""缺失"的、所要"寻找"的东西存在于父亲那里，能够消除"我"的"缺失"的是父亲。"我"开始了"寻找"，而下礼拜日与父亲交谈能否让"我"最终顺利找到自己所追求的东西，对此小说并未交代，只显示了这种趋向，而将"缺失"的最终消除放在未来。

《高原的风》中的中间者便是当下虽有坎坷但仍对未来充满希望的小李。宋朝义说让自己热血沸腾的是"革命的口号"，而儿子龙龙却"讨厌一切口号"，只"需要摩托车、空调和录像机"等。小李发现了宋朝义与龙龙的共同点，认为龙龙对摩托车、汽车等的追求"就是您的口号"，"眼下都还没有"，"是口号而不是现实"③，以此弥合了宋朝义与龙龙在是否相信"口号"上的分歧，抚平了龙龙对追求理想的父亲的排斥，也让宋朝义逐渐安宁。《闷与狂》中写道："什么是人生的追求，那就是找到了三个字，你找到了你的所要，你找到了你的所思，找到你的所爱。"④ "找到了"便是"消除缺失"，龙龙最终找到了自己的所要与所爱，宣布要与小李结婚，希望去高原支教，对未来的构想从曾经的物质生活转变为充实精神世界。这代表着龙龙走向父辈对理想信念的追求，小李是这一转变的推动者。

---

① 王蒙：《深的湖》，《人民文学》1981年第5期，第53页。
② 王蒙：《深的湖》，《人民文学》1981年第5期，第54页。
③ 王蒙：《高原的风》，《人民文学》1985年第1期，第36页。
④ 王蒙：《闷与狂》，北京：北京联合出版公司，2014年，第86页。

　　王蒙小说虽然看到了代际观念的新旧冲突，但仍期待着和解，希望以未来意识调和新旧。尽管如陈思和所言："对青年一代的理解上，王蒙在宽容、理解的背后总是情不自禁地流露出 50 年代的青年的优越感……"① 但王蒙小说毕竟仍然呈现出一种和解的姿态。《湖光》中的李振中，能够理解自己这代人与当前的年轻人之间的冲突是政策与措施"大改革"下呈现的"混乱"与不协调，明白社会无法做到像"蒸馏水一样纯净"，必然新旧并存，于是"以不变应万变"，以"盯着现在和未来"② 的目光调和自己与年轻一代的关系，以未来和发展的眼光调和当前的新旧冲突。代际冲突型小说体现出对现实问题的婉曲揭示，并在文本中显示出寻求解决、改造现实问题的愿望，以未来目光看待当下的矛盾冲突。

　　王蒙小说中的父辈也能理解年轻一代，意识到年轻人才是新时代的主人，以未来的、发展的眼光看待代际关系。《活动变人形》的倪吾诚坚信："我们这一代是不行了。希望在下一代。"③《蝴蝶》中尽管张思远不满于儿子的迷惘，但仍坚信"他们的生活会比我们这一代人好得多！"④《深的湖》中父亲杨恩府也在信中向儿子表白："我的儿子，我的未来，我的无穷。"⑤《湖光》中的老人李振中，承认"未来的世界是属于他们的"⑥ 这一不以"我们"的意志为转移的事实。《名医梁有志传奇》中的梁有志期待着孩子们的五十岁"比我生活得好一些"，并承认"未来毕竟是他们的啊"⑦。《山中有历日》中的白杏也与梁有志有同样的心绪，相信女儿"一定比她更幸福、更出息"，将自己的梦想"寄托到下一代身上"⑧。《笑的风》里面傅大成感慨于女儿的出息，认为"新人胜旧人"⑨。一代一代生命的延续，是幸福与希望的延续，这种未来意识体

　　① 陈思和：《关于乌托邦语言的一点随想——致郜元宝：谈王蒙小说的特色》，《文艺争鸣》1994 年第 2 期，第 49 页。
　　② 王蒙：《湖光》，《当代》1981 年第 6 期，第 145 页。
　　③ 王蒙：《活动变人形》，人民文学出版社主编：《当代长篇小说 人民文学出版社建社卅五周年纪念》，北京：人民文学出版社，1986 年，第 31—32 页。
　　④ 王蒙：《蝴蝶》，《十月》1980 年第 4 期，第 15 页。
　　⑤ 王蒙：《深的湖》，《人民文学》1981 年第 5 期，第 51 页。
　　⑥ 王蒙：《湖光》，《当代》1981 年第 6 期，第 145 页。
　　⑦ 王蒙：《名医梁有志传奇》，《王蒙文存 10》，北京：人民文学出版社，2003 年，第 59、71 页。原载于《十月》1986 年第 2 期。
　　⑧ 王蒙：《山中有历日》，《人民文学》2012 年第 6 期，第 64 页。
　　⑨ 王蒙：《笑的风》，《人民文学》2019 年第 12 期，第 31 页。

现了一种乐生意识。《高原的风》《活动变人形》《暗杀——3322》《没情况儿》等小说中，都写到下一代比老一辈个子更高，将此归因于社会主义的优越性，对未来持乐观态度。两代人对比是要突出社会历史的发展前进，王蒙小说体现出一种积极的历史发展观。

与这种和解情绪相适应的是，王蒙小说中也有描写老一辈人感伤情绪的文本，面对年轻一代的崛起深感自己将要逝去的命运，传达出时代更迭的感慨。《木箱深处的紫雕花服》描写一件紫雕花服自被主人购买后的命运，采用紫雕花服"我"的视角，描绘 50 年代到 80 年代的时代变迁，紫雕花服象征着主人在 50 年代的青春和美好，尽管紫雕花服不甘于还没得到"风头"还没效劳就被压箱底，但它仍然微笑着面对自己将要被氧化而消逝的命运。① 《庭院深深》中，50 年代的音乐学院小院在 80 年代已被摩登高楼替代，难以找回青春时创作激情的"我"，也逐渐被乐坛、文坛新人替代，只能以"故情写惘然"②，"我"寻找曾经温馨美好的小院而不得，宣告了"我"无法再回到自己的时代。《室内乐三章》中的三个故事都讲述的是老人们寻找自己年少时的旧物而不得，不论是老张苦苦寻找的结婚不久买的紫色毛毯，还是刘教授想要找回治疗口吃的荞麦皮枕头，或者王院长怀念的没有蚊子侵扰的童年土房，都是老人们曾经青春时代的载体，寻而不得，流淌着老一辈人面对自己时代必然逝去时的感伤。这类小说，书写出老一辈人在新旧快速变换的时代确立自我位置的恍惚感和无力感。

王蒙曾表示自己有意书写老一辈人的感伤情绪，试图以此消解时代更迭带来的痛苦与焦躁的情绪，化解阻碍时代发展的消极情绪，从而推动社会发展向未来更顺畅地前进。难以快速适应现实的老一辈人，处于时代快速变革的"混乱"之中，不可避免地有痛苦、怅惘与焦躁的情绪。就像《高原的风》里的宋朝义，"不知道自己该做点什么"③，在属于自己的时代逐渐逝去的时候，难免产生彷徨与手足无措之感。王蒙在《现代文化与民族传统文化》一文中提出要

---

① 王蒙：《木箱深处的紫雕花服》，《王蒙文存 12》，北京：人民文学出版社，2003 年，第 44 页。原载于《花城》1983 年第 2 期。

② 王蒙：《庭院深深》，《王蒙文存 12》，北京：人民文学出版社，2003 年，第 253 页。原载于《人民文学》1987 年第 8 期。

③ 王蒙：《高原的风》，《人民文学》1985 年第 1 期，第 35 页。

面对这种现代化快速发展带来的"生活上、文化上的不适应和尴尬"①。不一味歌颂速度和现代化，而是看到现代化科技发展给人的精神世界带来的问题，这是比未来主义者的盲目激进更深刻之处。王蒙认识到人的这种"尴尬"处境，在《文学的逆向性：反文化、反崇高、反文明》一文中明确表示，策略性地选择"怀旧"，试图以此作为"历史前进当中的感情补偿"②，"怀旧"是为了推动历史的前进。同时，他在《谱写农村的新生活交响乐章》一文中也坦言："对一些虽然美好但终究是要消失的东西唱一唱挽歌"，是为了从"侧面反映""生活飞速前进的进程"。③ "怀旧"是为了弥补历史前进中的心灵创伤，以便转化为积极因素，更好地推动历史的发展。王蒙在小说创作中有意关注时代更迭下的老一辈人的感伤，以未来意识消解代际差异、代际冲突给老一辈人带来的消极情绪，试图让老一辈人在代际冲突中走向和解，弥补断裂。这一创作意图在文本中尽显，也让读者们感受到"他回忆过去，追怀往昔，不是哀伤自怜的挽悼与怀旧，而是斩断旧根，以图新猷"④。"他对旧物很少决然的离别，而是温吞的苦辞。……他在以肯定的方式否定过去，而不是以否定的方式去建设或肯定什么。"⑤王蒙小说执意要跨越代际冲突，面向未来，走向和解。

王蒙小说中虽然描写了理想实现后手足无措的彷徨，但这并不代表王蒙由理想主义走向了虚无主义。有学者认为他在八九十年代以漫画笔法荒诞地描写现实问题的《冬天的话题》《坚硬的稀粥》《活动变人形》《名医梁有志传奇》等作品，是由于他认为人生"没什么意义"⑥。而笔者认为恰恰相反，这是他对现实问题的婉曲揭示，并在文本下潜藏着改造现实的愿望，以更好地建设未来。

王蒙小说对下一代人的乐观期望，是对历史必然前进的承认，更是对自己

① 王蒙：《现代文化与民族传统文化》，《王蒙文存 23》，北京：人民文学出版社，2004 年，第 347 页。

② 王蒙：《文学的逆向性：反文化、反崇高、反文明》，《王蒙文存 20》，北京：人民文学出版社，2003 年，第 193 页。

③ 王蒙：《谱写农村的新生活交响乐章》，《王蒙文存 23》，北京：人民文学出版社，2004 年，第 303 页。

④ 郜元宝：《未完成的交响乐——〈活动变人形〉的两个世界》，《南方文坛》2006 年第 6 期，第 29 页。

⑤ 孙郁：《王蒙：从纯粹到杂色》，《当代作家评论》1997 年第 6 期，第 16 页。

⑥ 樊星：《在理想主义与虚无主义之间》，《当代作家评论》2005 年第 3 期，第 141 页。

曾经革命追求的坚持。他在小说《湖光》中道出一个巧妙的关系："他们应该比我们更幸福。否则，我们的受苦和奋斗又是为了什么呢？"① 未来才能赋予过去以意义，曾经的奋斗是为了未来的美好，所构想的未来在现实中实现后，过去为之所付出的牺牲才具有了意义。可见，王蒙小说中老一辈选择向年轻人妥协，期待他们会更好，是由于发现了未来与历史的辩证关系，自己这一代人曾经的革命追求需要在下一代人的幸福生活中获得意义，于是终于走向了和解。这种对未来的乐观，其实在《活动变人形》中倪吾诚一辈人身上就已出现，倪吾诚也把希望寄托在下一代，因为他"相信达尔文的进化论"，"相信中华民族立国精神之再造"②，就不能不相信下一代比自己更好。《名医梁有志传奇》将代际关系与历史前进的必然性描述得更为直接，梁有志听到儿子"用五十年代这一代人视为神圣的词儿开一些庸俗的玩笑"③ 而感到愤怒与悲凉，儿子便直言"这就是代沟"，"为什么填起来？你们的成长条件决定了你们的局限性，我们有新的条件与新的使命……如果我们前进的步子更大一些，与你们之间的沟更深一些，不是更说明历史的前进运动么？"④王蒙小说中，代际冲突成为历史前进的提喻。

三、王蒙小说中的历史前进观

如果说个人成长型叙事是对自我强力的崇拜，社会并置型叙事是对生活强力的崇拜，那么代际冲突型叙事则是对历史强力的崇拜。王蒙小说中，父辈最终与子辈和解，认识到自己无法改变的东西，承认未来属于下一代，承认历史必然前进的强大力量。在坚持历史前进观的前提下，王蒙小说中的父辈选择与子辈和解，相信未来。

王蒙小说中的人物承认历史强力，坚持历史前进观，具有三重意义：

一是使人物走出自责，洗涤自己曾经犯下的罪责。

《踟蹰的季节》《狂欢的季节》《岑寂的花园》《我愿意乘风登上蓝色的月

---

①　王蒙：《湖光》，《当代》1981 年第 6 期，第 135 页。

②　王蒙：《活动变人形》，人民文学出版社主编：《当代长篇小说 人民文学出版社建社卅五周年纪念》，北京：人民文学出版社，1986 年，第 80 页。

③　王蒙：《名医梁有志传奇》，《王蒙文存 10》，北京：人民文学出版社，2003 年，第 80 页。

④　王蒙：《名医梁有志传奇》，《王蒙文存 10》，北京：人民文学出版社，2003 年，第 81 页。

亮》等小说中多次感慨"天地不仁，以万物为刍狗"①，这是对历史"一往无前地奋勇前进"②的认定。小说认为应当"弄清它自己的本来的样子"③，而非以主观世界去塑造历史，应当承认人的渺小与脆弱，承认历史不以人的意志为转移的强大力量。《岑寂的花园》中，曾在"文化大革命"中错害了他人的鞠囵觚，90 年代开始反思这场革命悲剧："历史也有时候刮风。天地无情，以万物为刍狗。历史无情，尤其以青年人为刍狗。你算老几，你能做什么，你能改变什么，你能负什么责任？人只不过是狂风吹过来再吹过去的沙砾。""不企图用自己的脖颈去阻挡挫钝历史的利刃"，自己犯下的罪过都是由于自己始终听从于"我的绝对权威的主人"。④ 历史，便是这"绝对权威的主人"，是使当时正值青年的鞠囵觚错害胡老师的凶手，人是被历史裹挟着的一粒沙子。正如《如歌的行板》中同样在 1955 年肃反运动中犯下错误的周克所言："斗争的规律是，只要你一参加斗争，哪怕是不情愿的、不明确的、不自觉地参加了一下斗争，洪流就会把你远远地推向前去。"⑤ 在审判自己曾经对心爱的萧铃所犯下的过错时，他认为："太激动、太威严又太迅速的变革之中，人们不可能不出错。"⑥ 承认"水比船强"，人永远对抗不了历史的洪流。对历史强力的感慨，往往出现于人物对自我进行审判的时刻。我们也许可以说，对历史强力的渲染，是王蒙小说中人物逃避自责的一种托词，将罪责推给自己无法与之对抗的历史，显示出自身在历史中的被动与无奈，从而获得对自己的谅解。"健忘才能健康"⑦，只有走出自责，与自我和解，才能继续活下去，这与王蒙小说创作中一以贯之的"活的哲学"相契合。因此，王蒙小说中人物对历史强力的承认，成为对自己曾经所犯罪责的一种推脱，认为历史能够洗涤个人罪孽，因为人是渺小脆弱的，在历史洪流中身不由己。

　　二是使人物走出曾经的创痛，坚定地建设更美好的未来。

────────────────

　　① 参见《踌躇的季节》，《当代》1997 年第 2 期，第 19、144 页。《狂欢的季节》，《当代》2000 年第 2 期，第 32 页。《岑寂的花园》，《北京文学》2009 年第 3 期，第 30 页。《我愿意乘风登上蓝色的月亮》，《中国作家》2015 年第 4 期，第 10 页。

　　② 王蒙：《踌躇的季节》，《当代》1997 年第 2 期，第 19 页。

　　③ 王蒙：《踌躇的季节》，《当代》1997 年第 2 期，第 144 页。

　　④ 王蒙：《岑寂的花园》，《北京文学》2009 年第 3 期，第 30 页。

　　⑤ 王蒙：《如歌的行板》，《中篇小说选刊》1982 年第 2 期，第 133 页。

　　⑥ 王蒙：《如歌的行板》，《中篇小说选刊》1982 年第 2 期，第 135 页。

　　⑦ 王蒙：《岑寂的花园》，《北京文学》2009 年第 3 期，第 30 页。

人物回忆过去的历史错误，警惕未来再次堕入深渊，这在王蒙小说中大多体现为政治创伤带来的跨期（从过去到现在）阵痛。《卡普琴诺》中，一位经历过"文化大革命"的党员干部，在 1980 年移居美国，对"我"说："我们真希望中国比现在更好……比美国还要强大！……在我们搞夺权背语录的那十年，正是全世界科学技术向前发展的关键的十年！我们失去的时间太多了，我们太没有出息了！"① 过去"文化大革命"使我们失去了发展的最佳时机，当下反省过去的错误，期待未来"中国比现在更好"。王蒙小说中曾有过革命信念后来移居美国的"新大陆人"们，大都背负着这沉重的历史，人们"需要卡普琴诺的苦味"，警惕再次走向错误的深渊。这苦味的爱，是对曾经真挚的革命信念和爱国热情的珍藏，也是要将这建设、发展祖国的热情在未来持续下去的决心。王蒙小说中的人物坚持认为未来永远存在，历史仍会前进。

《活动变人形》② 第一章写到的赵微土，1967 年跑出国的革命干部，也与《卡普琴诺》中那位身居海外的革命干部同样期待着"我们中国能长点出息"，以工业革命后飞速发展的西方视野要求着、期许着刚从"文化大革命"中挣扎出来的中国。而与赵微土相遇和交谈，也激起了倪藻内心对中国革命的反思，发出了中国何时"才能跻身于发达国家的行列"的期待，这个具有"严肃的苦味儿"的问题，是中国传统文化和革命文化与西方工业文化碰撞的产物，以"新大陆人"与"大陆人"的碰撞产生的心灵激荡提喻这种文化的碰撞。正是在中西文化的碰撞下，倪藻试图寻找点什么，终于由史福岗家"难得糊涂"的匾牵出了对旧中国和家族历史的回忆，审视中国传统文化和近代革命文化。在中国落后于西方的国际语境下审视旧中国的畸形儿倪吾诚的悲剧命运，更能激发人们励精图治、努力建设中国未来的决心。同时，对倪吾诚人生经历的回顾是在"新大陆人"与"大陆人"的对话中牵引出来的，许多研究者忽略了赵微土与倪藻对话的这个背景，没有看到"新大陆人"与"大陆人"都在与美国的对比下期许着中国能够记住"文化大革命"十年的警示，希望中国在未来能够"长点出息"。就文本本身而言，小说无意回头"寻根"，而是翘首展望，叙述

---

① 王蒙：《卡普琴诺》，《王蒙文存 8》，北京：人民文学出版社，2003 年，第 300 页。初版为《卡普琴诺——〈新大陆人〉之三》，《上海文学》1986 年 5 月号。

② 王蒙：《活动变人形》，人民文学出版社编：《当代长篇小说 人民文学出版社建社卅五周年纪念》，北京：人民文学出版社，1986 年，第 10—12 页。

的倾向性在于如何挣脱痛苦的悲剧而重塑美好的未来。与其说《活动变人形》是寻根小说，不若说是在中西方对比下让中国"走向世界""走向未来"的建设力量的激发之作。《活动变人形》并不像《爸爸爸》《红高粱》等寻根小说沉溺于历史，执着于对文化的批判或自豪，而是怀着"中国能长点出息"的未来面向的期待，回溯中国近代以来的革命历史所犯下的错误和走过的弯路，避免未来重蹈覆辙，从而更好地前进。

同样是书写海外华人与革命中国之间复杂关系，加拿大华裔女作家李彦的《红浮萍》①中的女主人公小平，便是王蒙笔下这类曾在国内经历过革命风云后移居海外的"新大陆人"。《红浮萍》的叙述者对于从新中国成立到"文化大革命"时期的回忆，往往极力铺叙、渲染青少年时期由"走资派"父亲和"右派"母亲带来的苦难，她后来在加拿大当家庭女佣的经历也充满了被白人种族歧视以及生活空虚的痛苦。作为"新大陆人"的自述，并不具有王蒙小说中这样经历苦难之后还怀有东山再起的决心的顽强生机。相比王蒙小说中对新中国具有主人翁态度的"大陆人"来说，李彦的《红浮萍》中的小平及其母亲，对中国的历史与未来更具有一种冷静的、旁观的姿态，经历了苦难之后，并不再有更加努力建设中国的未来之决心，小说只停留于感喟历史带来的痛苦。王蒙这类小说，通过描写"新大陆人"失却"少年人的理想与单纯"的痛苦，以及离国后的漂泊激发出的强烈的"爱国心"，表现出崇高理想的珍贵之处，对人们建设祖国的"爱国心"的激发，警示人们勿做"中国的不肖子"②。王蒙小说中的人物坚持认为历史是前进的，在经历痛苦之后仍然具有重生的信心，体现了王蒙小说区别于同题材其他作品的鲜明的未来意识。

三是使王蒙小说中人物获得鞭策自己不断适应变化着的现实的精神动力。王蒙小说中的人物，在承认历史前进的必然性之外，还有一种必须跟上时代、跟上历史前进的列车的紧迫感。《暗杀—3322》中1958年领导"向党交心"运动的侯志谨，在开"交心"会议时对人们宣称："中国正在发生天翻地覆的变

① 李彦：《红浮萍》，北京：作家出版社，2010年。李彦于1995年用英文创作了"Daughters of the red land"在加拿大首次发表，影响巨大，后来经李彦以中文改编成《红浮萍》，于2010年在中国发表。
② 王蒙：《轮下》，《王蒙文存8》，北京：人民文学出版社，2003年，第265—266、271页。原载于《人民文学》1986年第4期。

化，叫做一天等于二十年！我们必须跟上！我们跟不上的话，就只能是被时代的列车甩出来，甩出来后也许会粉身碎骨……"①显示出鲜明的个体与集体的命运差距，只有投身到历史洪流、成为集体中的一员，才能前进，否则只能成为时代的弃儿，粉身碎骨。与之相似，《失态的季节》中，曲风明也对钱文这批"右派"分子们说："不肯改造自己，这就是反动派！不改造就会被历史的洪流冲成泡沫，不改造就会被历史的巨轮轧成齑粉。"②人人都是被历史洪流推着前进的一粒沙子。除了 50 年代后期的政治运动，80 年代背景下面对西方现代化的冲击，王蒙小说中的人物也深感需要"历史的重压"，在《卡普琴诺》中，"我"到美国参加研讨会并访问离华到美的革命旧友："在一座到处都是明晃晃的玻璃大厦与五颜六色的广告灯的城市，人们需要一个黯淡的角落，需要我们这里连农民也不再用的用报纸糊墙的方式。人们需要历史的重压，需要卡普琴诺的苦味。"③在小说中，"历史的重压"意味着记住"在我们搞夺权背语录的那十年，正是全世界科学技术向前发展的关键的十年！"④如今美国如此强大，我们需要记住曾经"没有出息"的那十年，抓紧赶上，发展到"比美国还要强大"，"历史的重压"成为"新大陆人"和"大陆人"努力建设祖国走向强大的精神动力。

　　总之，对历史强力的承认，成为王蒙小说中人物继续活下去，继续走向未来的动力，历史与未来是相互联结的。再坎坷再悲痛的历史，都需要从其中走出来，并且走向未来；要建立美好未来，也需要"历史的重压"，与历史相联。《踌躇的季节》明确阐释了"历史"与"未来"的联结关系，钱文在"文化大革命"中看到曾经的革命同志的悲惨遭遇而感慨革命与历史的无常："因为我们只能选择生活，而不能选择死亡，我们只能选择革命，而不能选择自私和反动，我们不能选择与历史的车轮顶牛，我们不能选择置烈士的鲜血于不顾。"⑤王蒙小说中的人物大多坚持"选择生活"而"不能选择死亡"的观念，具有坚定地活下去的信念。钱文的这段话也可以理解为，因为要活下去，要走向未

①　王蒙：《暗杀—3322》，沈阳：春风文艺出版社，1991 年，第 148 页。
②　王蒙：《失态的季节》，《当代》1994 年第 3 期，第 62 页。
③　王蒙：《卡普琴诺》，《王蒙文存 8》，北京：人民文学出版社，2003 年，第 296 页。
④　王蒙：《卡普琴诺》，《王蒙文存 8》，北京：人民文学出版社，2003 年，第 300 页。
⑤　王蒙：《踌躇的季节》，《当代》1997 年第 2 期，第 63 页。

来，所以要顺应历史洪流，要铭记历史教训。"未来"与"历史"始终是王蒙小说"活的哲学"缺一不可的必要条件。

不仅是王蒙小说中的人物坚持历史前进观，现实世界的作家王蒙也持有这一观念。王蒙在《中国天机》中认为："停滞不前与犹豫不决绝对不能保证伟大祖国的长治久安。……第一，历史不能断层……第二，历史必须前进……"① 这种历史前进观，在其文学创作与政治理念中都有所体现，是他革命性与文学性的统一。对速度和直线前进的未来性追求，使他的小说充满了历史感，即郭宝亮所言，"开放时空中的时代变迁决定了人物命运的浮沉变幻"②，王蒙小说中的人物都有历史的纵深感，并非孤立的个人，人物的命运轨迹与时代的风云变幻相互交织。王蒙小说描写的是历史中的人，速度中的人，前进中的人，即他所谓的"历史大潮"中的"滴滴水珠"，在大浪中可以看到水珠的情态，水珠的轨迹能够折射滔天的大浪。③ 塑造历史前进波涛中的人物，成为王蒙小说创作的一大典型特征。

小说人物的历史前进观成就了王蒙小说带有强烈革命色彩的厚重的历史感，但在一定程度上也限制了王蒙小说开拓更为深广的艺术领域。首先，历史并非永远直线前进。曾经被推翻的东西也许会卷土重来，这已经在鲁迅这一代经历了辛亥革命的"五四"人身上得到印证，我们不能对历史的非直线性视而不见。王蒙小说中的人物也经历了历史的坎坷，但仍然坚定地相信历史将前进，这种执拗除了来自人物对革命信念的过于坚持，也有叙述者在讲述过程中不自觉流露出的澎湃的"生"的热情。这种对历史的片面认知在一定程度上使王蒙小说缺乏正视现实的勇气，对历史过于主观的筛选使其失真。其次，王蒙小说对"活"或"生"的过于坚持，使其难以看到更为深刻的"死亡"的哲学。虽然王蒙小说中也有对"死亡"情境的描绘，但对死者的叙述很快就被生者"生"的愿望覆盖，并未对"死亡"作深入的哲理性思考。正如《虚掩的土屋小院》中写到穆敏老爹每天都要想五遍"死"，这能引导他更好地活。④ 黑

---

① 王蒙：《中国天机》，合肥：安徽文艺出版社，2012年，第276页。
② 郭宝亮：《浅谈王蒙近年来的小说创作的新探索》，《当代作家评论》2020年第5期，第106页。
③ 王蒙：《你追求了什么》，《光明日报》2020年6月10日，第14版。
④ 王蒙：《虚掩的土屋小院》，《王蒙文存8》，北京：人民文学出版社，2003年，第104页。

格尔的辩证法多次强调："否定的东西也同样是肯定的；或说，自相矛盾的东西并不消解为零……由于这个产生结果的东西，这个否定是一个规定了的否定，它就有了一个内容。它是一个新的概念，但比先行的概念更高、更丰富；……它包含着先行的概念，但又比先行概念更多一些，并且是它和它的对立物的统一。"① "生"与"活"的深度需要"死亡"来开掘，从而产生"更高、更丰富"的概念，也是道家所谓的"第三元"。

本章小结

王蒙小说中，人物对未来的构想，集中体现于人物对当下现实的改造，未来意识表现为一种改造意识。对自我或他者的改造，是以改造观念、感情为目的。改造自我或他者的观念、感情、对未来的构想，即是要填补"认知差"，改造认知。改造思维是王蒙小说一以贯之的叙事线索。改造是为了改变当下，控制未来，是一种未来思维。改造自我，是未来书写集中于人物自我这一"点"上的纵向开掘；改造他者，是未来书写集中于社会整个"面"上的横向拓宽；调和新旧，描写两代人之间的观念由鲜明对立走向和解的过程。代际关系，可以看作纵向的一个人过去与未来前后发展阶段在当下的共现，也可以看作横向的有新旧不同文化的人在当下的并置，代际冲突型是个人成长型与社会并置型的整合。

个人成长型中，包括叙述者与人物合一、叙述者与人物分离两种叙述视角。叙述者与人物合一，以第一人称叙述"我"的成长。由于在时间中经历了成长，作为叙述者的后期的"我"在认知上比作为人物的前期的"我"要成熟，体现为"二我差"。王蒙小说在"二我差"的刻画中，展现个人与集体的微妙关系，由自愿将个人融入集体，到发现个人、感知个人的思想过程，以人物内心世界的刻画，展现五六十年代到 80 年代中国思想状况的流变。当叙述者与人物分离，以第三人称审视"他"的成长，对"他"的改造过程有两种叙述模式：一是叙述"他"对自我经历的回忆，"过去的未来"的"他"与"过

---

① 　黑格尔：《逻辑学（上卷）》，杨一之译，北京：商务印书馆，1966 年，第 36 页。

去"的"他"对话，以此显示"他"前后感受认知的变化；二是叙述者与"他"在线性的时间中共同经历，"他"后来的情感态度、感受认知与之前呈现出不同。这种叙述方式存在叙述者干预过多、人物塑造不够立体等难以避免的局限，但也具有独特的革命性、擅于描写内心世界的内向性以及通过构想未来而实现自我改造的未来性，以改造自我不断追求"新我"，也体现出王蒙小说的现代性。

在这类个人成长型的未来叙事文本中，人物普遍具有审视自我的意识。王蒙小说中的审己意识塑造了四重艺术特征：一是人物精神世界革命性、向内性与未来性的统一；二是以设想不同的未来情境而深入审视力度，形成哲理色彩浓厚的小说创作风格；三是自我改造不断形成"新我"，从而具有现代性，向未来无限敞开；四是深入深层的自我本真，以幻化和想象使小说进入审美的艺术境界。

社会并置型，强调主体介入社会，包括人对人的改造和物对人的改造，关注人与处境的关系。在人对人的改造中，根据加害者与相助者角色的转化，我们总结出三种叙事模式：一，先是相助者，后成为加害者；二，先是加害者，后成为相助者；三，自以为是相助者，其实是加害者。加害者与相助者转化的契机便是"未来"。当改造者与被改造者之间的未来重合，便成为对方的相助者；当改造者与被改造者之间对对方的未来构想不符合对方的意愿，或二者对同一事物构想了不同的未来，便成为对方的加害者。这类相助者与加害者的辩证，大多发生在政治干部类的人物身上，也少量出现于家庭夫妻关系中，揭示改造他者的虚妄。在人对人的改造这一主题下，王蒙小说中加害者与相助者的辩证统一将弱者与强者的鲜明对立全面呈现。王蒙小说中往往没有绝对的好人坏人之别，只有弱者和强者之分。王蒙小说中这类叙事突出一种"你别无选择"的处境，强调只有掌握"未来"的强者才能使自己与处境关系和谐。对人思想的改造体现为对其未来意识的建构或对其未来愿望的重构，改造者与被改造者都认同一个"未来"。

王蒙小说中这类社会并置型的未来叙事文本，体现出作家王蒙"面向生活"的创作追求。生活滚滚前进，伸向未来，"面向生活"其实就是"面向未来"。王蒙极力提倡"面向生活"，以还原外部世界和内心世界的真实。他这种"面向生活"的文学观，与推动生活、改造生活的政治观是二位一体的。注重在生活中把握人，王蒙也在小说创作的实践当中贯彻自己的这一创作追求。王蒙小说中的"生活"紧跟现实，且时时在瞬息万变的"生活"中反思过去与当下。对王蒙来说，"面向生活"成为沟通他的革命者的"务实气质"与诗人的"易感气质"之间的桥梁，是王蒙小说中政治性、现实感与文学性、审美性的共同的阐释符码。这种"面向生活"的创作追求，为王蒙的文学创作带来丰富的审美性。然而，"面向生活"的追求却使王蒙始终囿于"现实主义"而无法放开手脚进行艺术创新，将其小说创作束缚于"现实主义"的大地，难以进入更为开阔的艺术境界，一定程度上造成了王蒙小说创作艺术革新的不彻底性。

代际冲突型未来叙事，由父辈视角到父子两重视角再到子辈视角，逐渐深入年轻一代的内心世界，以未来意识消弭父子冲突、调和新旧矛盾。父子或老少，父辈引入的是旧、过去、历史，子辈引入的是新、未来、希望。王蒙小说中的代际关系有两种：一种是四五十年代的代际关系，一种是八九十年代以来的代际关系。后者在王蒙小说中居多。王蒙小说中代际关系的叙事模式往往是子辈缺失理想信念，在父辈的参与下不断寻找所缺失的东西，并逐渐弥补这一缺失。王蒙小说中存在大量有关代际关系的描写，而且往往关系不和谐，代表着新与旧的冲突。父辈引入的"过去"并未在子辈引入的"未来"中顺利延续，形成表面上的断裂。但小说也表现出通过未来意识调和新旧、化解冲突、弥合断裂的努力。对于当下难以解决的问题，小说往往将解决的希望寄托于未来，以未来意识调和新旧。王蒙小说中的代际冲突，其实是速度差引起的认知差，外在的历史发展与内在的心灵世界变化出现速度差，过去与未来在当下的联结产生暂时性不协调，王蒙小说试图以未来意识调和这一速度差带来的两代人惶惑不安的消极情绪。

如果说个人成长型叙事是对自我强力的崇拜，社会并置型叙事是对生活强力的崇拜，那么代际冲突型叙事则是对历史强力的崇拜。王蒙小说中的人物承认历史强力，坚持历史前进观，具有三重意义：一是使人物走出自责，洗涤自己曾经犯下的罪责；二是使人物走出曾经的创伤，坚定地建设更美好的未来；三是使王蒙小说中人物获得鞭策自己不断适应变化着的现实的精神动力。这三点共同指向王蒙小说中所坚持的"活的哲学"。王蒙小说始终传达一种让人活下去的精神力量。总之，对历史强力的承认，成为王蒙小说中人物继续活下去、继续走向未来的动力，历史与未来是相互联结的。"未来"与"历史"以及二者的必然联结，始终是王蒙小说"活的哲学"缺一不可的必要条件。不仅是王蒙小说中的人物坚持历史前进观，现实世界的作家王蒙也持有这一观念。小说人物的历史前进观成就了王蒙小说带有强烈革命色彩的厚重的历史感，但在一定程度上也限制了王蒙小说开拓更为深广的艺术领域。

王蒙小说中个人成长型、社会并置型和代际冲突型三种未来叙事类型，传达出一种改造精神，改造当下问题使现实的发展在未来能够呈现理想的状态。革命性与文学性在改造精神上的联结，一方面塑造出王蒙小说具有生命韧性的生机，另一方面叙述者热情过溢而妨碍了人物性格的独立和丰富；小说呈现历史厚重感、哲理性的同时，也因对既有革命价值体系的遵从而难以深入人性与文化的本质。但总体而言，王蒙小说这三种叙事类型往往以某种既定的理想信念、价值标准对当下进行改造，目的是建设一个符合自己理想的未来。这种叙事强调了理想信念的强大力量。

第三章　王蒙小说未来叙事的形式特征

王蒙小说的未来叙事，主要表现外在客观世界与人们内心世界变化的"速度差"如何引起人物内心的惶惑、不安，以及人物如何调整自我以适应变动不居的处境。王蒙小说中未来叙事的叙述方式，着力于在过去、现在、未来的时间整体中突出某种感受，这种感受往往成为叙事发展的线索。对于王蒙小说未来叙事的形式特征，下文从未来的构想主体、未来的建构方式、未来的唤起方式三个方面展开探索。

第一节　"未来"的构想主体：作为"强者"的叙述者

在王蒙的小说创作中，叙述者具有鲜明的活跃度。小说创作不仅要塑造主叙述层的人物，还要塑造超叙述层的叙述者，在王蒙小说中，叙述者也与主动适应处境变化的人物一样，往往具有一种强者气质。叙述者的强力，主要体现在引导叙述节奏、抢夺人物话语权抒发对历史的感慨、跳出主叙述层在超叙述层与受述者对话等方面。王蒙小说中的叙述者在对故事的讲述中缔造着自己的世界，主动掌控所叙文本，面向受述者展开叙述而非自说自话，以既定理想追求引导受述者，使叙述文本具有"以言成事"的未来向度。

不仅是小说创作，王蒙在文学评论中，也期待其他作家能够注意到"生活里除了'小人物'以外还有'大写的人'，还有强者"，"强者"便是"意识到了自己的历史使命的、有远大和明确目标的先进者"，具有自己的"觉悟"和

"信念"的人。①用伊格尔顿的话说就是："他们所拥有的自我决定的权力恰恰是他们最接近上帝之处。"② 强者，由于具有明确的目标，以自我决定的权力把握自我，把握未来。

叙述者的形象有两种塑造方式：一是人物显身于所叙故事中，如《孔乙己》中在酒店做伙计的"我"；二是通过评论所叙故事中的人和事间接地显示叙述者思想，隐含地塑造出叙述者形象。不论是显身还是隐身，叙述者都可以对所叙故事发表评价、议论，这称之为"干预"。恰特曼认为有两种叙述者干预：述本干预和底本干预，底本指所叙内容，而述本指叙述形式。③ 赵毅衡认为这种分类没有注意到叙述者对底本的选择也是一种形式，便将叙述者干预进一步分为指点干预和评论干预，前者是对叙述形式的干预，后者是对叙述内容的主观评价。④本书认为赵毅衡的观点更为中肯。同时，王蒙也十分注重在创作中发挥创作主体的功能，认为创作主体提供了"文学作品中最积极最活跃最正面的因素"⑤。这种认知也许与他的小说创作中大量存在叙述者干预有关，体现较强的主体性。叙述者大量发挥主体性，有强烈而鲜明的叙述意图，使小说文本呈现某些风格特性，同时这也以一定程度上损害人物形象的独立性和丰满性为代价。

一、指点干预：真诚与游戏

指点干预体现的是叙述者对所叙文本的"指挥功能"⑥，控制叙述的展开方式，以此"显示叙述方式的某些风格性特征"⑦。赵毅衡在伴随文本和叙述者干预方面有系统研究，他认为："所有的符号文本，都是文本与伴随文本的

---

① 王蒙：《王安忆的"这一站"和"下一站"》，《王蒙文存 22》，北京：人民文学出版社，2003年，第 38，39 页。

② 伊格尔顿：《文化与上帝之死》，宋政超译，郑州：河南大学出版社，2016 年，第 43 页。

③ Seymour Chatman, *Story and Discourse*, *Narrative Structure in Fiction and Film*, Ithaca: Cornell University Press, 1978, pp. 115−179.

④ 赵毅衡：《当说者被说的时候：比较叙述学导论》，成都：四川文艺出版社，2013 年，第 32−48 页。

⑤ 王蒙：《苏联文学的光明梦》，《读书》1993 年第 7 期，第 62 页。

⑥ Gerard Genette, *Figure III*, Paris: Editions du Senuil, 1972. pp. 255−256.

⑦ 赵毅衡：《当说者被说的时候：比较叙述学导论》，成都：四川文艺出版社，2013 年，第 33 页。

结合体。"①小说全文本由小说文本与伴随文本构成。因此，本书对王蒙小说中叙述者干预的分析从伴随文本与小说文本两方面展开。指点干预在显示文本风格的同时，更体现出叙述者的性格。

（一）伴随文本手段干预

王蒙小说多处采用题记、注释等伴随文本进行指点干预。题记和后记往往表明创作意图，如《青春万岁》小说正文之前的序诗，表明自己用"青春"和"幸福""编织""所有的日子"②的愿望。《买买提处长轶事——维吾尔人的"黑色幽默"》的题记就表明"幽默感"是为了"维持生命"，追求"泪尽则喜"，以幽默感表达"智力的优越感"的意图③，似乎为这篇小说浓厚的幽默感辩护。《哦，穆罕默德·阿麦德——〈在伊犁〉之一》的题记阐释小说题目的缘起和意图，表明80年代初期的小说和电影题目"加感叹词和标点符号"④的新潮流，为自己的创新进行辩护；以及将维吾尔语译为"穆罕默德·阿麦德"是为了表达对主人公的敬意，渲染一种写实的风格，仿佛现实中真有一位令作者尊敬的"穆罕默德·阿麦德"。这也许与王蒙后来谈到的以不同于前一阶段繁复的艺术技巧的"非小说的纪实感"⑤创作"在伊犁"系列的意图有关。题记往往是对小说幽默或写实等风格的说明或辩护。可见，这类小说的叙述者是一个保守的革新者，叙述方式有所创新但仍担心不被接受而需要出面解释。为自己的革新做辩护，是为了让读者更容易接纳，这也是一个面向大众的叙述者。

注释则较为复杂，包括脚注、"笔者按"、括号说明等形式，都有助于塑造全知全能的叙述者形象。脚注如《踌躇的季节》，写到钱文参加反对苏修的大会之后陷入了怅惘，大会反对钱文少年时期热爱过、憧憬过的苏联，但钱文有那么多关于苏联的记忆，于是道出"有谁知道他呢"，这句话有页脚注释：这是"我国曾十分流行的一首女声二重唱歌曲"，歌词大意为一个青年在晚霞中

---

① 赵毅衡：《符号学原理与推演》，南京：南京大学出版社，2016年，第139页。

② 王蒙：《青春万岁》，北京：人民文学出版社，1979年，第1—2页。

③ 王蒙：《买买提处长轶事——维吾尔人的"黑色幽默"》，《王蒙文存11》，北京：人民文学出版社，2003年，第250页。

④ 王蒙：《哦，穆罕默德·阿麦德——〈在伊犁〉之一》，《人民文学》1983年第6期，第20页。

⑤ 王蒙：《在伊犁·后记》，《王蒙文存8》，北京：人民文学出版社，2003年，第237页。

对"我"的顾盼,"现在这首歌已经差不多随着时间的推移而消失了",人物陆月兰曾经最爱这首歌,脚注补叙了陆月兰当时的命运,"她以后的故事就不是本条注释所能叙述得清楚的了"。① 这条注释很耐人寻味,它是叙述者的话,使叙述层次区分开来,在反对苏修的"被叙述时刻"中的人物钱文,不知道这首歌后来的消失,更不知道此时陆月兰的命运,这一注释塑造出全知全能的叙述者形象。注释使读者从主叙述层中钱文的怅惘脱离出来,以一首歌这一个点,突然放大到这首歌流行时的"曾"到这首歌消失的"现在"整个历史时空,以预叙的手法从"过去"扩展到"过去的未来",让这歌中传达的青涩、唯美、深情在整个时空体中扩大、蔓延,加深这种美在反对苏修运动中被摧毁的悲剧色彩,从而补充主叙述层中钱文的怅惘意绪。在历史中纵横且感伤,这是一个具有历史沧桑感的真诚的叙述者。

脚注在王蒙小说中较少,而"笔者按"和括号说明较多,"笔者按"有时出现在括号里,有时直接出现在小说正文中。《风息浪止》中用区别于正文宋体的楷体显示带括号的"笔者按"内容,表示区别于正文的主叙述层的故事内容,在"笔者按"中为自己"'反文学'的方法"辩护,解释自己难以把握众多人物的形象刻画,不得不采取视角和时空的变换,并表明下文还将出现"新的重要的人物角色","请读者明鉴",构成叙述者与受述者的对话。② 用括号和字体变化形成与小说正文的区隔,表明自己对这种"反文学"的方法缺乏信心,担心难以被受述者接受,便跳出主叙述层郑重其事地与受述者对话,试图为自己的形式革新辩解。《一嚏千娇》中没有换行和换字体,只有带括号的"按",表示补叙,在"被叙述时刻"的"文化大革命"时期,补充老喷在"反右"运动中批判的老史学家"在他帮助后不久谢世"③,传达一种讽刺效果。到《邮事》连括号都没有了,与正文小说情节的区分只在"按:"以及这句话结束后的句号这两个起始符号,这一处"笔者按"出现在"我"关于曾在习作中写到了"邮差"的回忆中,以"按"解释说明"1949年以前,送信人叫作邮差"④,"邮差"这一个解释对象的点,瞬间射出一道贯穿"1949年以前"至

---

① 王蒙:《踌躇的季节》,《当代》1997年第2期,第145页。
② 王蒙:《风息浪止》,《钟山》1983年第1期,第51页。
③ 王蒙:《一嚏千娇》,《收获》1988年第4期,第99页。
④ 王蒙:《邮事》,《北京文学》2019年第3期,第87页。

今的光线，照亮了整个中国近百年的历史。叙述者这一"按"，在增强小说历史沧桑感上具有举足轻重且无可替代的作用。

括号说明在作出解释的同时，也起到开掘文本内涵的作用。王蒙小说中有大量的括号说明，在这里只列举一二，以观其性。《莫须有事件——荒唐的游戏》开头讲到"近年来""此地多发的脚癣"，便括号说明"俗称脚气，为了增加生活气息，以下统称脚气"①，用"脚癣"是就人物周丽珠作为皮肤科医生的视角而言，因此与更具"生活气息"的"脚气"有所区别，而为何下文要"统称脚气"呢？这一括号说明的深意便在于此：预示后文的内容是生活的庸俗，而非知识性的高雅或纯粹，为后文描写王大壮找周丽珠出席各种俗务活动等一系列"莫须有事件"作铺垫，直指主题，也标记了此篇小说生活性、通俗感的风格。"在伊犁"系列也出现较多括号说明，以《淡灰色的眼珠》为例，描写"我"与房东老夫妇和谐相处的情节，提到大猫皮什卡克偷吃了房东老妈妈给"我们"做奶油面片用的酸奶油，用括号说明"皮什卡克的故事我将在另一篇小说中述及"，塑造出一种纪实感，仿佛现实生活中真有一只叫皮什卡克的大猫，不论"我"在各个小说中怎么写，它都存在。然而，既然点明了是在"小说"中"述及"，却又表明这是虚构（小说这一体裁的读者期待是虚构），与"纪实感"形成悖论，这也许是追求以纪实手法书写"在伊犁"系列的王蒙并未发现的漏洞。而且在下一段写到"我"与房东二老一边"品茗"一边"促膝谈心"时，也括号说明"促膝""纯是写实，而非借喻。因为我们都是盘着腿坐在羊毛毡子上的"②，小说的确专注于以纪实手法呈现写实效果和现实主义风格。《球星奇遇记》中，写到恩特一夜成名之后作为"守门员"首次参加足球比赛："这个球从恩特的尻部反弹回来……不偏不倚，落入对手的门区。（你不信活该！）"③ 以尻部歪打正着成为真正的球星，以括号说明增强荒诞感，叙述者此时跳出故事与受述者"你"对话，也产生间离效果，似乎有意"露迹"，暴露虚构，引发读者思考"球星"是否货真价实；同时，叙述者强行为

① 王蒙：《莫须有事件——荒唐的游戏》，《王蒙文存9》，北京：人民文学出版社，2003年，第421页。原载于《上海文学》1982年第11期。

② 王蒙：《淡灰色的眼珠》，《王蒙文存8》，北京：人民文学出版社，2003年，第40页。初版为《淡灰色的眼珠——〈在伊犁〉之二》，《芙蓉》1983年第5期。

③ 王蒙：《球星奇遇记》，《人民文学》1988年第10期，第8页。

受述者填补认知差，就像命运让恩特强行成了球星，实现形式与内容双重开掘，突出命运的荒诞感，叙述者较强的主体性也跃然纸上。

通过对王蒙小说中叙述者借助伴随文本展开干预的文本梳理，我们可以清晰地看到一个历经沧桑的真诚的叙述者与一个荒唐游戏的叙述者，真诚与游戏并存。正是这样形象鲜明的叙述者，成为王蒙小说中叙述人物所构想的未来，同时也是引导读者"面向未来"的重要角色。

（二）小说文本的指点干预

王蒙小说文本中的指点干预往往起到引导叙述视角、强调叙述形式等作用。

叙述者频繁运用预叙、插叙、补叙等叙述手段，显示出叙述者对文本的绝对控制权，具有较强的主导意识。叙述者引导叙述视角，如《深的湖》中，开头第一句便是"那就先从一九八〇年四月的一个星期天说起"[①] 这一指点干预，讲述"我"与同学们相约看展，在看展时感到"微微有点伤心"，便回忆起1978年一次看展的"使我几乎垮掉的经历"：父亲50年代的画作《湖畔》颠覆了"我"对父亲的认知，发现他虽生活中庸俗却有自己崇高的追求；"现在让我们回到美术展览会上来"[②]，这句指点干预使叙述回到一九八〇年的展览会，讲述"我"错过了展览中父亲的新作木雕《猫头鹰》而深感遗憾；下一"被叙述时刻"便是"下礼拜日"[③]，也就是说叙述者所在的叙述时刻是处于1978年和1980年两次看展的"过去"与"下礼拜日"回家与父亲交谈的"未来"之间的"当下"。王蒙小说的确是在过去与未来之间的历史整体中把握当下的。频繁出现过去、现在、未来的跳转，是为了突出父亲对理想的执着追求对"我"情绪和感受的影响，显示其如何引导"我"建构自己的未来。

《逍遥游》也以指点干预强调"我觉得我应该更多地说说伊犁"[④]，对突然破坏叙述顺序的解释说明，使叙述时空的变换过渡自然，增强纪实感。这类以指点干预控制叙述节奏的还有如《活动变人形》，小说在上文叙述了倪家的痛

---

① 王蒙：《深的湖》，《人民文学》1981年第5期，第41页。
② 王蒙：《深的湖》，《人民文学》1981年第5期，第51页。
③ 王蒙：《深的湖》，《人民文学》1981年第5期，第54页。
④ 王蒙：《逍遥游》，《王蒙文存8》，北京：人民文学出版社，2003年，第157页。

苦与沉重，便在第十章以"等一等，停一停"① 作指点干预，开始讲述叙述者"我"在"小山沟"进行"右派"改造的经历。这一时空跳转同样是以"愚蠢和痛苦""沉重"的感受为基点和联结的，显示 40 年代的家庭与 50 年代的政治同样给人带来沉重与痛苦，由 40 年代的家庭与 50 年代的政治遭遇这两点，连成社会转型期不同个体命运的相似性这条线，从而放大到中国近代近百年历史的沉重与痛苦这整个面。叙述视角的跳跃、叙述时空的转换，都以强调并放大某种感受为目的，从而在客观上形成某种文本效果，即启示人们在与历史和他人的对比参照中感知自己的当下：中国曾受到如此深重的苦难，是时候改变它、振奋它了，唤起人们改造当下的愿望，以积极健康的情绪走向未来。

强调叙述形式，主要是通过在小说中讨论小说创作的手段等形式问题。包括《逍遥游》中表示"我必须请求读者原谅这种'博士卖驴'式的文体"②，试图为自己长篇累牍地介绍伊犁的生活而辩解，认为要了解伊宁市就必须如此展开叙述，强调自己对纪实效果的追求。《来劲》开头是"您可以将我们的小说的主人公叫做向明，或者项铭、响鸣、香茗……"③ 叙述者以与受述者对话的方式显身，增加小说的荒诞感，在这种游戏的氛围中描写主体性被生活的驳杂消解的悲剧，以游戏的方式真诚地呼唤的主体性重建。《一嚏千娇》中回应别人评论"我"如何写小说④，《白衣服与黑衣服》中表明"我"不愿提及主人公"牙缝里的菠菜和眼眶里的眼屎"⑤ 是为避免被认为抄袭"谌容或者刘心武"，《生死恋》中主角出场时表明"小说人年事虽已渐高，他设计的每个人年龄大体靠谱"⑥ ……这类元叙述片段，塑造了一个机智幽默、顽皮游戏、不服老且常常与受述者"你""读者"对话的叙述者形象，小说文本纪实和幽默的风格也由此标记出来。

王蒙小说中存在叙述的多重视角和不定视角。如《活动变人形》分别站在

---

① 王蒙：《活动变人形》，人民文学出版社主编：《当代长篇小说 人民文学出版社建社卅五周年纪念》，北京：人民文学出版社，1986 年，第 63 页。

② 王蒙：《逍遥游》，《王蒙文存 8》，北京：人民文学出版社，2003 年，第 161 页。

③ 王蒙：《来劲》，《王蒙文存 12》，北京：人民文学出版社，2003 年，第 231 页。原载于《北京文学》1987 年第 1 期。

④ 王蒙：《一嚏千娇》，《收获》1988 年第 4 期，第 92 页。

⑤ 王蒙：《白衣服与黑衣服》，《上海文学》1995 年第 7 期，第 30 页。

⑥ 王蒙：《生死恋》，《人民文学》2019 年第 1 期，第 9 页。

倪吾诚、静宜、倪藻和倪萍的视角叙述假图章事件，《要字 8679 号——推理小说新作》由陶雄的妻子、陶雄的父亲、伍作文、周世相、袁可风、秦石、陶雄的妹妹、周世充等多名人物围绕陶雄之死展开叙述，具有多重叙述视角。不同人物对同一事件进行多角度描述。这种多重视角与不定视角，与其说是"尊重人物的自我意识"，"体现的是作家平等民主的思想以及对世界多元化相对性的理解"①，不如说这是叙述者强权的体现，不同人物视角的叙述背后，是叙述者对事件的全权把控，突出叙述者对所叙事件的绝对权力。

综上，在指点干预中，叙述者往往使用各种区隔，使叙述者得以自由地出入所叙文本，讨论文本中或文本外的事物，显示叙述者的形象和思想。这类指点干预有几点功能，一是风格标记，包括幽默、写实、荒诞等风格特征；二是间离效果，戳破叙述中的幻象，暴露虚构，引导受述者出乎其外地思考，具有一种启智性和对话意识；三是为形式创新辩护，以指点干预使其自然，创新难以放开手脚，仍有所顾虑，难以离开现实主义的大地而自由翱翔，叙述者是保守的革新者；四是增强小说历史厚度和深度，使小说呈现历史感和哲理性特征。叙述者干预使小说文本呈现虚构与打破虚构的交织，真诚与游戏的碰撞，入乎其内与出乎其外的自由。但有时干预过多，造成过度夸张或荒诞的效果，间离过度，使叙述碎片化，文本有刻意雕琢之感，也难免有炫技之嫌。这类看似荒诞、游戏的叙述手段，塑造出一个机智油滑又对现实有深重关怀的叙述者形象，繁复的叙述手法也显示出叙述者对所叙内容的绝对把控，呈现主导整个叙述且面向读者大众的叙述姿态。小说中的未来叙事，正是由这样一个具有强烈主体意识的叙述者所构撰的。

二、评论干预：审视意识与以言成事

评论干预指叙述者对所叙故事中的人和事作出评价、判断、讨论。布斯认为叙述中的评论是"作家发表评论"②，但作者无法直接进入文本内部，文本是由叙述者控制且讲述出来的，作者只能将自己的部分人格赋予叙述者，以叙

---

① 郭宝亮、倪素梅：《王蒙小说的叙述视角与叙述声音》，《西北师大学报》2005 年第 5 期，第 118 页。

② 布斯：《小说修辞学》，付礼军译，南宁：广西人民出版社，1987 年，第 178 页。

述者的身份在文本中对故事中的人或事进行评论，因此应当是"叙述者干预"①。由于叙述者超脱于人物所在的主叙述层，所以这种评论不受被叙述时空的限制，也与指点干预一样，能使文本内容在过去、现在与未来的时空中自由跳转。

　　王蒙小说中存在大量叙述者评论干预，叙述者有太多的热情和思想急于传递给受述者。50 年代《青春万岁》中的叙述者往往是热情的抒情诗人，对小说中人和事的评论大多反映对时代的讴歌和赞美，如"孩子们欢呼野营的每一天，每一天都是青春的无价的节日。所有的一切，都是新发现，所有的一切，都归我们所有……"② 这段是叙述者对人物"孩子们"的评价，传达出新中国成立初期一切为我所有的主人翁自豪感以及对未来新生事物的满满期待，体现那一时期的时代面貌。在"季节"系列中，叙述者对所叙内容中人与事的评论干预，有时也像是人物钱文的口吻，叙述语流与人物的内心意识的流动常常交织在一起，如《踌躇的季节》中，赵林从钱文家走后，钱文与东菊更加珍惜彼此，后文便展开了对命运、对人生、对周碧云与舒亦冰，以及对赵林与林娜娜的评论，仿佛是叙述者的声音，而后"一千对里才有一对我们这样的"又回到了钱文的声音，后文继续抒发对爱情与革命、平凡与伟大的评价，仿佛是叙述者在抢话，又仿佛的确是人物钱文的内心独白。又如《失态的季节》中写到一次思想总结会，以揭发批评钱文的问题为重点，讲述了会中钱文的心理："钱文自己也十分明白……他就知道……他希望大家踊跃地批，而他自己呢，当然要认真地听……批评与自我批评，这是我们的基本功。靠这一条，他革了人家的命……"③ 以第三人称叙述钱文的心理活动，是叙述者的声音，而"这是我们的基本功"则是指曾在新中国成立前后受到党的"批评与自我批判"的理论教育的叙述者与人物钱文，这一经验与作者王蒙在现实世界中的经验重合④，像是叙述者对人物钱文此时心态的审视，也像是钱文在受批时的内心活动即自审。故事内部在描写"批评与自我批评"的情节，故事之外也同时呈现出"批

---

① 赵毅衡：《当说者被说的时候：比较叙述学导论》，成都：四川文艺出版社，2013 年，第 40 页。

② 王蒙：《青春万岁》，北京：人民文学出版社，1979 年，第 5 页。

③ 王蒙：《失态的季节》，《当代》1994 年第 3 期，第 75 页。

④ 参见王蒙：《中国天机》，合肥：安徽文艺出版社，2012 年，第 43 页。

评与自我批评"的主体之间的审视，这段心理描绘用语言的狂欢极力刻画了受批判时应当保持的姿态，显示三重主体灵魂的自嘲。这种形式与内涵的双重开掘是由这一评论干预所成就的。

王蒙小说中的叙述者频繁地干预叙述，积极掌握叙述的主动权，塑造出作为强者的叙述者形象。这一叙述者与同样作为强者的人物争夺话语权或共享话语权，在这一张力中，我们很容易推断出小说隐含作者所持的价值标准和原则，即一种坚定的革命理想信念。在隐含作者的这一理想信念下，人物能够在故事情节中积极改造现实问题，叙述者能够在叙述中不断排除阻碍自己叙述进程的障碍并积极显示主体性。这种强者，作为拥有理想信念的主体，具有构设未来的热情。

王蒙小说叙述者干预过多，作家、叙述者与人物的经验和思想感受高度重叠，使笔下的人物大多雷同，一定程度上缺乏独立性和丰满感。这一现象被诸多学者讨论过，如曾镇南在《王蒙论》中指出王蒙刻画精神世界的短处便在于"不善于自我控制"，"人物的浮雕感不足"，语言上也显出"醇厚、含蓄、凝练不足"[1]；张志忠认为《失态的季节》中"每一个人物仿佛都是作家自己的化身"[2]；金克木谈到《活动变人形》时，也认为"写人（除大姨外）便很费力，不得不替人讲话，替人说心里话，'形象'得不足"[3]。但这些评论家都忽视了叙述者与作者的区隔，文本中只能是叙述者替人物说话，语言只能来自叙述者，作者无法直接进入文本。我们可以说小说文本中的叙述者、人物与现实中的作者王蒙的经验相似，但不能直接把作者、叙述者、人物等同。因此，是王蒙在小说中塑造了一个能言善辩、热情洋溢、语言泛滥的叙述者，我们无法从小说文本中直接得出作家王蒙怎么样的结论。

同时，由于叙述者遵循着自己确信的价值观进行叙述，所以叙述文本显得激情澎湃，形成语言狂欢。对于王蒙小说中的叙述者，《闷与狂》中的这段叙述者独白也许有一定的普遍性："自信不可能仅仅来自'力'，它只能来自'理'与品德、智慧、才具，来自伟大的精神。就在这个时候取得了精神的武

---

[1] 曾镇南：《王蒙论》，北京：中国社会科学出版社，1987年，第313页。

[2] 张志忠：《对文学的轻慢与失态——评王蒙近作〈失态的季节〉》，《小说评论》1995年第4期，第54页。

[3] 金克木：《〈活动变人形〉书后》，《读书》1988年第10期，第21页。

器，精神的强大，它就是真理、反抗、暴力、专政、历史唯物主义与辩证唯物主义、《联共（布）党简明教程·第四章·第二节》和《论联合政府》……"①王蒙小说中的叙述者的激情澎湃和滔滔不绝的自信，就来自共产主义和马克思主义的"理"，这是叙述者所坚信为永远正确的"理"。正是在这样的叙述者的主导下，王蒙小说文本出现了郜元宝所言的"语言（同义语、近义语、反义语）过剩、精力感觉过剩、兴奋点过剩的无休止的'话，话，话'风格"②。叙述者的"语言热症"来自对"理"的确信，也运用于对"理"的传达。通过语言狂欢，叙述者向自己所虚构的受述者"你"疯狂地输出"理"，在这种对话意识或"读者意识"③下，小说文本客观上具有了"以言成事"的功能。正如郭宝亮等人所说："在'季节系列'中大量存在的作者直接出面的讲说……作者的讲说是针对现实的，他不断地掀起现实的一角，引发的是读者对现实生活世界的重构。"④尽管小说中应当是叙述者而非作者在讲说，但郭宝亮等人的这段话仍然提醒我们，王蒙小说中叙述者引领着"读者"对现实生活的重构，使小说文本实现未来叙事"以言成事"的叙事功能。

与预设的受述者对话，显示出叙述者对受述者的改造意图，以自己坚信的"理"向受述者填补认知差。对"理"的坚信和执着，使叙述者对未来持乐观态度，具有积极构想未来、主动把握未来的能动性。总之，不管是严肃的历史叙述还是游戏的荒诞叙述，王蒙小说中都有一个持有坚定理想信念的叙述者，做着真诚的倾吐或清醒的讽刺，主导着文本故事中的未来叙事。

第二节 "未来"的建构方式：可重组的结构

王蒙小说往往在人的内心世界与外在处境的矛盾冲突中塑造人物、展开情

---

① 王蒙：《闷与狂》，北京：北京联合出版公司，2014年，第80页。

② 郜元宝：《另类"老年写作"·超文本·精神反刍·迟到的主题翻转——读王蒙长篇新作〈笑的风〉》，《当代作家评论》2021年第1期，第88页。

③ 郜元宝：《特殊的读者意识和文体风格——王蒙小说别一解》，《小说评论》1988年第6期，第82—87页。

④ 郭宝亮、倪素梅：《王蒙小说的叙述视角与叙述声音》，《西北师大学报》2005年第5期，第117页。

节。在王蒙小说中，变形，是一种现象，指人与其处境不协调的关系，在此状态下人物往往陷于惶惑、痛苦、不安。重组，是一种策略，指通过试验多种可能从而找到内心秩序的和谐，应对变形，走出惶惑，以积极健康的情绪面向未来。在主叙述层中，人物往往通过对现实的斗争和改造，实现自我与处境的关系之重组；在超叙述层中，叙述者往往通过塑造可多重变换的结构，实现叙述文本的重组。王蒙小说通过对人与处境在现实世界中"变形"关系的模仿，客观上启发读者以"重组"进行自我选择，找到自我主体性，从而建立起自我理想信念，建构自我的未来。阿多诺曾如此定义"建构"："建构并非是对表现起矫正作用的东西，也不是借助对象化对表现的一种支持，而是意外地从模仿冲动中产生出来的东西。"① 王蒙小说中的"变形"和"重组"，也可以说产生于这种"模仿冲动"，试图建构未来。王蒙小说首先将人物置于内心与处境不协调的变形的状态中，再以可重组的结构探求改变人物当下境遇的可能。当人的心灵、愿望、理想与实力条件、外在处境不适应、不协调，就产生错位，王蒙小说主张以重组找到和谐的生命状态，即提高适应力，消解因不协调带来的惶惑和痛苦，并建立起自我理想信念，积极健康地应对未来的变化，更好地建构未来、适应未来。

一、人与处境的变形关系

在人与处境的关系中，当自己的愿望、幻想与自身实力条件不符合、不协调时，便造成自己与处境的不协调。《蝴蝶》写到张思远由市委书记突然"落马"变成黑帮和"三反"分子："标语上说：张思远在革命小将的照妖镜下现了原形，不，那不是原形，是变形。"② 这一节就名为"变异"，此节第一句便是"处境和人，这二者的关系是怎样的呢?"③ 节标题就已经回答了这个问题，人与处境的关系往往是变形、变异的状态。人与处境的关系是变形的，重要的是人要找到自己的"位置"："位置，位置，位置好象比人还要重要。"④ 与处境的关系是变形的还是融洽的，这与你在处境中的位置是否协调有关，小说中

---

① 阿多诺：《美学理论》，王柯平译，成都：四川人民出版社，1998 年，第 78 页。
② 王蒙：《蝴蝶》，《十月》1980 年第 4 期，第 14 页。
③ 王蒙：《蝴蝶》，《十月》1980 年第 4 期，第 12 页。
④ 王蒙：《蝴蝶》，《十月》1980 年第 4 期，第 13 页。

秋文就是一个与处境相融洽的人，在秋文的启发、指导下，张思远终于找到了自己的位置。如果说《组接》是"真正的"活动变人形[1]，那么《蝴蝶》是"最早的"活动变人形。这种"变异"或"变形"，便是小说标题所寓意的："庄生梦见自己变成了蝴蝶，轻盈地飞来飞去。醒了以后，倒弄不清自身为何物。"[2] 在与环境的变异关系中，人往往是"弄不清自身为何物"的变形物。后来的《杂色》也以长在缝子里的多刺植物"扎根扎错了地方，生命力再强也难以成材"，说明"找对了位置，才能积极生长"[3] 的道理，隐含着对曹千里这样的人才被埋没于边疆的处境之同情。不仅是小说创作，王蒙在对谈中也讲到《活动变人形》中的倪吾诚"仍然是一个找不到自己的位置的人"[4]。80 年代，王蒙小说中的普遍主题便是"寻找位置"。这一时期，宗璞的《我是谁》中的女主人公也抱着"我是谁？"这一绝望的疑问而投湖。刘心武在《爱情的位置》中所寻找的"爱情的位置"其实就是"人的位置"。80 年代初，经历过"文化大革命"的中国当代作家们都普遍关注动荡之后的自我，试图寻找"变形"之后的和谐。

　　人与处境的变形关系、不协调关系，在 50 年代《组织部新来的青年人》中初次显露，在 80 年代《蝴蝶》中正式提出，并成为王蒙小说创作一以贯之的主题。《组织部新来的青年人》中，拥有单纯的革命理想的林震，把苏联"娜斯嘉方式"照搬到具有不同民族特点和不同实际情况的中国，用来解决党内矛盾，因此在工作上多次碰壁，内心也常陷入惶惑，生活斗争往往比革命理想更为复杂，单纯的理想与复杂的现实之间必然"不协调"。《活动变人形》的主人公倪吾诚，深受西方现代思想影响，却无法与家庭环境和中国现实环境和谐共处，这种内在思想与外在环境的"不协调"刻画出社会转型期人的生存困境。《布礼》《蝴蝶》等新时期初的"集束手榴弹"[5] 以及《杂色》这类刻画政

　　① 王蒙、王干：《〈活动变人形〉与长篇小说》，《王蒙王干对话录》，桂林：漓江出版社，1992年，第243页。

　　② 王蒙：《蝴蝶》，《十月》1980年第4期，第18页。

　　③ 王蒙：《杂色》，《收获》1981年第3期，第63页。

　　④ 王蒙、王干、《〈活动变人形〉与长篇小说》，《王蒙文存20》，北京：人民文学出版社，2003年，第335页。

　　⑤ "集束手榴弹"系列包括《布礼》《蝴蝶》《夜的眼》《春之声》《风筝飘带》《海的梦》共6篇小说。

治运动给个体心灵带来"伤痕"的小说，本质上大都描绘的是政治运动引发的自我与处境的不协调。1985年之后，许多在形式上具有先锋性的小说，如《致"爱丽丝"》《来劲》《坚硬的稀粥》等，则主要刻画现代化过程中，人们的精神和心理无法跟上急速变化的外在世界，因现代科技的发展而产生的人与处境的"不协调"。21世纪以来，《悬疑的荒芜》《我愿意乘风登上蓝色的月亮》《笑的风》等小说都传达出现代化过程中，身份的多样造成人们思想的复杂与心理的动荡，传达出人与环境不相融而产生的孤独感。人与处境的不协调是王蒙小说主要关注的"变形"，以此描绘出人们脆弱的内心世界与瞬息万变的外在世界之互动而导致的普遍精神困境。

王蒙小说中"不协调"的人物精神困境，来自未来对当下的侵入。王蒙小说普遍在过去与未来的联系中描写当下，小说人物之所以产生惶惑，大多是因为过去的某种观念在当下受挫而改变了对未来的构想。如《组织部新来的青年人》中的林震，过去在小学教师阶段树立的"与坏势力坚决斗争"的观念，在组织部的新岗位中碰壁，从而改变了曾经的个人英雄主义观念，期待着接受领导的指引；《青春万岁》中的苏宁、呼玛丽曾经的非社会主义思想，在学校的共产主义信仰下的集体生活和家庭的遭遇中受挫，从而改变自己的观念，期待着加入集体、接受党领导的未来；"新大陆人"在美国看到中国的落后时，期待着中国能够有出息，往往处于爱国的苦味与历史的重压之中。这种情绪在新旧交混状态下是必然的，王蒙小说往往把人物置于身份变化的处境中，描写人物积极转换身份、适应处境后的光明未来，或难以转变自我、未能与处境协调的内心痛苦与惶惑。换句话说，王蒙小说中的人物总是在寻找自己的位置，寻求在自我与处境的关系中定位自己。"寻找我自己""寻找我的位置"①，这也是"文化大革命"后重返文坛的王蒙之创作追求。王蒙小说中的人物，虽然处于新的环境，但内心仍然有旧的残余，与其说是"被历史给定的人物"②，不如说是"即将更新的人物"，那些"旧"在小说中是即将被改造的东西，王蒙小说总是以一种未来的目光期许着这类人物。

---

① 王蒙：《我在寻找什么？》，《文艺报》1980年第10期，第42页。

② 陈晓明：《"胜过"现实的写作——试论王蒙的创作与现实的关系》，温奉桥主编：《多维视野中的王蒙——第一届王蒙文学创作国际学术研讨会论文集》，青岛：中国海洋大学出版社，2004年，第66页。

　　王蒙小说对新旧并存现象的敏感，是五四时期李大钊和鲁迅的观点在中国当代革命语境下的新发展。李大钊在《新的！旧的！》一文中深感这种"新旧不调和的生活"带来的"苦痛""无趣味"和"容易起冲突"①，于是呼唤"新青年"，"努力创造新生活以征服旧"。② 李大钊是从进化论的观点来看待新旧之间的冲突的，具有一种"征服旧"的斗争、改造精神，王蒙在这种斗争和改造精神上与李大钊相似。但李大钊关注的是社会外在事物的"新旧"，提倡的是"于政治、社会、文学、思想种种方面开辟一条新径路"③，侧重于对外部世界、他者的改造和变革；而王蒙小说关注的是自我内心世界感受与观念的"新旧"，小说中人物是通过自我审视、自我说服的"自我批评"，实现一种自我内部的改造。李大钊与王蒙小说对"新旧"现象的发现，便在于这对外与对内的区分。

　　鲁迅在《随感录五十四》中也发现了这种"自相矛盾"的社会现象："中国社会上的状态，简直是将几十世纪缩在一时"④，从器物、制度、思想和文化方面论述了相互矛盾的两方"摩肩挨背的存在"的现象。在这种"矛盾"中，人们"互相抱怨着过活，谁也没有好处"，鲁迅认为这根源于中国人"先天的保守性"，主张根除这种对"旧"决不"完全废止"，而只"在旧制度之上，更添加一层新制度"的"二重思想"。⑤ 鲁迅从国民性的角度剖析这种新旧并存的矛盾现象，主张改造国民的思想，但他是以一种启蒙者的姿态对作为外部他者的国民进行改造，不同于王蒙小说所主张的个体内部的自我改造。但鲁迅即使是孤独的绝望者，也要以几处花环作为《药》的结尾，在《故乡》的结尾写上"世上本没有路，走的人多了也便成了路"这样的话。五四启蒙主义叙事对新人和未来的呼唤，延续到王蒙小说的未来叙事之中。

　　或许因为李大钊和鲁迅在五四的语境下更注重救亡图存和叫醒"铁屋子"

---

　　① 李大钊：《新的！旧的！》，《新青年》1918 年第四卷第五号，陈独秀主编：《红藏 进步期刊总汇 1915－1949 新青年 6》，湘潭：湘潭大学出版社，2014 年，第 89 页。

　　② 李大钊：《新的！旧的！》，《新青年》1918 年第四卷第五号，陈独秀主编：《红藏 进步期刊总汇 1915－1949 新青年 6》，湘潭：湘潭大学出版社，2014 年，第 91 页。

　　③ 李大钊：《新的！旧的！》，《新青年》1918 年第四卷第五号，陈独秀主编：《红藏 进步期刊总汇 1915－1949 新青年 6》，湘潭：湘潭大学出版社，2014 年，第 92 页。

　　④ 鲁迅：《随感录五十四》，《热风》，北京：人民文学出版社，1978 年，第 72 页。

　　⑤ 鲁迅：《随感录五十四》，《热风》，北京：人民文学出版社，1978 年，第 73 页。

中"昏睡"的人，都偏重于向外的对他者的改造，而王蒙则是具有"批评与自我批评"的童子功的"布尔什维克"，经历过改造自我知识分子性的"右派"时期，且天生具有诗人易感气质，这也许造成了王蒙小说比李大钊和鲁迅更强调人的自我改造、关注人的内心世界的现象。王蒙深刻体验过改造自我过程中的惶惑、不安和痛苦，所以主张以积极的情绪走向未来。《失态的季节》描写"右派"们"迫切地希望表现自己的改造决心"，以求"重新取得党的信任、回到党的怀抱"①，党员知识分子的改造便是改造自己的思想；《笑的风》中主张在"不断改革进化变化"的社会和时代中，"人的思想心理也是有所演变的"，启发人们在社会、生活、形势的快速变化中，积极调整自己的"思想情感心理"，以求"活得更幸福更爱情更精神也更文学"②，强调内心世界的改造，且具有一种面向未来的追求。

关注当代人在与处境的不协调关系中的内心震荡，并以一种未来目光期待其走向和谐，成为王蒙小说的典型特征，是五四救亡与启蒙的命题在当代革命语境下的发展。在这个意义上，王蒙对中国文坛最大的贡献便是塑造了这类不协调的典型人物，更是描绘出了这类人物的典型心理。

二、重组的游戏：向未来敞开的可能性

王蒙小说往往期待改变人与处境的"变形"状态，与当下这种不协调的关系作抗争，建构理想的和谐的未来。《青春万岁》中杨蔷云认为"真希望自己什么都变一变……"③。《活动变人形》的倪藻在不幸的童年道出"这一切都应该改变的啊"④。《黄杨树根之死》的马文恒"觉得自己确实应该改变一下生活方式和思想方式了"⑤。《青狐》也道出"中国人一生必须准备好不断改变角色"⑥。王蒙小说创作始终呼唤着"改变"，指向一种"活得更好"的人生追求。王蒙小说中的人物如钱文，就是一个适应能力强的人，能够根据处境的变

---

① 王蒙：《失态的季节》，《当代》1994年第3期，第69页。
② 王蒙：《笑的风》，《人民文学》2019年第12期，第43页。
③ 王蒙：《青春万岁》，北京：人民文学出版社，1979年，第342页。
④ 王蒙：《活动变人形》，人民文学出版社主编：《当代长篇小说 人民文学出版社建社卅五周年纪念》，北京：人民文学出版社，1986年，第60—63页。
⑤ 王蒙：《黄杨树根之死》，《王蒙文存12》，北京：人民文学出版社，2003年，第43页。
⑥ 王蒙：《青狐》，北京：人民文学出版社，2004年，第84页。

化迅速转变自己。60 年代初,"摘帽右派"仍难以恢复正常生活,钱文便毅然做出去边疆的决定,试图去边疆开拓自己的未来,掌握自己的命运,改变当下的处境。王蒙小说中的人物不仅"想方设法活下去,想方设法活得自由而且快乐"①,还希望创造条件"使别人生活得好"②,同时希望下一代人比自己活得更好,更有价值。③ 王蒙小说的未来向度,便显出一种主动把握、适应形势的姿态。在这个意义上,未来观其实是一种应变论。

　　"重组"这一概念来自王蒙对李商隐诗歌的研究。王蒙在 1990 年的《再谈〈锦瑟〉》《通境与通情》两篇文章中开始了对李商隐诗歌进行结构和逻辑顺序的"重新排列组合"④ 试验;1991 年《〈锦瑟〉的野狐禅》中提到"重新组合"⑤ 的方式,即打乱诗歌原有结构和字词顺序,重建为诗歌或长短句或对联;1995 年《混沌的心灵场——谈李商隐无题诗的结构》提到了李商隐这类诗歌的"弹性,可更替性,可重组性"⑥,将这一操作称为"重组",以可重组的结构探究李商隐每首诗歌之间的"联结、连续、内聚力、凝聚力"⑦;到1997 年《重组的诱惑》则系统阐释了"重组"这一操作,从文字游戏的角度深入探讨了"重组"的意义,包括开掘文本内涵的审美性、锻炼接受者的心胸和智力、召唤语言的潜力以及寻找"上帝"和"天机",并在中国传统文学中考察其来历。⑧ 同时,王蒙也注意到"小说本身就有一种排列组合的可能"⑨,以"重组"把诗歌研究与小说创作打通,指向未来的诸多可能性。虽然王蒙是在 90 年代文坛的特殊语境下提出的"重组",但结合王蒙这一时期的小说创作,这一诗歌研究中的"重组"策略似乎也在小说创作中探究着如何处理人与处境的关系的"天机"。

---

① 王蒙:《临街的窗》,《王蒙文存 12》,北京:人民文学出版社,2003 年,第 193 页。
② 王蒙:《高原的风》,《人民文学》1985 年第 1 期,第 29 页。
③ 王蒙:《青春万岁》,北京:人民文学出版社,1979 年,第 120 页。王蒙:《活动变人形》人民文学出版社主编:《当代长篇小说:活动变人形》,北京:人民文学出版社,1986 年,第 117 页。王蒙:《踌躇的季节》,《当代》1997 年第 2 期,第 120 页。
④ 王蒙:《再谈〈锦瑟〉》,《读书》1990 年第 10 期,第 112 页。王蒙:《通境与通情》,《王蒙文存 18》,北京:人民文学出版社,2003 年,第 354 页。
⑤ 王蒙:《〈锦瑟〉的野狐禅》,《王蒙文存 18》,北京:人民文学出版社,2003 年,第 370 页。
⑥ 王蒙:《混沌的心灵场——谈李商隐无题诗的结构》,《文学遗产》1995 年第 3 期,第 55 页。
⑦ 王蒙:《混沌的心灵场——谈李商隐无题诗的结构》,《文学遗产》1995 年第 3 期,第 55 页。
⑧ 王蒙:《重组的诱惑》,《读书》1997 年第 12 期,第 33—39 页。
⑨ 王蒙:《小说的可能性》,《王蒙文存 19》,北京:人民文学出版社,2003 年,第 253 页。

《活动变人形》写到史福岗对中国文化的看法："中国的文化注意人际关系，注意各安其位，克制自己，每个人尽到自己的伦理义务，以取得人际关系的和谐。"① 王蒙小说追求调整自己的感受，改变自己的处境，找到自我的位置，体现出对"各安其位，克制自己"的中国文化的认同。"取得人际关系的和谐"是重组的目的，"重新排列人形的活动"便是革命②，以革命斗争改变一切，"用这些众多的、微妙的线与点的会合，面与体的旋转"等重组变化，以求"创造一个更加完美和合乎理性的世界"。③

王蒙小说以可重组的结构和叙述的多重可能性，启迪读者探求人生"活法"的可能性。《活动变人形》就以倪藻的视角开始思考能否以"革命"实现"重新排列人形的活动"④，因为倪吾诚便是一个排列错位的"人形"，是社会转型期的畸形儿。倪吾诚小时候上过洋学堂，反传统的革命意识与当时乡野的封建环境"不协调"；进城读洋学堂中学并迁至北京后，想要做一番事业，但思想散漫，讲话无重点，他的思维语言能力使他无法实现做学问的宏愿，可怜民生疾苦但无变革社会的能力，宏大愿望与自身能力"不协调"；满脑子都是西方科学哲学等抽象概念，而不顾家里传统思想与经济拮据的具体现实，使他与家人无法和谐相处，西方现代思想与中国家庭现实"不协调"。

倪吾诚的这些"不协调"正是"组合"的结果。小说中提到"活动变人形"这种日本玩具，其脑袋、身子、腿的装扮和姿态"是活动可变的"，"同一个脑袋可以变成许多人。同一个身子也可以具有好多样脑袋和好多样腿"⑤，这三样组合在一起，有的"很和谐"，有的"有点生硬"，甚至有的"让人觉得可笑或可厌""可怕"。小说中描绘了各色社会转型期的人，不同的心灵、理想、欲望就像是"活动变人形"的"脑袋"，如具有西方现代化思想和救国救民之心的倪吾诚，有中国传统思想的周姜氏，非中非西只关注具体生活实际的

① 王蒙：《活动变人形》，人民文学出版社主编：《当代长篇小说 人民文学出版社建社卅五周年纪念》，北京：人民文学出版社，1986 年，第 188 页。

② 王蒙：《活动变人形》，人民文学出版社主编：《当代长篇小说 人民文学出版社建社卅五周年纪念》，北京：人民文学出版社，1986 年，第 149 页。

③ 王蒙：《杂色》，《收获》1981 年第 3 期，第 76 页。

④ 王蒙：《活动变人形》，人民文学出版社主编：《当代长篇小说 人民文学出版社建社卅五周年纪念》，北京：人民文学出版社，1986 年，第 112 页。

⑤ 王蒙：《活动变人形》，人民文学出版社主编：《当代长篇小说 人民文学出版社建社卅五周年纪念》，北京：人民文学出版社，1986 年，第 91 页。

静宜；而不同的能力和条件便是"身子"，如能够旁征博引且论述精辟的杜公，清楚认知家庭现实情况的静宜，不顾具体问题和现实情况只高谈阔论的倪吾诚；所踩的大地即现实环境便是"腿"，如具有中国传统思想且经济拮据的家庭环境，内忧外患的国家处境。这三者能大致协调、相容，就能好好地活，否则就活得痛苦。小说主要描绘了社会转型期的典型人物倪吾诚，他是"头、身、尾分裂三截的软绵绵的人形活动变"[①]，这是"头""身""腿"不协调组合后让人觉得可笑、可厌的一类，理想愿望与个人能力条件不协调，与家国处境也不协调。叙述者在小说中感慨"如果每个人都能自己给自己换一换就好了"[②]，试图改变倪吾诚这种"组合"，多换几种"组合"的结果，以"活动变"追求生命的和谐。

　　"活动变人形"的诗学话语，在王蒙小说的叙述中表现为"双轴共显"的文本现象。在符号学看来，文本不过是扩大了的符号，任何符号表意都是双轴操作的结果。所谓"双轴"即组合轴和聚合轴。组合轴上的邻接关系与聚合轴上的选择、替代关系，被认为是符号文本编码和解码的一种普遍规则。[③] 聚合是选择过程，除了被选中的因素，其他因素都应当是隐藏的[④]；组合是各聚合轴选择的结果之邻接，是显现的。一旦将诸多本应隐藏的聚合因素显现于组合轴上，则出现巴尔特所发现的"双轴共显"现象，一个符号文本既提供了聚合轴上选择的多种可能，也提供了组合轴上邻接的多种可能。[⑤] 王蒙提到《活动变人形》时说道："玩偶……的头部、腰部、腿部可以随意组合，可以来回地变。我由此就写了一个人，他的思想……他的处境之间的不协调。"[⑥] 这种"随意组合"，既是文本表意的"双轴"运作，也是王蒙在 90 年代对李商隐诗歌的"重组"试验的核心内涵。"组合"，本就具有一种符号学意味，王蒙在诸多小说和随笔中也多次提到这种"随意组合"之"随意性"与"排列组合的游

---

　　① 王蒙：《活动变人形》，人民文学出版社主编：《当代长篇小说 人民文学出版社建社卅五周年纪念》，北京：人民文学出版社，1986 年，第 91 页。

　　② 王蒙：《活动变人形》，人民文学出版社主编：《当代长篇小说 人民文学出版社建社卅五周年纪念》，北京：人民文学出版社，1986 年，第 112、91 页。

　　③ Roman Jakobson, "Two Aspects of Language and Two Types of Aphasic Distuibance," in *Selected Writing Ⅱ*, The Hague：Mouton, 1971, p.243.

　　④ 索绪尔：《普通语言学教程》，高名凯译，北京：商务印书馆，1980 年，第 170-177、171 页。

　　⑤ Barthes Roland, *Elements of Semiology*, London：Jonathan Cape Ltd, 1967, pp.89-90.

　　⑥ 王蒙：《小说创作与我们》，《王蒙谈小说》，南昌：江西高校出版社，2003 年，第 117 页。

戏性"等文本的"符号"特性。①

这里以短篇《组接》为例，略作分析。《组接》主要以"双轴共显"的方式呈现事物通过"重组"获得的多种可能性。小说由"头部""腰部""足部""尾部"四部分组成，分别描述了与"我"相遇的不同女性在青年、中年、老年的不同经历，但小说只将各阶段中的各遭遇一一罗列，并不作唯一选择，不串联为一个完整的故事，只并置聚合轴上的多个因素，将本应隐藏起来的聚合因素并置于组合轴上，呈现出"双轴共显"的特征。小说由多个情节片段构成，乍一看太过碎片化，令人不知所云。我们不妨以符号学双轴视角对小说内容作如下梳理：

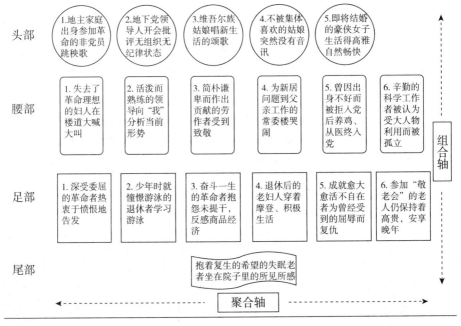

图 3.1　《组接》"双轴共显"示意图

王蒙曾说："《组接》可是真正的活动变人形。"② 由此，示意图有意设计

---

① 参见王蒙：《再谈〈锦瑟〉》，《读书》1990 年第 10 期；《符号的组合与思维的开拓》，《读书》1991 年第 5 期；《〈锦瑟〉的野狐禅》，《随笔》1991 年第 6 期；《重组的诱惑》，《读书》1997 年第 12 期。

② 王蒙、王干：《〈活动变人形〉与长篇小说》，《王蒙王干对话录》，桂林：漓江出版社，1992 年，第 243 页。

为"人形"，与小说中"头部""腰部""足部"等小节标题相对应。由于王蒙并未将某一"头部""腰部""足部"做特定的连接，即未形成特定的组合轴，而只呈列了各"部"的多种片段，即具有被选择的可能的聚合因素。因此，5种"头部"因素中的任一一种都可以与6种"腰部"因素和6种"足部"因素中的任一相连接，构成一个完整的"人形"，但需要受述者来将各部分连接为一个完整的人形，而小说只将各部分分别并置。青年时代中的某一少女都可以在中年时成为"腰部"所描绘的任一中年女性，在老年时成为"足部"中的任一老年妇人，符号文本具有多种选择、组合的可能。将本应隐藏的诸多聚合因素显现于组合轴上，使常规的只有一种选择组合可能的"人形"，竟然具有了180种选择组合的结果。正如小说"尾部"所言："星星……可以联成这样一个线，一个图，也可以那样联……结构，是可以变化和摸索的……"① 选择组合的可能越多，带来的人物面貌就越丰富，展现中国当代多样的人生"活法"。不作特定的组合，则片段之间的留白更多，文本结构的活动性更大，重组的可能性就更多。

《组接》这类具有多种选择、组合可能的文本，与其他描写人物内心冲突、动荡、惶惑的小说，在形式和内容上双向塑造出文本的"不协调"，"双轴共显"这一形式是主动把握"不协调"的一种机智。王蒙后来的诸小说都有"双轴共显"的特性，启发读者主动对文本进行"活动变"的双轴操作。如《要字8679号——推理小说新作》，作者采用侦探小说的形式，让众多人物针对陶雄的命案独立发声，就像让聚合轴上众多因素针对同一组合轴上的位置独立显现，让读者自己从各人物的叙述中寻找真相。这一手法在《奇葩奇葩处处哀》中得到沿用，聂娟娟的身份在不同人物对她的叙述中变得"不确定"，让读者综合各方说法来统觉聂娟娟这个人物。《名壶》末尾以字母符号的形式列出了关于壶的真假的由A到L等多种可能性，供读者进行再次选择组合……符号学家皮尔斯认为，形式就是任何事物"为其所是的那种东西"②，也即黑格尔所言的"主张和引出有的东西，而且是自在之有的东西"③。那么王蒙这一系列"双轴共显"文本，以何种方式呈现和引出中国当代文学的"为其所是"？

---

① 王蒙：《组接》，《北京文学》1988年第9期，第10页。
② 皮尔斯：《皮尔斯：论符号》，赵星植译，成都：四川大学出版社，2014年，第24页。
③ 黑格尔：《逻辑学》上卷，杨一之译，北京：商务印书馆，1982年，第117页。

　　许纪霖在探索现代认同危机时发现："现代的自我具有三重性质：第一重是普遍的人性，第二重是特定政治和文化脉络中的自我，第三重是在普遍人性和特定文化规约中得以自由选择的特定的自我。"① 王蒙小说便是启发读者在"双轴共显"的文本中进行自我"重组"，试图建立起"第三重"自我，有能力在"普遍"和"特定"之间进行自由选择的具有超越性的自我，无疑为近当代中国提供了一种走出自我认同危机的策略。

　　"红灯绿灯一起亮"，是王蒙对新旧并存的社会现象和复杂相悖的人生体验的描述，是对"当代"现实的一种想象方式。王蒙的小说创作也呈现"红灯绿灯一起亮"的特征。王蒙在 1986 年多次提到"红灯绿灯一起亮"，如在《认识和发展百家争鸣的新局面》当中，就提到"有人说，现在什么事都是红灯绿灯一起亮，叫人莫衷一是"②，来强调当时新旧并存的思想分歧。《面对一种新的形势》则进一步阐述了这一现象，针对一个作品、一种理论的发表，有人认为是"新突破""新发展""新建树"，"绿灯亮了"；又有人说"走上邪路了""违背了原则"，"红灯又亮了"。③ 这种"不确定的情况"，其实也体现于王蒙小说中的"不协调"：思想动荡不居，甚至相互矛盾。精神世界的"不协调"与事物呈现的"不确定"产生互动。这成为 1986 年创作《来劲》的动机："写一个什么都不确定、什么都是、什么都不是的小说，反映或者说描写一下这样一种亦此亦彼、非此非彼的红灯绿灯一起亮的人生体验。"④《来劲》就描述了主人公 XiangMing 具有"项铭、响鸣、香茗"等不确定的称呼，出现了"颈椎病也就是脊椎病、龋齿病"等不确定的症状，有了一次"出差、旅游、外调"等不确定的出行，具有"觉得这里确是个美好的地方……觉得这里缺乏管理……觉得真是变了样了……觉得还是又穷又破"⑤ 等不确定的感受，最后是"被静电棒逐出被客气地引出被恭敬地请上了主席台手术室"⑥ 等不确定的结局。包

---

　　① 许纪霖：《家国天下：现代中国的个人、国家和世界认同》，上海：上海人民出版社，2016，第 16 页。

　　② 王蒙：《认识和发展百家争鸣的新局面》，《王蒙文存 23》，北京：人民文学出版社，2004 年，第 37 页。

　　③ 王蒙：《面对一种新的形势》，《王蒙文存 23》，北京：人民文学出版社，2004 年，第 383 页。

　　④ 王蒙：《王蒙自传第二部：大块文章》，北京：北京联合出版公司，2017 年，第 378—379 页。

　　⑤ 王蒙：《来劲》，《王蒙文存 12》，北京：人民文学出版社，2003 年，第 232—233 页。

　　⑥ 王蒙：《来劲》，《王蒙文存 12》，北京：人民文学出版社，2003 年，第 235 页。

括《白先生之梦》，以音近的俗词代替具有崇高意义的词，启发人们思考当下社会问题，让人们在不和谐的庸俗的形式中，唤起对和谐的崇高的追求。王蒙小说着意刻画内心世界的"不协调"和外部世界的"不确定"，"亦此亦彼"又"非此非彼"，把"红灯绿灯一起亮"呈现得淋漓尽致。

人们内心世界的"活动变"比外部世界要迟钝得多。曾经的"道"不足以"照明"日新月异的"人伦日用"①，而新的"道"又尚未建立，"内心世界"在这个新旧之"道"的空隙中陷于惶惑与动荡。人的内心反应跟不上外在处境的变化，这是处于已"破"而未"立"的中间过渡阶段的必然现象。未来学家托夫勒把"人在短时间内遇到过激的变化所引起的紧张情绪和迷失感"称为"未来的冲击"②。王蒙小说所描绘的"惶惑""不协调"，便也是人们在未来侵入当下时产生的紧张与迷失，是一种难以适应处境变化的烦忧。

这种"亦此亦彼、非此非彼"的"红灯绿灯一起亮"，是中国道家哲学提供的一种把握当代现实复杂性的生存智慧。王蒙小说通过向读者提供"双轴共显"的文本，兼有钱锺书论庄子《齐物论》时所谓的"然否之执"和"我他之相"二义③，呈现物之是非、彼此之分，让读者进行"重组"的双轴运作，启发读者超越事物表面的彼此之分而把握其本然，以走出"不协调"的精神困境。王蒙在《蝴蝶》中就描绘经历过政治运动的张思远已分不清自己是在革命阵营还是阶级敌人，是"右派"分子老张头还是身居高位的张部长，庄周梦蝶，"醒了之后，倒弄不清自身为何物"④。政治运动使人同时具有多种身份，亦此亦彼又非此非彼。小说《枫叶》也以类似庄子《齐物论》的叙述方式，描绘"红灯绿灯一起亮"："物质不灭，也就是灭，灭了再还魂，转变了存在形式，也就是灭灭，灭灭不灭灭，不火即火火，灭灭终不灭，何异长灭灭？"⑤物和人的存在形式都可以转变，并且时时在变，两种悖反状态同时存在。这正是对新旧过渡时期思想状况和社会面貌的模仿。王蒙很赞赏中国古代这种"穷

① 余英时：《从价值系统看中国文化的现代意义》，刘东主编：《中国思想传统的现代诠释》，南京：江苏人民出版社，2003年，第21页。
② 托夫勒：《未来的冲击》，孟广均等译，北京：中国对外翻译出版公司，1985年，第1页。
③ 钱锺书：《管锥编（第一册）》，北京：中华书局，1999年，第5页。
④ 王蒙：《蝴蝶》，《十月》1980年第4期，第18页。
⑤ 王蒙：《枫叶》，《王蒙文存13》，北京：人民文学出版社，2003年，第188页。原载于《当代》1998年第6期。

则变，变则通"的"非常朴素的灵活态度"。① 是非、彼此、生与不生、化与不化、灭与不灭之"变"才是生命永恒的状态。王蒙的小说把"变"呈现给读者，启发读者通过"重组"的试验，打破当下人与处境的不协调关系，与当下的痛苦、惶惑与不安抗争，获得向未来敞开的多种可能，"取得人际关系的和谐"②，也即余英时所言的"自我求取在人伦秩序与宇宙秩序中的和谐"③。这种"重组"是以未来的和谐状态作为目标的，由未来意识统摄。

《组接》《来劲》《白先生之梦》这类小说，都在语言或结构上显示某种混乱，这是王蒙小说对混乱驳杂的现实生活的戏仿，以文本形式的不协调对抗人与处境的关系的不协调。这些形式结构的试验，是 1979 年至 1980 年《布礼》等作品所开创的时空跳跃的内容在形式上的发展。王蒙在 1980 年把自己这种混乱的结构称为"心灵活动的结构"，这是对"能够重新加以排列组合"的心灵感受的模仿④，是对"复杂化""节奏快"的当下生活的回应⑤。正如阿多诺所言："艺术作品并不把精神直接转化为感觉资料，更不会将其转化为经验性的事物；它们反倒凭借其感性因素之间形成的种种关系而成为精神。"⑥ 王蒙小说便以"双轴共显"的形式模拟着"反田园"的现实生活，以重建主客体之间的关系而建构"感性因素"之间的关系，即建构某种"精神"，启发读者展开"重组"的试验，以不和谐的形式唤起读者对真正和谐的记忆，抗争当下的现实问题，改造现实，建构和谐的未来。

王蒙小说中这类具有可重组结构的未来叙事文本，关注社会转型期的个体心灵，在一定程度上构成对晚清未来叙事文本的延续与发展。张全之在《文学中的"未来"：论晚清小说中的乌托邦叙事》中认为描写"未来"的晚清小说

---

① 王蒙：《关于当前的思想文化工作》，《王蒙文存 23》，北京：人民文学出版社，2004 年，第369 页。

② 王蒙：《活动变人形》，人民文学出版社主编：《当代长篇小说 人民文学出版社建社卅五周年纪念》，北京：人民文学出版社，1986 年，第 188 页。

③ 余英时：《从价值系统看中国文化的现代意义》，刘东主编：《中国思想传统的现代诠释》，南京：江苏人民出版社，2003 年，第 25 页。

④ 王蒙：《在探索的道路上》，《首都师范大学学报》1980 年第 4 期，第 32，39 页。

⑤ 王蒙：《对一些文学观念的探讨》，《王蒙文存 23》，北京：人民文学出版社，2004 年，第64 页。

⑥ 阿多诺：《美学理论》，王柯平译，成都：四川人民出版社，1998 年，第 191 页。

"过于看重社会制度建构，忽视了个人在社会转型中的重要作用"①，带来的后果便是"使晚清兴起的文学启蒙主义走向了它的反面……使这类作品没有能够摆脱民族主义的束缚"②。尽管王蒙小说中的未来叙事也并未完全摆脱晚清小说乌托邦叙事存在的"民族主义"的束缚，文本背后也具有家国情怀与忧患意识，但王蒙小说毕竟与晚清小说有所不同。王蒙小说中这类具有可重组结构的未来叙事文本，不仅描绘社会转型期外在的社会面貌和人物处境的变化，更将笔触深入人物内心世界，将社会加速发展造成的个体心灵阵痛细腻地呈现出来，展现外部环境与内部精神文化之间变化的速度差，并以可重组的文本结构探寻克服这种心灵阵痛的策略，强调一种如"主义"般的"科学性务实性坚强性灵活性适应性，活力定力钻劲干劲热劲冲劲猛劲韧劲牛劲虎劲爆发力预应力支撑力反弹力"③。这在一定程度上构成对晚清未来叙事文本的发展。

第三节　"未来"的唤起方式：联结历史与未来的叙事范式

　　王蒙小说中的"未来"扎根于过去的"历史"，强调过去、现在、未来的连续性。王蒙小说试图以多感觉的并置来创造新的主客体关系，强调主体对客观事物的感受，主张从历史中唤起未来。神经系统的生理结构决定了人们对外界事物的反应和适应慢于外在事物的变化速度，尤其在新旧变化快速的社会转型期，如果外界传递给人的信息过于杂多和光怪陆离，人们受到的感觉刺激过多、过强，便难以把握当下和预知未来，客体对象传递给意识主体的准确性就会降低，主体容易陷入混乱，未来学家托夫勒将这种现象称为"感觉轰击"④。同时，王蒙认为文学"更多地是向读者提供一种人生的经验或者一种感受"⑤，其小说创作也的确强调对感受的塑造与追踪，试图以混乱的形式模拟现实中的

　　① 张全之：《文学中的"未来"：论晚清小说中的乌托邦叙事》，《东岳论丛》2005 年第 1 期，第129 页。

　　② 张全之：《文学中的"未来"：论晚清小说中的乌托邦叙事》，《东岳论丛》2005 年第 1 期，第129－130 页。

　　③ 王蒙：《闷与狂》，北京：北京联合出版公司，2014 年，第 192 页。

　　④ 托夫勒：《未来的冲击》，孟广均等译，北京：中国对外翻译出版公司，1985 年，第 305 页。

　　⑤ 王蒙：《新时期文学面面观》，《王蒙文存 19》，北京：人民文学出版社，2003 年，第 273 页。

主客体关系，然而乱中有定，围绕某种主体感受进行客体的画面切换，以时空感受化和意义多重化，给混乱无章的主客体关系赋予新的秩序，塑造心灵时空，联结历史与未来。

一、时空的感受化

时空感受化，即以感觉的变化作为时空跳跃、情节发展的线索，强调这一感觉，以及这一感觉背后深厚的历史情境，由当下进入历史，再回到当下，展望未来，从历史中唤起未来。王蒙发现，现代化快速发展带来人们"生活上、文化上的不适应和尴尬"①；在新旧快速变换的时代，人们产生了确立自我位置的恍惚感和无力感。王蒙自觉人的这种"尴尬"处境，于是策略性地选择了"怀旧"，试图以此作为"历史前进当中的感情补偿"②，"对一些虽然美好但终究是要消失的东西唱一唱挽歌"；"怀旧"是为了"侧面反映""生活飞速前进的进程"③，为了弥补历史前进中的心灵创伤，以便转化为积极因素，更好地推动历史和生活的前进发展。孙郁发现王蒙"对旧物很少决然的离别，而是温吞的苦辞"，认为他这是"在以肯定的方式否定过去"④。王蒙的怀旧，是要解构"旧"，以建设"新"，具有把握新生活的未来向度。王蒙小说中频繁的时空跳跃，在历史时空当中的穿梭，是为了更好地走向未来，试图建构起沟通历史与未来之间桥梁。

王蒙小说中的未来叙事，通过时空跳跃，打开了某一空间点的时间纵深，当下的瞬间聚集了历史和未来，使时空感受化。这种视点分化和视域扩展来自小说对人瞬息万变的心灵感受的捕捉。郜元宝认为："王蒙的小说总是某种声音的传达……声音是语言的精华。"⑤ 发现王蒙小说充满了各种声音，但除了声音，小说更注重营造画面之间的并置和切换，实现时空画面的跳跃。如果说

---

① 王蒙：《现代文化与民族传统文化》，《王蒙文存23》，北京：人民文学出版社，2004年，第347页。

② 王蒙：《文学的逆向性：反文化、反崇高、反文明》，《王蒙文存20》，北京：人民文学出版社，2003年，第193页。

③ 王蒙：《谱写农村的新生活交响乐章》，《王蒙文存23》，北京：人民文学出版社，2004年，第303页。

④ 孙郁：《王蒙：从纯粹到杂色》，《当代作家评论》1997年第6期，第16页。

⑤ 郜元宝：《阅读与想象——致陈思和：再谈王蒙小说的语言与抒情》，宋炳辉、张毅主编：《王蒙研究资料》，天津：天津人民出版社，2009年，第483页。原载于《小说评论》1995年第3期。

"声音是语言的精华",那么"画面"则是"语言的升华"。语言突破二维平面,进入读者心灵中的三维立体空间,使未来这一时间向度得以在心灵空间中被召唤。耿传明等人近年发现王蒙80年代初的文体实验使"小说由传统的听觉性叙事向现代的视觉性叙事"转换①,视觉往往是多画面的,共显现,快切换,这的确符合王蒙小说的创作特征。文章把这一视觉叙事归因于当时电视媒介等视觉技术的影响,有一定的合理性。但本书认为,这种文体实验,本质上仍然统一于王蒙小说一以贯之的"内向性"叙述,干预人们的心灵世界,建构人们对未来的观念。

时空的感受化,在王蒙小说中涉及两个主体:一是超叙述层的叙述者,对人物的多视角、多时空叙述;二是主叙述层的人物,对自我的多视角审视。托罗普采夫认为王蒙通过"穿在一根自由摆动的线上"的"一串串联想"塑造了两类形象,一类是"感知着的意识的形象",一类是"被这意识所感到的世界的形象",通过创造这两类形象改造了"中国文学整个形式和内容"。②这两类形象便是作为"看"的主体的叙述者,以及作为"被看"的主体的人物,托罗普采夫看到了联想对这两类形象的塑造,然而他还未深入剖析的是,"联想"之"联"根本在于感受、感觉。

(一) 感受的流动性

王蒙小说具有某种动感、动势,善于捕捉、追踪心灵的动态感受,随其流动,呈现动向,而非只停滞于瞬间的静态刻画。这也是对不断前进着的向未来延伸的动感生活之写照。

过去的经历、当下的感受以及对未来的构想都凝聚于心灵空间,历史与未来在此联结。心理感受无逻辑、非时态,时间是多重或模糊的。在对《红楼梦》的研究中,王蒙受到启发,将"时间的模糊"看作"'心理时间'的特色",在模糊的时间中,"过往的、现时的、未来的都是一瞬,不过现时的这一瞬显得更长更大些"③。这"一瞬"打开了空间的弹性,心灵空间可以随感受

---

① 耿传明、陈蕾:《小说与技术的共振——王蒙新时期小说视觉叙事与多维时空构建》,《山西大学学报》2021年第4期,第15页。

② 托罗普采夫:《王蒙:创作探索和收获》,崔建飞主编:《王蒙作品评论集萃》,青岛:中国海洋大学出版社,2003年,第64页。原载于《当代文艺思潮》1985年第1期。

③ 王蒙:《红楼启示录》,《王蒙文存18》,北京:人民文学出版社,2003年,第65-66页。

的变化而缩放、转换。

王蒙小说中的时空跳跃，引起学界关注最多的便是"季节"系列。以其中的《踌躇的季节》为例，小说的第五章和第六章时空跳跃较为频繁，既有叙述者叙述视角的转换，也有人物内心意识的流动。首先，时空跳跃有叙述者的视角转换，如"是三十多年以后了"，从1962年钱文与犁原的第一次谈话跳到90年代钱文参加犁原的葬礼；"钱文最后来看望犁原是他'走'前的第三天"，从90年代的葬礼跳到三天前与病危的犁原的最后一面；"犁原自己不知道，但是钱文知道"，从犁原病危时刻跳到"后来几年"年轻人对犁原的牢骚；"犁原在最后一次与钱文见面的时候"，叙述者又在人物钱文对廖琼琼的回忆中抢夺了话语权，使叙述回到钱文与犁原的最后一面谈及的文学的前途问题；"而在三十余年后"，又把话语权从钱文对与犁原的第一次谈话的回忆中抢夺过来，回到犁原的葬礼上。其次，有人物钱文的意识流动，如与犁原的第一次谈话时钱文对犁原计划出版钱文作品而"感激涕零"，在参加犁原葬礼时对"死"产生各种联想和感受，与犁原见最后一面时为犁原与廖琼琼的关系而感动，对年轻人对犁原的误解而悲哀和愤慨，在葬礼上感到无聊，回想起自己与犁原第一次谈话时的诚惶诚恐以及对未来处境改善的希望，继而想起了"八年前"看契诃夫的话剧时有感于充满希望的人物台词，叙述再次回到葬礼上描绘钱文对葬礼感到淡漠与凄然。第六章在90年代犁原的葬礼中结束，第七章一开头便以"摘了帽子，回到城市"合拢到第五章对1962年的叙述中。①

时空跳跃是叙述者叙述与人物意识流动相互抢夺话语权的结果，不管是叙述者还是人物，转换叙述时空都以某种感受为基点。如1962年与犁原的第一次谈话中，钱文感激犁原对自己的惜才爱才，这一"感激"的感受持续到90年代年轻人对犁原这类"为后辈铺路"的人的误解，因而会对犁原被误解感到悲愤；与犁原的第一次谈话中期待着自己的处境能在未来有所好转，这种憧憬与希望让钱文想到"八年前"看契诃夫话剧时也有同样的感受。在时空跳跃中，注重人物感受的流动变化，这一连串的感受就是一条自由飘荡的线，串联起60年代与90年代的时空，其中穿插着五七"反右""文化大革命"与80年代的故事。时空在人物一连串流变的感受中得以重叠、共现，这依赖于叙述者

---

① 王蒙：《踌躇的季节》，《当代》1997年第2期，第36—44页。

与人物的时空差，回忆体小说能够自由地使过去在当下聚集。这些感受的跳转和流动，突出犁原这类"为后辈铺路"的老革命者奉献一生而在 90 年代不被接受的悲哀，正如小说中写到的"追悼旁人，也就是在追悼自己"，为犁原这类老革命者鸣不平，是为了避免自己未来也成为被时代轻视、抛弃的人，写别人的悲哀是为了自己未来不陷入同样悲哀的境地，过去与未来得以联结。过去与未来之间的联结在这里是一种体验式的经验主义的联结，从过去的经验或体验中生发出对未来的构想，建构起与未来的联结。

如果说《蹒跚的季节》是隐身叙述者与人物相互抢夺话语权而引起时空的跳跃，那么到了长篇小说《猴儿与少年》，叙述层次则更为复杂，操纵时空跳跃的主体更为多重。《猴儿与少年》描写年过九旬的施炳炎与王蒙在 2021 年的一次对谈，主要是施炳炎回忆自己自 1958 年开始的"右派"改造经历。因此这里便出现两个叙述者：一个是作为人物的显身叙述者施炳炎，叙述自己1958 年以来的经历，一个是叙述施炳炎与王蒙对话的隐身叙述者。由于"高叙述层次的任务是为低一个层次提供叙述者"①，那么这里就存在三个叙述层次：一个是施炳炎在五六十年代进行改造的主叙述层，一个是 90 岁的施炳炎与王蒙对话所在的超叙述层，一个是隐身叙述者所在的超超叙述层。但小说并非以施炳炎第一人称进行主叙述层的叙述，而是以第三人称叙述 1958 年以来的施炳炎人生经历，仿佛是超超叙述层的隐身叙述者在替施炳炎叙述回忆，两个叙述者互相争夺话语权。

比如小说讲到施炳炎到了山沟开始劳动后，四肢灵活舒展，其他"下放干部"大多身体不适应，"而他施炳炎却是这么溜，按二十一世纪十几年的说法，他怎么到了伟人的小山沟，是这样 666 呢?"② 隐身叙述者用 21 世纪的语言描写 1958 年的人物施炳炎，这一时空跳转基于"溜"的感受；接着，讲到这么"溜"的原因是施炳炎在背背篓过程中自创了一些身体姿势与手势，使他在劳动过程中保持信仰与诚敬，再以"而二十一世纪又经历了二十年后"跳到 2021 年的施炳炎与王蒙对谈的时刻，施炳炎"回想起来"，"体会到"这一系

① 赵毅衡：《当说者被说的时候：比较叙述学导论》，成都：四川文艺出版社，2013 年，第 63 页。

② 王蒙：《猴儿与少年》，《花城》2021 年第 5 期，第 12 页。

列姿势和手势代表的是"爱"和"自然正气"①，使这信仰与诚敬得以与爱和自然正气联系起来，成为时空跳跃的基点。感受之间的联系，是时空跳跃的线索。虽曾是干部，但劳动起来仍四肢灵活，使施炳炎有"溜"的得意之感，赞赏自己身体的生机，与愿望"鲜活如猴儿，鲜活如小哥"②的小说主题相契合，背背篓的手势代表着对爱与自然正气的诚敬，也是实现小说结尾以"未来想象式"所描绘的人与人、人与自然和谐相处的关键因素。时空跳跃都基于某种感受，且都指向对未来的某种愿望。

王蒙小说中与历史或过去相联结的未来，除了上述的"现在的未来"，也还有"过去的未来"。"过去""现在"与"现在的未来"相联结，依靠的是体验式的经验主义，即把过去延伸到现在的发展逻辑继续延伸向"现在的未来"；而"过去"与"过去的未来"相联结，在小说文本中依靠的则是叙述者的预叙，预叙"过去的未来"以审视"过去"。

这种时空跳跃往往以预叙的形式从"被叙述时刻"跳离，王蒙小说多以未来视角审视过去和当下。"季节"系列对钱文采用了第三人称叙述，"叙述时刻"与"被叙述时刻"拉开距离，便于以后来的认知发展去评价"被叙述时刻"的人物，以"过去的未来"评价和审视"过去"。如《恋爱的季节》中写道："在许多年以后，在他步入中、老年以后，他十分惊异于他曾经有过一个如此集中地做梦的年龄。"③这种"叙述时刻"与"被叙述时刻"的时空差，带来对"被叙述时刻"的审视，传达出作者对50年代那个做梦的年代和做梦的自己之珍惜。《歌声好像明媚的春光》也有"事后许多个月，也许更长，我常常回忆那个对于我来说是破天荒的起舞时刻"④，突出当下这一"起舞时刻"给"我"带来的"过去没有今后也没有"的兴奋与快乐的感受，时空跳跃从50年代与喀秋莎跳舞，到后来"文化大革命"中与妻子共舞，再到懂得"殖民理论"的叙述者所在的2000年，这三个时空点，就拉通了整个中国当代历史，突出50年代中苏友好时"我"对苏联的迷恋之美好。叙述视点在过去，预叙这一点在未来，再站在"过去的未来"回望"过去"，联结了过去、现在

---

① 王蒙：《猴儿与少年》，《花城》2021年第5期，第12—13页。
② 王蒙：《猴儿与少年》，《花城》2021年第5期，第40页。
③ 王蒙：《恋爱的季节》，《花城》1992年第5期，第91页。
④ 王蒙：《歌声好像明媚的春光》，《收获》2000年第4期，第67页。

与未来的广阔时空，突出过去这一点的独特与珍贵。

"叙述时刻"与"被叙述时刻"的时空差，使"许多年以后，我们将……"这种马尔克斯式的句子成为这类叙述的基本叙述模式。马尔克斯的《百年孤独》在 1982 年获得诺贝尔文学奖，其后才对中国作家莫言、余华等产生影响，而王蒙早在 1981 年发表的《如歌的行板》中就写下类似的句子："在往后的年代……我曾经怀着一个隐秘的愿望。也许，哪一天，当我睡下以后，我能再听一次这非人间的乐曲？不，它只有一次。"① 时空跳跃更为复杂，梳理后作图如下：

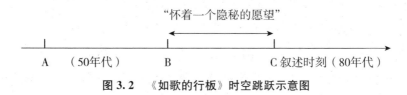

图 3.2 《如歌的行板》时空跳跃示意图

叙述者采用预叙的手法，预告关于这一乐曲的未来，让所预叙的"过去的未来"与"过去"并置，在并置中形成对比，使未来赋予过去以意义。这句话的时空跳跃是为了突出 B—C 这一时段作为 A—B 时段或 B 点的未来，对 B 点的意义，即确证了 B 点的价值。A 点表示小说故事的起点即新中国成立前夕，B 点表示"我"在受批评后失眠的夜晚梦里重听这首曲子的时刻；C 点表示 80 年代叙述者讲述这个故事的时刻，B—C（不包含 C 点）则是从梦中重听此曲之后"怀着一个隐秘的愿望"的时段，而 A—B 和 B—C 都是 C 点的过去，叙述者站在 C 点而讲述着 A—B 的未来即 B—C 这一时段所怀揣的"隐秘的愿望"，塑造出 B—C 这 段 B 点的未来，拉开对 B 点的审视的距离。将 A—B 与其未来 B—C 作对比，突出 B 点即梦中重听此曲在"我"所经历的时间（A—C）中的珍贵——《如歌的行板》这 一曲了所代表的青春的珍贵。

以未来（B—C）反衬过去（B）的珍贵，对过去（B）超越性的审视携带着对当下（C）的反思，潜在意味是当下不尽如人意，试图以珍贵的过去重塑当下。郭宝亮等人也注意到王蒙小说这一预叙的叙述方式，认为这种手法使"我们在阅读中时时会感到有一个高居于五十年代之上的审视的目光，这个目

---

① 王蒙：《如歌的行板》，《中篇小说选刊》1982 年第 2 期，第 123 页。

光锐利超然成熟老辣，既迷恋着美好的青春、爱情、革命、光明的时代，又毫不客气地诊断着青春、爱情、革命、光明背后的分裂、幼稚、狂热等病灶与暗影"①。王蒙小说时时从所叙述的往事中抽身回到当下，以预叙从被叙述时刻跳跃到这一时刻的未来，在过去与现在之间观省，可以看出其回忆往昔是为审视当下，为当下的现实问题找到解决策略，重构现实世界，从而塑造更好的未来。叙述者与人物分离的第三人称叙述，基于一种未来意识，成就了王蒙小说这种时空跳跃的伞状结构，及其历史气概和哲理气质。

《百年孤独》中的墨尔基阿德斯用梵文和各种密码写就的羊皮书上预言了布恩地亚家族的结局，"墨尔基阿德斯没有把事情按人们惯用的时间程序排列，而是把一个世纪的琐碎事件集中在一起，使他们共存于一瞬间"②。与这一内容相呼应的是，《百年孤独》这部小说也多处采用打乱时间顺序，在当下"被叙述时刻"中预叙这一时刻下所讲述的对象的未来，或回溯这一对象的过去，使事件或处境得以超越时间，成为永恒，从而定格这永恒的"百年孤独"，突出这"孤独"的前无古人后无来者。不管是王蒙还是马尔克斯，这种预叙手法都以预告"未来"的方式赋予了回忆性文本中的"过去"以审视意义，即以"过去的未来"审视"过去"。

跨越历史与未来的边界，搭建起历史与未来之间的桥梁的，是《猴儿与少年》的最后一节，以"未来想象式"叙述历史。《猴儿与少年》最后一节的开头写道："王蒙觉得，施炳炎应该二〇二三年清明节去北青山镇罗营大核桃树峪，他要陪他一块儿去。王蒙想象着二〇一三年他们到北青山镇罗营大核桃树峪的情景，不是过去完成式，而是未来想象式。"③ 小说人物"王蒙"已经意识到，对过去的回忆其实也是一种未来想象式的，回忆中的历史逐渐远离了真实，想象性的、虚构性的、不确定性的"未来"统摄了或重构了"历史"，"历史"在想象和虚构的意义上也具有了某种"未来性"。"未来想象式"的历史叙事，在此打通了历史与未来、历史叙事与未来叙事的界限，以虚构的未来建构

---

① 郭宝亮、倪素梅：《论王蒙小说的叙述视角与叙述声音》，《西北师大学报》2005 年第 5 期，第117 页。

② 马尔克斯：《百年孤独》，黄锦炎、沈国正、陈泉译，上海：上海译文出版社，1984 年，第393 页。

③ 王蒙：《猴儿与少年》，《花城》2021 年第 5 期，第 52 页。

似乎非虚构的历史。以未来式的想象虚构历史，王蒙小说已然看破了历史的虚构本质，以未来式的想象重构亲历过的历史。王蒙小说中叙述者所回忆的历史，与未来之间，以想象作为桥梁，得以沟通、融合，打通了历史与未来的界限。小说结尾对 2023 年的未来想象，也许正是施炳炎所期待的 2013 年甚至 1958 年的历史中能够发生的事情。历史的确定性在此消解，历史与未来同样是虚构的、不确定的。对未来图景的想象内容只是未来叙事的表层含义，想象与虚构的手法反映了未来叙事的深层内涵，尤其是对历史的想象。

《猴儿与少年》在小说中指明历史如未来般的虚构性，是王蒙历史回忆体小说的一个质的变化。从 80 年代到 2021 年这篇小说之前，王蒙小说一直沉迷于对历史的回忆书写。王蒙小说并非执意还原历史真实，其历史叙事本质上仍然是一种虚构性、不确定性、意识形态性的未来叙事。虽然这种"一切历史都是当代史"的现象众所周知，但《猴儿与少年》以人物王蒙的心理独白道出历史"不是过去完成式，而是未来想象式"，直白地点明历史与未来之间的共通关系，成为王蒙小说创作历程中标明"历史"与"未来"的共通关系的第一篇。这一现象并非偶然，早在《要字 8679 号——推理小说新作》中，小说就刻画出历史叙述的不可靠性和历史在叙述中的不确定性。小说中，不同的人对"陶雄之死"这一历史事件的描述和感受是不同的。《要字 8679 号——推理小说新作》的多重视角和不定视角的问题，我们已经在第三章第二节"重组的游戏"中谈过，进而我们发现，对同一事件的多角度叙述这种"重组"的结构，也是以一种未来想象式的方式对历史的重塑。同样，《太原》中郎若漾在老年与刘霞重逢，刘霞认为 50 年代他们热恋的那天晚上是在五一广场跳了一夜的舞，而郎若漾记忆中却是一起散步了一晚，小说并不交代 50 年代那个晚上到底发生了什么，只描述郎若漾在听完刘霞的回忆后的内心感受："我已经失却记忆了吗？……为什么在郎若漾的脑子里完全没有这回事？……他肯定了，此生最快乐的事，是陪刘霞在二十世纪五十年代，在太原市中心的五一广场跳了一夜《嗦咚嗦》。说是跳了，就是跳了么，谁说没跳呢？"[①]王蒙小说刻画出对历史的回忆之不确定性，消解了确切的历史事件本身，让 50 年代那天晚上的

---

① 王蒙：《太原》，《页页情书》，桂林：广西师范大学出版社，2020 年，第 61 页。原载于《上海文学》2008 年第 7 期。

历史现实变得不重要，重要的是郎若漾与刘霞对那天晚上都有温馨而美好的感受，历史感大于历史事实。

许多学者早已发现王蒙小说中历史的模糊现象，但往往是以质疑和否定的态度评判这一现象的。南帆在 1989 年谈论王蒙小说中的语言异化现象时就认为："真实的、原始的历史沉没于时间之渊，只有那些滞留于语言符号的内容作为代理历史向我们展现。"①对于南帆而言，将历史模糊化的"语言符号的虚伪"使历史成为"一个闪烁不定的谜"，这是令人"愤怒"、使人"惊悚"的，产生对"真正的过去"之存在的质疑。张志忠在 1994 年读《失态的季节》时认为，王蒙没能处理好"历史感和当代性"，让人物钱文"在五十年代的生存环境里说出九十年代风格的话"②。但也许这并非王蒙"对文学的轻慢与失态"，结合其整个小说创作链，王蒙或许是有意为之，试图以此塑造间离效果，让读者从叙事裂隙中发现历史的虚构性，只是这一作家意图似乎并未在读者接受中实现。孟悦就看到了王蒙小说中的间离，在对回忆性小说《庭院深深》的分析中，孟悦从小说采用的第一人称视角切入，认为我们无法直接目睹"历史现实"，而只是在目睹"叙述者的描述"③，但这种隐含作者与叙述者之间的距离，为读者提供了"足以超越叙事者意识形态的反讽距离"④。孟悦仍然看到叙述者将"想像得合乎理想和纯洁性"的"想像的现实当作现实本身"的局限性，认为这是一种"认知怪圈"。⑤孟悦发现了王蒙小说中历史的想象性，但并未发现，也许王蒙小说正是在对历史的想象性叙述中重构着历史，以"未来想象式"的历史注入现实，成为建构理想未来的养料。毕竟在《猴儿与少年》的最后一节，王蒙小说中的叙述者已经明白了"描述"与"现实"之间的区别，却仍愿意以"未来"叙述"历史"。王蒙小说语言的异化、历史的模糊化，都试图以或"想象"或"虚构"或"幻化"的叙述方式联结历史与未来。

（二）感受的形象化

王蒙小说所追踪的感受，作为时空跳跃的线索，除了具有流动性，还具有

---

① 南帆：《语言的戏弄与语言的异化》，《文艺研究》1989 年第 1 期，第 74 页。

② 张志忠：《对文学的轻慢与失态——评王蒙近作〈失态的季节〉》，《小说评论》1995 年第 4 期，第 56 页。

③ 孟悦：《读〈庭院深深〉》，《文学自由谈》1988 年第 4 期，第 104 页。

④ 孟悦：《读〈庭院深深〉》，《文学自由谈》1988 年第 4 期，第 106 页。

⑤ 孟悦：《读〈庭院深深〉》，《文学自由谈》1988 年第 4 期，第 105 页。

形象感。王蒙小说将感受形象化，主要体现于以物喻人，将虚的人物性格与实的意象物进行联结，在"物"这一感受凝结点中打开过去、现在与未来的广阔时空。

如果说塑造感受的流动性体现的是对理想信念的追求，那么感受的形象化则体现小说的主体性追求。以物喻人这一手法在王蒙小说中最早出现于《小豆儿》，弟弟拿一个蚱蜢放"我"脖子上试图吓"我"，"我"却丝毫不害怕，抓下来打算扔在地上踩死它："要弄死它，这是害虫。"① 于是姐弟二人"把蚱蜢踩得稀烂"。踩死害虫这一情节与后来姐弟俩联手与反革命叔叔作斗争的情节相呼应，我们可以说这是以害虫喻反革命叔叔，但小说并未指明这一喻体和喻旨的关系，是给读者的留白。王蒙小说中的以物喻人，指明喻体与喻旨之间的关系，并打开过去、现在与未来的时空，则是从《蝴蝶》开始。小说中"山村"这一节写到庄生梦蝶的故事，如此描写1970年被释放后的张思远："也是一只蝴蝶，却不悠游。上不着天，下不着地。……一个钻山沟的八路军干部，化成了一个赫赫威权的领导者、执政者……又化成了一只被遗忘的、寂寞的蝴蝶。"② 身份的变幻莫测和处境的漂泊无依，让张思远与蝴蝶建立起内在联系。"化蝶"的寓言中，寄寓的是张思远从八路军干部到领导者再到被批斗者、囚犯，最后到被遗忘者的身份变化轨迹，凝结的是张思远从少年到中年的人生历史，更是党的奋斗史与执政史。在"蝴蝶"这一历史凝结体中，寄寓的更是"我能不能经得住这一切变化呢？"③ 这一未来愿望，以第一人称独白的形式，展现张思远这一"被历史给定的人物"④ 与未来愿望之间的联结。以庄周与蝴蝶的身份之疑，描绘张思远经历身份的多次变化之后，自我定位的惶惑感，追问人在处境的变化中能否找到自己的位置。让"历史"人物张思远生发出这一"未来"愿望的契机是"当下"处境的变化，这表明王蒙小说在人与当下处境的关系视域下联结起历史与未来。

《杂色》也将主人公曹千里喻作那匹灰杂色的老马。"也许，那迈开四蹄，

① 王蒙：《小豆儿》，《人民文学》1955年第9期，第18页。
② 王蒙：《蝴蝶》，《十月》1980年第4期，第18页。
③ 王蒙：《蝴蝶》，《十月》1980年第4期，第18页。
④ 陈晓明：《"胜过"现实的写作——试论王蒙的创作与现实的关系》，温奉桥主编：《多维视野中的王蒙——第一届王蒙文学创作国际学术研讨会论文集》，青岛：中国海洋大学出版社，2004年，第66页。

在干燥的灰土和坚硬滚烫的石子上艰难地负重行进的，正是他曹千里自己吧？"① 曹千里与灰杂色的老马都受到鞭打而变得迟钝，"扎根扎错了地方""难以成材"②，都怀着"让我跑一次吧！"③、成为"千里马"的愿望，老马开口说话，是小说以幻化手法塑造的马与人对话假象下的自我独白，似是二者对话，实则加强了曹千里与老马的联系，老马过去受到的鞭打与想要跑一次的未来愿望，曹千里1931年的出生、40年代的参加革命、50年代初的音乐才能、1957年的被批判、60年代的被审察、1973年至今的公社统计员任职，都在当下曹千里与老马的草原游历中联结起来，老马与曹千里的"历史"经历与"未来"愿望高度重合。在被叙述时刻的"当下"即草原游历中，老马与曹千里的比喻关系，使怀揣过梦想又历经坎坷的"历史"与想要重燃梦想的"未来"愿望得以联结。小说体现出一种在苦难中找到自我价值，并由此焕发生机的主体生命力。

以物喻人所体现的主体性追求和时空的联结，还存在于王蒙其他小说当中。这种主体性追求在《光》中表达得更为直接："她只能借别的光来照自己……让我做一个萤火虫吧，让我发出自己的光！"④ "她"是"全国劳动模范"的女儿、年轻女诗人的舍友、著名钢琴家女儿的相似者，却不是她自己，终于在醒悟每个人都有"一个活泼鲜丽的灵魂"之后，她自己变成了光源，以萤火虫自喻，体现出"她"对"光"的主动追求。除了政治运动引起的身份危机，《黄杨树根之死》还传达出自我愿望与自身能力不协调带来的自我定位的惶惑。马文恒由不起眼的出纳员变成著名小说家，少年时就梦想成为小说家，但由于自己无法调和纯真而美好的文学梦与庸俗生活之间的矛盾，变得麻木不仁、愤世嫉俗、冷漠粗俗，认为自己与黄杨树根"有着共同的悲哀、共同的孤独"⑤，都是"扭曲压扁""异化"了的变形物，"他真想宣布：'黄杨树根就是我！'"⑥ 对黄杨树根的观察，就是对自我的审视，在发现自我处境的悲哀和扭

---

① 王蒙：《杂色》，《收获》1981年第3期，第65页。
② 王蒙：《杂色》，《收获》1981年第3期，第63页。
③ 王蒙：《杂色》，《收获》1981年第3期，第73页。
④ 王蒙：《光》，《上海文学》1983年第12期，第33—34页。
⑤ 王蒙：《黄杨树根之死》，《王蒙文存12》，北京：人民文学出版社，2003年，第40页。原载于《花城》1983年第1期。
⑥ 王蒙：《黄杨树根之死》，《王蒙文存12》，北京：人民文学出版社，2003年，第43页。

曲后，渴望着改变自己的"生活方式和思想方式"。主体性追求体现出审视自我的意识，具有改造自我的未来向度。

除了主体性追求，王蒙小说还通过以物喻人的手法表达在未来发挥人生潜力的愿望。《海鸥》中的侯向阳声称"我就是一只海鸥"①，表达对飞翔和飞得更高的渴望，道出与《活动变人形》中的倪吾诚相似的话："我的翅膀的百分之九十的潜力还没有发挥出来呢！"② 尽管遭受挫折，但仍然保有理想和追求，如《杂色》中渴望再跑一次的马。这种以物喻人使对未来的热切追求形象化、生动化。

如果说《杂色》《海鸥——〈新大陆人〉之二》《黄杨树根之死》都是连续性比喻关系，那么《神鸟》与《光》相似，都是人物在达到某一境界之后才与作为喻体的物产生联结。《神鸟》中，只有在孟迪指挥第三乐章"情势突然发生了变化"的时候，"神鸟"才出现，使孟迪受到"一种不寻常的撩拨"，成功演出，在世界性的舞台上获得了接连不断的称赞，"他自己就像一只终于起飞了而且燃烧了的鸟，腾云驾雾"③，以这只使孟迪大获成功的神鸟，比喻孟迪对"奇迹的力量的信念"，也是在快到 40 岁的年纪想要建立功勋、实现梦想的自己，但孟迪把自己成功的原因归于外在的神鸟，并未醒悟这是自己的人生追求和理想信念下内在生命力的爆发，所以才会在那场演出之后向人们苦苦询问神鸟的踪迹，以至于最后被视为精神病人，在病床上走向死亡。小说以孟迪的悲剧，警示人们醒悟自我生命内在的价值，向内求，勿向外求。

另外，《蜘蛛》描写 20 岁的祝英哲在一次意外中进入了老板家宅，"老板的府上就是天堂，他英哲自己的家就是地狱"④，从此他决定攀附老板及其女儿，改变自己的处境。对天堂的渴望可以把人送进地狱，祝英哲颠倒黑白，在一系列计谋得逞之后成为新老板并娶了前老板的女儿，一直给他出谋划策的花蜘蛛突然来到他的面前："你也变成我的同类啦……"祝英哲果然"胁下生出

① 王蒙：《海鸥》，《王蒙文存 8》，北京：人民文学出版社，2003 年，第 282 页。初版为《海鸥——〈新大陆人〉之二》，《小说家》1986 年第 3 期。

② 王蒙：《海鸥》，《王蒙文存 8》，北京：人民文学出版社，2003 年，第 282 页。

③ 王蒙：《神鸟》，《王蒙文存 13》，北京：人民文学出版社，2003 年，第 31 页。原载于《上海文学》1989 年第 4 期。

④ 王蒙：《蜘蛛》，《王蒙文存 10》，北京：人民文学出版社，2003 年，第 191 页。原载于《花城》1991 年第 3 期。

了脚,他的嘴巴吐出了丝。他结了一个大网,大网首先粘住了捆住了拴住了他自己"①。对物质的追求令人丧失、扭曲自我,以蜘蛛的形象比喻擅长阴谋算计的祝英哲。小说写到叙述者"我"读完这篇小说的感受:"作者在挖掘与鞭挞恶的时候又念念不忘于理想的善……"②将具有未来向度的"理想的善"寄寓于祝英哲从青年到中年的人生历程中。

王蒙小说中作为人的喻体之蝴蝶、马、发光物、黄杨树根、海鸥、神鸟、蜘蛛等物,都具有某种神秘的力量,以物喻人,在自我分裂的语境下展现出对某种强力的探求。王蒙或许是受到《红楼梦》中以玉喻人的启发,在《红楼启示录》中,他写到人"希望在物的世界中为自己寻找到对应体,希望在物的世界、大自然中寻找到另一个自我"的这种共同心理,以此求得珍重人自我的灵性与对追求物的坚固永恒之平衡,认为"人对物的认同"能够增加"人与世界的交合的神秘性",又能增加文学文本的"诗情与哲理"。③以物喻人,是王蒙写实与幻化相交织的文学创作追求。另外,未来主义也表现出对物的尊崇,《未来主义文学技巧宣言》认为,物"具备一种令人赞叹的连续性,朝向更大的热情、更大的动势、更大的自我分裂奋发前进",物的实质是"勇敢、意志和绝对的力量"。④可见,作为某种强大力量的载体,物是一种具有向未来突进的强大力量。在这个意义上,王蒙小说以物喻人这一手法也呈现未来向度,这"物"成为联结历史与未来的载体。

二、意义的多重化

王蒙小说中意义的多重化往往以"重码"现象体现出来,于是我们不得不用符号学的视角来看待这一问题。符号表意的过程,强调符号信息的发送者对符号信息进行"编码",将意义编入符号文本;符号信息的接收者对符号文本进行解码,文本中的符号信息就转换为意义。⑤综合来讲,符号就是信息发送者将意义植入其中和信息接收者将意义从其中解释出来的文本,是被编写和

---

① 王蒙:《蜘蛛》,《王蒙文存10》,北京:人民文学出版社,2003年,第257页。
② 王蒙:《蜘蛛》,《王蒙文存10》,北京:人民文学出版社,2003年,第258页。
③ 王蒙:《红楼启示录》,《王蒙文存18》,北京:人民文学出版社,2003年,第149页。
④ 《未来主义文学技巧宣言》,维尔多内:《未来主义:理性的疯狂》,黄文捷译,成都:四川人民出版社,2000年,第14页、第162页。
⑤ 赵毅衡:《符号学原理与推演》,南京:南京大学出版社,2016年,第219页。

（有待）被解释的信息载体。王蒙小说中多处出现"符码"①"语码"②"五笔输入码""重码"等符号问题。这些"码"的概念在学术界尚未引起较多人的关注和深入研究，因此下文试图以王蒙本就具有的符号学观念深入探讨王蒙小说中的符码问题。这些"码"都强调某种感觉、感受，一个"码"延伸出多重意义，在意义的多重化中，小说文本传递出建构未来的精神力量，使"码"这一人物当下感受的载体，具有了联结历史经历与未来愿望的作用。

王蒙小说中对"码"（code）的关注主要集中于 20 世纪 90 年代和 21 世纪。据笔者目前所掌握的资料，王蒙小说中电脑输入法的"重码"现象最早出现于 1995 年的《白衣服与黑衣服》："这里只不过是一个场：联欢会（我的原意是聚会，然而王码电脑软件硬是把这个词组改变成为联欢会）……"③ 括号中叙述者指点干预使"联欢会"与"聚会"形成强关系，强迫解释者将二者并置起来理解，但这一处重码现象并未有太多深意，更像是一种叙述的游戏。

直到王蒙 21 世纪的小说创作，"重码"成为小说情节展开的线索并参与小说人物形象的塑造和主题的建构。《岑寂的花园》开头介绍"湖鸥别墅"是"首屈一指"的"高尚别墅区"，"写到这里，电脑软件将'首'字的 UTH 输入五笔码显现成了'瘪'"④，后文则以"首"介绍这类别墅的讲究，以"瘪"挪揄这类如同"营房"的别墅之"高尚"。重码唤起"首"之雅与"瘪"之俗两种不同的感受，塑造别墅的悬念，为后文写别墅的主人鞠同觚的"高尚"或"卑鄙"的故事埋下伏笔，"卑鄙与疯狂，是高尚者尤其是承担忏悔者的墓志铭"⑤，"首"与"瘪"的重码引出高尚与卑鄙的辩证，后者成为小说叙述的主线。《明年我将衰老》写到"平静是痛与不痛的痊愈的伤口"便荡开一笔，叙

---

① 王蒙在短篇《太原》中描写 2008 年的郎若漾回忆 50 年代的太原往事："同时他顺便了解新的符码、新的信息。""符码"在这里表示信息的载体。

② 长篇《青狐》中用"语码"表示诗的两重内涵："诗是天国的召唤和启示"，又是"是党的精神武器"。见王蒙：《青狐》，北京：人民文学出版社，2004 年，第 239 页。短篇《我愿意乘风登上蓝色的月亮》用"语码"表示身份的不同："我感觉到了她正式讲话的调门与单独相处或者共同吃饭饮酒时候说话的调门确有不同。场合不同，关系不同，几套语码。"见王蒙：《我愿意乘风登上蓝色的月亮》，《中国作家》2015 年第 4 期，第 8 页。王蒙小说中的"语码"意为一种表达方式、话语立场与态度，反映说话者的身份与处境，强调多种语码统一于某一人物的整合性。

③ 王蒙：《白衣服与黑衣服》，《上海文学》1995 年第 7 期，第 31 页。

④ 王蒙：《岑寂的花园》，《北京文学》2009 年第 3 期，第 24 页。原载于《收获》2009 年第 1 期。

⑤ 王蒙：《岑寂的花园》，《北京文学》2009 年第 3 期，第 30 页。

述者显身设问："请猜猜，伤口与什么词重码？太天才了！仓颉也有王永民。根据五笔型输入法，'伤口'等同于'作品'，它们具有同样的输入码：WTKK。"① 在"伤口"与"作品"之间以五笔型输入法建立起联系并进行阐释，认为作品是痛苦结痂后的伤口，强调"历经坎坷，幽幽一笑"的"积极的痛苦"，体现革命乐观主义下面向未来的顽强生机。《奇葩奇葩处处哀》还以"重码"塑造人物形象，原人事干部吕嫒与老沈第一次见面时就慷慨陈词介绍自己，以"你打一下五笔字型试试，'赶前不赶后'，打出来竟然是'干部素质'四个字"，强调自己"赶前不赶后"② 的人生信条，这使人物吕嫒的话语风格具有了作者王蒙的色彩，毕竟除了虚构的小说，王蒙还在纪实的自传中也写到五笔输入法的"重码"现象。③

真正将历史与未来相联结的重码，出现于《生死恋》。如果说上述作品中的"重码"还只是叙述的点缀，那么到了《生死恋》，则郑重其事地将第十四节命名为"重码"，整节内容紧扣"重码"。前部分追问尔葆的自杀之谜，试图探求"爱情"的某种"天意"或天机，后部分则出现开茅与月儿发贺年微信消息时，将称呼用五笔字型输入法错打成了"豺狼"，发现"'月儿'一词与'豺狼'重码""'相信'，在五笔型里已经与相依、想念、相仿、相邻重码"④，引人思考作为小三的"月儿"，是否真的是可怕的"豺狼"，在这个时代是否还应该"相信"爱情的真实存在，参与"生活，前进"这一未来面向的主题之建构。

可见，王蒙小说中的"重码"现象都与科技有关，而"科技"本就与"未来"具有提喻关系。王蒙小说中以"重码"现象概括或描绘历史事件，则是用未来因子叙述历史事件，这构成历史与未来的联结方式之一种。

同时，王蒙小说中的重码现象往往寓意着生活、历史、命运突然的阴差阳错，"重码"便是"天机"。《生死恋》中顿开茅想要发"月儿"却不知为何发出的是"豺狼"，这种身不由己的荒诞感也存在于苏尔葆和顿开茅这一辈人的坎坷人生中。《闷与狂》就已注意到五笔字型中的"重码"与"阴差阳错"的

① 王蒙：《明年我将衰老》，《花城》2013年第1期，第11页。
② 王蒙：《奇葩奇葩处处哀》，《上海文学》2015年第4期，第24页。
③ 王蒙：《王蒙自传第三部：九命七羊》，北京：北京联合出版公司，2017年，第259页。
④ 王蒙：《生死恋》，《人民文学》2019年第1期，第36页。

命运共同的荒诞感，认为这是一种"不由你做主的宇宙的想象力"："天老爷也喜欢开开玩笑？当然也有他的手指、敲键、触摸带来误触误摸的可能性。人生的诸多好戏，来自错误、误差、误读、误判、短路、死机、泄漏、重码、乱码……"① 王蒙小说中的"重码"现象，也是对不规则的人生、命运、历史的模仿。这种重码对命运的模仿在《女神》中被进一步表述为"天机"，小说写到 1960 年命运受挫的"王某人"晚上哭醒而白天幽默，由幽默联想到卓别林与侯宝林："五笔字型告诉我们，'卓别林'hkss 三字与'战栗'重码，而'侯宝林'的前三个码 wns 能够建构的短语是'全军覆灭'。……汉字包含着一些未曾泄露的天机，随着电脑文字输入软件程序的发展，天机开始渐渐泄漏。"② "天机"在此是一个潜喻，梳理这段话的联想过程，由王某人命运的坎坷写到"幽默"，由此联想到喜剧演员与相声演员"卓别林和侯宝林"，五笔输入法的重码引出"战栗""全军覆没"，最后提到"天机"。于是我们很容易得出，"天机"便是"命运令人'战栗'"，以游戏的口吻道出这一严肃的真相，传达对命运的感慨，塑造出一种肃穆的历史沧桑感。这一重码现象让幽默喜剧与"战栗""全军覆没"的悲剧崇高的感受得以联结，个体人物的历史命运通过具有未来感的电脑科技的符形转换而更具深意。

　　"天机"便是一种"预言"，携带着"天机"的"重码"是一种关于未来的"密码"。王蒙在 1997 年的《重组的诱惑》中提醒人们"寻找密码""寻找超人间超理性的预言"，以"符号学意义上的""文本的重组或变异诠释"去寻索"天机"。③ 所谓"密码"和"天机"，即对未来的"预言"，对密码的探寻便由此有了未来向度。王蒙强调以解码寻获"新知""奇迹"和"预见"，基于一种对未来的渴望和探究，休现王蒙的未来意识。《白先生之梦》就把"重码"作为解开小说题旨"密码"的关键，小说描写白先生给"我"写信讲述他的"薵"，这个"薵"讲述"我"受邀给别人"酱淹"的所见所闻所感，全文由众多音近"错别字"构成，如文本中的"酱淹"，在语境中能够推导出来应当是"讲演"的意思，却用了"酱淹"的符形，二者都是 jiang yan 这个音符的重码，即两个异义符形在音符上是重叠的，却用了具有世俗意味的符形来表示具

---

① 王蒙：《闷与狂》，北京：北京联合出版公司，2014 年，第 139 页。

② 王蒙：《女神》，《人民文学》2016 年第 11 期，第 15 页。

③ 王蒙：《重组的诱惑》，《读书》1997 年第 12 期，第 37 页。

有一定崇高意味的"讲演"符义。如果说上文所述的"重码"是五笔字型输入法造成的,《白先生之梦》中的这类词就像是拼音输入法造成的"重码"。以俗词代替常规词,这一错位需要读者在阅读时自行补正,仿佛 jiang yan 这个音符就是个"密码",召唤读者脑海中对常规词的联想,自行"解密"。小说讲述"我"受邀发表演讲的情境,这一情境看重语音效果。小说在以文字形式展现这种语音效果时,便有意以低俗的谐音字替换具有崇高意味的词义,嘲弄崇高。用符号学双轴视角来梳理小说文本,也许会更清楚其所要传达的信息,这里以主持人对"我"进行介绍的这段话[①]为例:

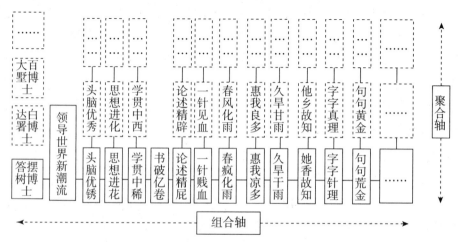

图 3.3 《白先生之梦》部分内容的组合轴与聚合轴

实线框是文本中出现的符形,而虚线框表示这一符形在读者脑海里能够召唤出的同音聚合因素,可以发现,表示赞赏、崇高意义的词,往往都被极具主观性的俗词取代。俗词取代常规词之处,都是展面中的刺点,形成对常规表意的突破[②],大多充满了叙述者的主观色彩,这些刺点像巴尔特所说:"可能缺乏教养……赐予我一种新的观察角度。"[③] 启发读者思考在连续性的组合轴上突然出现的刺点背后的聚合因素,探究其深意。雅各布森在阐释符号文本两种编排模式时就发现:"聚合轴处理的是在密码(code)中被重叠、编排起来的

---

① 王蒙:《白先生之梦》,《小说界》1994 年第 2 期,第 77 页。初版为《白先生的梦》,《中国时报》1993 年 12 月 16 日。

② 赵毅衡:《符号学原理与推演》,南京:南京大学出版社,2016 年,第 166 页。

③ 巴尔特:《明室:摄影纵横谈》,北京:文化艺术出版社,2003 年,第 71 页。

因素，而组合轴则是处理传递实际信息的因素。"① 上述刺点，就像藏匿在聚合轴中的"密码"，需要读者去识破"天机"，等待着解释者去开掘、探寻文本背后广阔的被隐藏起来的聚合因素。未来社会是要继续让这种"头脑优锈"的人对人们进行"酱淹"，还是要真正"头脑优秀"的博士让人们受到"春风化雨"般的教益？未来是让社会充斥着"精硬"和"咸驱"，还是能够出现真正的"精英"与"先驱"？王蒙小说中这些"密码"是一种关于未来的预言，小说结尾"我"在"夜色无边"中呼唤的那句"应有光！"② 也显示出小说的未来向度，未来社会应当充满光明。

同一个输入码却输出两个或多个异义符形，就像一个聚合轴上的多个聚合因素，具有输入码上的相似性，又有符形和符义的不同，由此建立起这两个符形的强关系，强迫读者对比二者含义，将两种符形联合起来进行解码。王蒙小说对这类"重码"的态度往往是夸赞其"有趣""天才""绝了""英明"③，热情地将它们作为人物形象塑造、情节发展线索、主题建构的因素。郭宝亮在研究《生死恋》时也提到王蒙这一命名为"重码"的第十四节，但只是作为对《生死恋》内容梳理的必要内容，并未将这一现象展开到王蒙整个小说创作历程中进行情节、人物、主题方面的深入探究。④ 这一并未得到学界深入研究的"重码"现象，将具有未来感的现代科技对人们思维的影响引入小说创作，这是王蒙小说的一大文体创新，具有先锋色彩。虽然这一手法难免有强行阐释和炫智意味，甚至损失人物形象的独立性，但仍然为中国当代文学的内容和叙述形式开启了一个新思路。对新技术的接受和运用，体现王蒙小说对新生事物的拥护，对时代科技发展的赞赏，流露出拥抱未来的姿态，使这一"重码"手法具有了未米性。这一"重码"现象虽有后现代解构意味，但王蒙是把它作为中

---

① Roman Jakobson，"Two Aspects of Language and Two Types of Aphasic Distuibance，"in *Selected Writing II*，The Hague：Mouton，1971，p. 243.

② 王蒙：《白先生之梦》，《小说界》1994 年第 2 期，第 77 页。初版为王蒙：《白先生的梦》，《中国时报》1993 年 12 月 16 日。

③ 王蒙：《岑寂的花园》，《北京文学》2009 年第 3 期，第 24 页；《明年我将衰老》，《花城》2013 年第 1 期，第 11 页；《奇葩奇葩处处哀》，《上海文学》2015 年第 4 期，第 24 页；《生死恋》，《人民文学》2019 年第 1 期，第 36 页。

④ 郭宝亮：《浅谈王蒙近年来的小说创作的新探索》，《当代作家评论》2020 年第 5 期，第 105 页。

国集句传统和时代科技发展内容的现实生活因子添加到小说中的①，显示出其小说创作深层的现实主义风格。

历史的叙述与对未来的愿望之间的联结、未来感的科技因素与传统集句文学之间的联结，使"重码"在内容和形式上都呈现出联结历史与未来的叙事作用。

王蒙小说中意义的多重化，除了上述的"重码"问题，还有"叠印"。叠印，即过去在当下的聚集，当下发生的事物与往事之间相互对比、参照，并置于作品中。在主叙述层，显现为人物的多文本跨越，如《风息浪止》《青狐》都出现了杨巨艇这一人物，出现于不同情境中，丰富了杨巨艇这一人物形象，追踪这一追求纯真理想的人物在中国八九十年代中的处境，启迪读者在追求理想信仰的同时又不耽于理想；《小胡子爱情变奏曲》讲到农村妇女白超英的二婚，便提及《活动变人形》中严守贞节的静珍，以此塑造出婚姻观念在当代中国的演变；《明年我将衰老》与《最宝贵的》都出现"掉一滴滚烫的眼泪"，强调人们心中应当保持信念，有所操持。对于超叙述层的叙述者，就是在回忆与现实中不断穿梭。在这时空跳跃中，人物与事件本身逐渐消解，炼去杂质并脱颖而出的是某种感受，对某一珍贵事物逝去的惋惜，暗含着改造现实的愿望，期待着珍贵事物在未来的再现。以叠印、流转、激荡，塑造人物或事件的丰富性以及感受的流动性，客观上增强小说的写实风格，增强历史纵深感和情节单元的立体感。

如皮尔斯所言，重复是一个符号对另一个符号的翻译或叠合，从而产生意义，使解释项不断"接近真知"②。王蒙小说《秋之雾》也提到"重复是伟大的力量，重复中有一种威严，重复是不可抗拒的"③。重复中，后一次出现是对前一次出现的解释、变异与创新，不断接近"天机"。意识主体靠重复比较来掌握存在于时间与空间中的意义世界，重复中的变异使意义得以拓展，通过重复对比符号，可以获得新的解释，而新的解释又作为新的符号成为下一轮解释的起点。这种不断累积和叠加的状态，体现了一种未来向度。王蒙小说对"天机"的寻觅，便是对符号解释不断接近真知的执着，是一种不断推进和深

---

① 参见《重组的诱惑》，《读书》1997 年第 12 期，第 35 页。
② 皮尔斯：《皮尔斯：论符号》，赵星植译，成都：四川大学出版社，2014 年，第 15 页。
③ 王蒙：《秋之雾》，《收获》2005 年第 2 期，第 26 页。

化、面向未来的进行时。王蒙小说以同一符码唤起人们不同的感受，几种不同的感受便是符码的几次重复，符码在过去、现在与未来的被叙述时刻中多次重复，不断穿梭，塑造出时间的连续性，实现历史与未来的联结。

本章小结

在叙述方式方面，王蒙小说中的未来叙事往往由一个作为强者的叙述者控制文本，以可重组的文本结构模仿并对抗混乱的"当下"现实，再通过联结历史与未来的叙述范式，从作为"过去"的历史中唤起"未来"。王蒙小说中的未来叙事始终处于"过去""现在""未来"的关系链中。王蒙小说中的叙述者往往是全知全能的形象，运用预叙、插叙、补叙、多重视角和不定视角等叙述手段，主动掌控所叙文本。叙述者面向受述者展开叙述而非自说自话，以既定理想追求引导受述者重构现实生活，使小说文本具有未来叙事"以言成事"的叙事功能。叙述者对文本的操控主要通过指点干预和评论干预。指点干预包括伴随文本手段干预和在小说文本中进行干预。叙述者干预使小说文本呈现虚构与打破虚构相交织的状态。叙述者兼具真诚与游戏的叙述姿态，对叙述文本具有入乎其内与出乎其外的自由。但有时干预过多，造成过度夸张或荒诞的效果；间离过度，使叙述碎片化，文本呈现刻意雕琢之感，也难免有炫技之嫌；作家、叙述者与人物的经验和思想感受高度重叠，使笔下的人物大多雷同，缺乏独立性和丰满感。这类看似荒诞、游戏的叙述手段，塑造出一个机智油滑又对现实有深重关怀的叙述者形象，繁复的叙述手法也显示出叙述者对所叙内容的绝对把控，具有主导整个叙述且面向读者大众的叙述姿态。叙述者能够在叙述中不断排除阻碍自己叙述进程的障碍并积极显示主体性。由于叙述者是遵循着自己确信的价值观进行叙述，所以叙述文本显得激情澎湃，往往形成语言狂欢。这种作为强者的主体，具有理想追求以及构设未来的热情。

王蒙小说以可重组的结构建构未来。王蒙小说首先将人物置于内心与处境不协调的变形的状态中，再以可重组的结构探求改变人物感受、处境的可能。王蒙小说模拟人与处境的"变形"关系，再以"双轴共显"塑造出可"重组"的结构。关注当代人在与处境的不协调关系中的内心震荡，并以一种未来目光期待其走向和谐，成为王蒙小说的典型特征，这也是五四救亡与启蒙的命题在当代革命语境下的发展。通过小说可重组的结构启发读者"重组"自我，试图建立起"第三重"自我，是对晚清文学未来叙事的发展。王蒙小说中的未来叙事主张超越当下痛苦，锻炼自己的预应力，无疑为近当代中国提供了一种走出自我认同危机的策略。王蒙小说始终呼唤一种具有坚定理想信念或价值原则的主体精神，一个人只有成为一个具有独立意识的主体，才能构想未来并为了这一未来而与当下的黑暗或痛苦作斗争。

王蒙小说具有联结历史与未来的叙事范式，以时空的感受化和意义的多重化强调从历史中唤起未来。时空感受化，即以感觉的变化作为时空跳跃、情节发展的线索，强调这一感觉以及这一感觉背后深厚的历史情境，由当下进入历史，再回到当下，展望未来，使未来与历史相联结。王蒙小说中与历史或过去相联结的未来包括"现在的未来"和"过去的未来"。"过去""现在"与"现在的未来"相联结，依靠的是体验式的经验主义，即把过去延伸到现在的发展逻辑继续延伸向"现在的未来"；而"过去"与"过去的未来"相联结，在小说文本中依靠的则是叙述者的预叙，预告"过去的未来"以审视"过去"。王蒙小说对过去的回忆是一种未来想象式的，"历史"在想象和虚构的意义上也具有了某种"未来性"。"未来想象式"的历史叙事，打通了历史与未来、历史叙事与未来叙事的界限。王蒙小说语言的异化、历史的模糊化，都试图以"想象"或"虚构"或"幻化"的叙述方式联结历史与未来。王蒙小说将感受形象化，主要体现于以物喻人，将虚的人物性格与实的意象物进行联结，在"物"这一感受凝结点中打开过去、现在与未来的广阔时空，在人与当下处境的关系视域下联结起历史与未来。意义的多重化，往往以"重码"现象体现出来，这些"码"都强调某种感觉、感受，一个"码"延伸出多重意义。在意义的多重化中，小说文本传递出建构未来的精神力量，使"码"这一人物当下感受的载体，具有了联结历史经历与未来愿望的作用。王蒙小说中意义的多重化，除了上述的"重码"问题，还有"叠印"。叠印，即过去在当下的聚集，当下发生的事物与往事之间相互对比、参照，并置于作品中。王蒙小说以同一符码唤起人们不同的感受，几种不同的感受便是符码的几次重复，符码在过去、现在与未来的被叙述时刻中多次重复，不断穿梭，塑造出时间的连续性，成为历史与未来的联结。

　　通过梳理王蒙小说中未来的构想主体、未来的建构方式、未来的唤起方式多方面的特征，我们不难发现王蒙小说中的革命性、对话性以及生的韧性，始终召唤着主体建构起自己的理想信念。王蒙这一代人深受革命话语的影响，包括毛泽东革命话语和苏联革命话语。王蒙自己的革命信念的建构受到毛泽东所领导的革命政治环境的影响。伊格尔顿在《文化与上帝之死》中认为："启蒙运动对宗教的攻击实质上是政治上的而非神学上的。总的来说，运动……是将一个残暴、愚昧的信仰替换成一个理智、文明的信仰。"[①]毛泽东革命话语与启蒙运动一样，都试图破旧立新，而其所"立"，便是一种价值规范或理想信念。毛泽东一生推崇具有理想信念的强者，康德也认为启蒙是能够自由地运用理性[②]，二者都强调一种独立的主体性。毛泽东在四五十年代对王蒙这代人革命理想信仰的建构也与伊格尔顿所分析的启蒙运动相似，让人们仇恨那个肮脏而野蛮的旧社会，而建立一个理智文明的信仰，并将这一信仰纳入毛泽东革命话语体系的阐释中，使王蒙这代人以对"理智""文明"的普适的正义性价值观的追求，主动参与到毛泽东革命话语下的主流意识形态的建构。王蒙在具备了革命理想信念之后，不断以自己的革命信念广泛而深刻地介入"文化大革命"后价值失范的中国，以小说创作和参与文坛论战的方式出现在中国当代每一个关乎价值重建的历史转折点上。在对中国当代历史、政治和文学的参与最广和历时最长的意义上，王蒙是中国知识分子"解放的一代"中的典型代表。王蒙小说创作中的未来叙事，为当时"破"而未"立"的中国提供了一种走出精神荒原的经验。

---

　　① 伊格尔顿：《文化与上帝之死》，宋政超译，郑州：河南大学出版社，2016年，第16页。
　　② 康德：《回答这个问题：什么是启蒙？》，李秋零译，《康德政治哲学文集》，北京：中国人民大学出版社，2016年，第159页。

第四章　王蒙的文学未来观
及小说未来叙事的现实语境

　　王蒙在少年时期就参与到解放斗争当中，青年时期担任革命干部，在树立人生观、世界观和价值观的关键时期，广泛接受了革命文化和革命经历的影响。王蒙的文学未来观往往与政治、革命联系在一起。1980年王蒙在《我在寻找什么?》中表白："我始终认为，文学与革命是天生地一致的和不可分割的，它们有着共同的目标——旧世界打个落花流水，鲜红的太阳照遍全球。"①这奠定了王蒙文学未来观和小说未来叙事的基调——坚信未来的存在，需要通过斗争才能争取光明的未来。

　　王蒙对革命的热情，也许与他的革命经历有关。结合《王蒙自传》，大概可以看出王蒙走向革命的动机，主要是反抗国民党的昏暗统治造成的贫苦生活，以及走出父母关系不和谐带来的不幸童年。再看王蒙参加革命的方式，他并不像江姐一样作为国统区地下党员受到国民党的关押且遭受严刑，也并未像峻青一样曾经参加过抗日战争、解放战争，而是作为国统区的地下党员，唱着进步的学生运动的歌曲，在解放军进入北平之前发放传单，以保证北平不被破坏，迎接解放。对于一个14岁的少年而言，参与革命与其说是深重的现实仇恨和深沉的历史使命，不如说是由于青春期对家庭的叛逆与"历史惯性"，个体青春的激情恰巧撞上了历史潮流中同样追求激情的革命事业，人生的青春遇上了共和国的新生。当时的青年如张贤亮、高晓声、李国文、从维熙、刘绍棠等同样热衷于政治革命，同样在小说创作中体现出对主流意识形态的主动参

---

① 王蒙：《我在寻找什么?》，《文艺报》1980年第10期，第42页。

与，张贤亮就曾表明"我们这一代是理想主义者"①。王蒙那时候走向革命也许也是历史洪流下的选择。

这在一定程度上造成了王蒙革命的不彻底性，使其仍然保留了童年形成的感伤性格和感性思维，以及50年代初青年时期受到浪漫的苏联文学影响而形成的知识分子浪漫幻想的气质。也许这就造成了《组织部新来的青年人》虽然隐含着对林震的幼稚和单纯的批评，但文本仍然被林震与赵慧文纯净而美好的"情绪波流"带着走，不对林震和刘世吾表达确切的"主观态度"，难以在文本中处理诸多"生活真实"，难以对人物下定论。②连《小豆儿》也被编辑葛洛认为有感伤气质的尾巴，显得"芜杂"③。在新时期以来的文学创作中，王蒙则有意不下定论，有意对人物展现出"恨是有限的"④。如《相见时难》既写出杜艳势利的世俗一面，又写出她婚姻坎坷的苦楚；对于《生死恋》中的单立红和月儿、《笑的风》中的白甜美和杜小鹃，小说也不对其下大是大非的定论，都在历史处境下对其报以理解的同情。王蒙将这种"有限的恨"归结于生活真实的复杂与丰富，以及自己的辩证思维，然而也许这只是王蒙不忍或难于以某种阶级立场或政治理论对文学艺术做过多干预。这体现出王蒙不彻底的革命性。

王蒙不仅具有不彻底的革命性，也有不彻底的知识分子性。王蒙持有"有限的恨"，主张调和两极，对于实在无法调和的现实矛盾，则用讽刺与幽默婉曲而隐晦地表达自己的尖锐，以荒诞的文本对抗荒诞的生活，在"体制"的缝隙中谨慎地发出自己作为知识分子的锐利目光。但由于政治思维的参与，王蒙又有知识分子的不彻底性之嫌。在90年代初期的"人文精神大讨论"中，王蒙作为政治高级干部，被部分学者认为追求实效、面向大众、讲求适度的"政治家的思维"不同于追求纯洁的精神和纯粹的价值的"思想家的思维"，于是，"与鲁迅、萨特、萨哈罗夫相比，王蒙作为知识分子就显得不那么纯粹"⑤。与其说王蒙的小说总是充斥着政治因素，显得"不纯粹"，不如说是王蒙始终在

①　张贤亮：《经得住研讨的人》，《文学自由谈》2003年第6期，第12页。

②　王蒙：《关于"组织部新来的青年人"》，《新华半月刊》1957年第11号，第155页。

③　王蒙：《王蒙自传第一部：半生多事》，北京：北京联合出版公司，2017年，第124页。

④　王蒙：《我在寻找什么?》，《文艺报》1980年第10期，第43页。

⑤　高增德、谢泳、丁东：《话说王蒙——谈当代知识分子的精神纯洁性》，丁东、孙珉主编：《世纪之交的冲撞：王蒙现象争鸣录》，北京：光明日报出版社，1995年，第128—129页。

尝试搭建文学与政治的桥梁。正是政治家思维中的求实精神和大众面向，成就了王蒙小说创作中指导当下决策的"未来意识"以及强调改造现实的"未来思维"。立足现实又展望未来的"未来叙事"，正是曾任革命者与高级官员的王蒙，在文坛中与其他纯粹知识分子或思想家（如鲁迅）相区别的鲜明特征。

王蒙具有不彻底的革命性与知识分子性，换一个角度看，则是王蒙追求的是革命与文学的联结。不仅青春与革命互相以激情成就对方，文学作为共产党铲除旧社会、建设新社会的革命武器，作为抒发青春激动与感伤的情绪出口，同样需要激情。在王蒙这里，青春、革命、文学是三位一体的，统一于人生的激情。王蒙在小说《湖光》《青狐》，创作谈《冬雨·后记》《我在寻找什么?》《文学三元》《关于文化和艺术问题》《作家从政》，政治文论集《中国天机》以及其他随笔和讲稿中，多次提到文学与革命互相成就的不可分割的关系，二者在民族国家的忧思中得以迭合。正是由于革命的参与，王蒙小说总是体现一种革命斗争精神和革命乐观意识，相信无产阶级"永远是光明的、乐观的、坚强的、确定的"，"对事业的未来充满了自信"①；同样由于青春的参与，王蒙小说往往体现出顽强的生命力，经历挫折与痛苦之后仍能焕发勃勃生机，被命运打倒在地也仍然要打它个昏天黑地。王蒙在《中国天机》中有言："革命是能量的释放，是电闪雷鸣摧枯拉朽，更是对于未来的争取，对于光明与欢乐的拥抱。"② 王蒙作为"职业革命家"和"政治工作者"，他的一切情感都渐渐被政治渗透，而这所有的情感之上，是"对于未来的争取"。"争取未来"，也成为王蒙文学创作与革命事业的永恒主题。

第一节　王蒙的文学未来观

王蒙的文学未来观，即王蒙在文学方面对未来的看法。通过梳理王蒙的文学未来观，也许能丰富和深化我们对王蒙小说中的未来叙事的理解。

王蒙注重在小说创作中展现时间。他在《倾听着生活的声息》中表露自己

---

① 王蒙：《如歌的行板》，《中篇小说选刊》1982 年第 2 期，第 122 页。

② 王蒙：《中国天机》，合肥：安徽人民出版社，2012 年，第 14 页。

对时间推移而出现的"新"的痴迷："时间是生活的一个要素，是生活最吸引我的一个方面。生活是发展的、变化的、日新月异的。那随着时间的推移而不断出现的新事物……总是特别引起我的关注和兴趣。……我希望我的小说成为时间运行的轨迹。"① 时间在王蒙小说创作中具有举足轻重的作用，而王蒙对时间推移带来的"新事物"的兴趣，显示出他对"未来"的渴求。

一、"寻找明天"：推动历史前进的进取精神

王蒙坚信"明天"的存在，主张"寻找明天"，认为历史必然前进，这是一种乐观的未来意识。

首先，王蒙坚信"明天"的存在。王蒙认为前途是必胜的、光明的，历史是必然前进的，坚信"未来"的存在。王蒙对未来始终有乐观的估计。他在《伟大的起点》中认为"新的事物是最有生命力、最有前途的"②，"新"引入的是"前途"，是未来；在《睁开眼睛面向生活》中认为作家应该"看到必胜的前途"③；在《当你拿起笔……》中也主张作者"要相信人类自身的进步、发展、光明的前途"④；在《为了更加成熟的文学》中相信"我们的前途是光明的"⑤。对于王蒙而言，历史的前进是必然的，毋庸置疑的。他在《自由与失重》中认为："我们无法、也根本没有可能更没有必要学西方的时髦去怀疑和否定历史前进运动"⑥，历史前进在王蒙这里成为一个无需论证的既成现实，所以他的《作家应有真知灼见和真情实感》主张作家应当"推动历史的前

①　王蒙：《倾听着生活的声息》，《王蒙文集·论文学与创作（下）》，北京：人民文学出版社，2014 年，第 48 页。

②　王蒙：《伟大的起点》，《王蒙文集·论文学与创作（上）》，北京：人民文学出版社，2014 年，第 8 页。

③　王蒙：《睁开眼睛面向生活》，《王蒙文集·论文学与创作（上）》，北京：人民文学出版社，2014 年，第 24 页。

④　王蒙：《当你拿起笔……》，《王蒙文集·论文学与创作（上）》，北京：人民文学出版社，2014 年，第 303 页。

⑤　王蒙：《为了更加成熟的文学》，《王蒙文集·论文学与创作（上）》，北京：人民文学出版社，2014 年，第 79 页。

⑥　王蒙：《自由与失重》，《王蒙文集·论文学与创作（上）》，北京：人民文学出版社，2014 年，第 193 页。

进"①，《睁开眼睛面向生活》主张要"看到我们的事业的胜利、成功、凯歌前进"②，《自由与失重》主张作家应当以一种"历史进取精神"去肯定"一切推动历史前进的思想与实践"③，《长篇小说要水涨船高》认为作家所创作的作品也应该"更好地体现出历史的脉搏、历史的推移、历史的前进……表现出历史的发展趋势"④。

其次，王蒙主张感知未来，"寻找明天"。在承认"未来"的存在之基础上，王蒙强调对未来的感知。他在《学文偶拾》中提出，当一个社会解决了生存问题后，知识分子"可以先期预感或者解决一些马上没有现实意义，却对未来很有意义的问题"⑤，主张预测未来并控制未来。《作家应有真知灼见和真情实感》中认为作家的真知灼见在于对未来的感知："一个革命作家，一个有良心、有血性的文学家、艺术家，终将……推动生活的发展，推动历史的前进……"⑥通过"表达人民的愿望和历史的要求"，"做出正确的预言"，使自己的作品"成为历史运动的前兆"。⑦ 文学创作的应当预言未来，掀起"历史运动"，推动社会历史的进步。

由于认同"历史必然前进"，"未来"与"过去"必定是连续的，王蒙主张从历史的连续性中"寻找明天"。他在《读〈绿夜〉》中认为："'我们有昨天'比'我们没有昨天'要好得多……我们是从昨天踏入今天并走向明天的。……不但有昨天而且要寻找明天……"⑧强调在过去、现在与未来的联系中把握未

① 王蒙：《作家应有真知灼见和真情实感》，《王蒙文集·论文学与创作（上）》，北京：人民文学出版社，2014年，第13页。

② 王蒙：《睁开眼睛面向生活》，《王蒙文集·论文学与创作（上）》，北京：人民文学出版社，2014年，第20页。

③ 王蒙：《自由与失重》，《王蒙文集·论文学与创作（上）》，北京：人民文学出版社，2014年，第193页。

④ 王蒙：《长篇小说要水涨船高》，《王蒙文集·论文学与创作（下）》，北京：人民文学出版社，2014年，第236页。

⑤ 王蒙：《学文偶拾》，《王蒙文集·论文学与创作（上）》，北京：人民文学出版社，2014年，第133-134页。

⑥ 王蒙：《作家应有真知灼见和真情实感》，《王蒙文集·论文学与创作（上）》，北京：人民文学出版社，2014年，第13页。

⑦ 王蒙：《作家应有真知灼见和真情实感》，《王蒙文集·论文学与创作（上）》，北京：人民文学出版社，2014年，第9页。

⑧ 王蒙：《读〈绿夜〉》，《王蒙文集·论文学与创作（中）》，北京：人民文学出版社，2014年，第43-44页。

来，寻找未来。王蒙的《社会进步与道德、审美评价》便反对新与旧的"分裂"，认为"共产主义者的我们则要结束这种理想的、心灵的、文化的与社会历史、生活现实的发展的分裂状态……将使我们的充满缺憾和裂痕的历史、社会、人生得到前所未有的发展、完整与和谐"①。结束理想与生活现实的分裂、心灵与社会历史的分裂，也就是寻求内心世界与外在处境的协调，人与处境的和谐。在《也谈一点中国的当代文学》中王蒙认同并赞颂"精神伴侣式的文学……对于世界万物的平衡、和谐与运转的赞颂"②。另外，王蒙在《何必悲观：对一种文学批评逻辑的质疑》中也强调新与旧的联系："世上的一切之新，莫不来自旧……与旧东西彻底决裂了，新东西也就产生不出来了。"③ 未来产生于过去的历史当中，未来需要与历史相联结，在肯定"昨天"的基础上"寻找明天"，在历史的连续性中寻找未来，才能寻找到内心世界与外在处境的平衡、和谐，走向发展着的未来。

最后，王蒙在文学创作中试图实践对"明天"的寻找。王蒙对自己《春之声》创作历程的说明，就体现出一种从历史中孕育未来和希望的意图。他在《关于〈春之声〉的通信》中表示："这种历史感既回顾我们已经取得的进展和成就以增加信心，也痛心地记取我们走过的弯路，表达我们再不要重蹈覆辙的愿望……"④ 在回顾历史中从历史经验里找到走向未来的信心，从历史教训中警示未来不再重蹈覆辙。王蒙注重从历史中寻找未来、"寻找明天"。

同时，王蒙在自己的创作过程中追求一种面向未来的"悠远感"，即一种对无限未来的预感。王蒙在《创作是一种燃烧》中提到自己的创作过程："我还喜欢有一种悠远感，好像作者不仅仅告诉你现在，好像人生能经历到、感受到、体验到的东西之外，还有无限多的悠远。"⑤这种"悠远"是超越"就事论

① 王蒙：《社会进步与道德、审美评价》，《王蒙文集·论文学与创作（上）》，北京：人民文学出版社，2014年，第112页。

② 王蒙：《也谈一点中国的当代文学》，《王蒙文集·论文学与创作（下）》，北京：人民文学出版社，2014年，第451页。

③ 王蒙：《何必悲观：对一种文学批评逻辑的质疑》，《王蒙文集·论文学与创作（上）》，北京：人民文学出版社，2014年，第198页。

④ 王蒙：《关于〈春之声〉的通信》，《王蒙文集·论文学与创作（下）》，北京：人民文学出版社，2014年，第21页。

⑤ 王蒙：《创作是一种燃烧》，《王蒙文集·论文学与创作（上）》，北京：人民文学出版社，2014年，第381页。

事"的"对人生无限的那种忧虑",具体而言是一种"幽默"和"忧国忧民"的"公民的社会责任感"。对于"幽默",结合《风格散记》,王蒙认为幽默"更包含着健康的希冀"①,心怀未来且希望未来能够"健康"。同时,这种"社会责任感"也是一种对国家和人民的未来之忧虑。离开所叙述的当下,看到更无限的东西,王蒙在创作中所追求的"悠远感"便是一种超越当下而胸怀未来、放眼未来的胸襟。

王蒙小说注重对当下的超越,小说所刻画的现实大多是痛苦的、要改造的对象,现实是作为未来的过去/基础来看待的。现在,是过去与未来的过渡状态,是旧与新的并存状态。彼得·奥斯本在《时间的政治——现代性与先锋》中认为现代性产生的时间基质有三个主要特征,其中第二个特征和第三个特征都是王蒙小说未来叙事所具有的:"未来被赋予的特征只是它可能超越历史性现在,而且把这个现在贬低为将来的过去";"有意识地弃绝历史性现在本身,把它当作在不断变化的过去和仍不确定的未来之间的永恒过渡这样一个正在消逝的点"。② 王蒙小说这种未来叙事,便是人类社会现代性语境下的中国现代性过程中革命与文学关系面貌之一种。未来之所以被如此看重,恰恰在于它对现实的超越性质;而改造现实之所以必需,则在于它是"未来"的过去。姚新勇曾提出"怎样把自己同时代的现象历史化"③,王蒙小说的未来叙事为我们提供了一个思路,即以未来的眼光审视现在,便把"现在"历史化了,可以超出其外地审视现实,尽管不可避免地会削弱现实的真实与丰富。然而在新旧交替的时代,"现在"本身就是变动不居的,只有不断沉淀的过去和始终新鲜的未来是稳定的,这是身处现代性人类社会中人难以清晰地把握当下的宿命。

主动推动历史,显示出一种历史主人翁的能动性。这也许与王蒙对自我"少共"身份的优越感有关。王蒙作为曾保卫北平迎接解放军到来的地下党员,是切身参与推动新中国成立的人。王蒙小说中也普遍存在这类"推动历史的前进"的人物,他们大多具有一种自豪感与优越感。如《布礼》的钟亦成就是一

---

① 王蒙:《风格散记》,《王蒙文集·论文学与创作(上)》,北京:人民文学出版社,2014年,第387页。

② 奥斯本:《时间的政治——现代性与先锋》,王志宏译,北京:商务印书馆,,2004年,第31页。

③ 姚新勇:《主体的历史还原与拆解》,《读书》2002年第6期,第55页。

个推动历史车轮前进的人，他在新中国成立时感受到："心里充满着只有亲手去推动看得见、摸得着的历史车轮的人才体会得到的那种自豪感。"① 《如歌的行板》的周克也在新中国成立时认为："我完全有理由、有资格、有权力说，这是我的旗帜，这是我的祖国，我的党，我的军队，我的胜利。"② 这种自豪感带来自认为区别于普通人的优越感，周克认为正是由于"我们的严肃而又悲壮的努力"，其他人才有"这种平静而幸福的大学生活"。③ 《闷与狂》中的"我"对于自己 50 年代具有观看国庆阅兵排练的"特权"，同样有一种自得，认为这种特权"来自我们早早地接受了革命的理论，参加了革命的队伍"，"我们也自以为了不起。因为我们已经把历史的规律、历史的长缨抓在自家的手心里了"。④ "我们"正是用这革命理论去推动历史的前进。在这种具有自豪感与优越感的主人翁精神下，王蒙的小说往往显示出对当前事物发展的积极审视和主动控制，使之符合理想的未来，推动历史的前进。

值得一提的是，除了作为作家的王蒙，作为主编的王蒙也实践着自己"推动历史前进"的观念。在 80 年代，王蒙于 1983 年《人民文学》第 8 期开始担任主编，一直持续到 1986 年上任文化部部长之前。担任《人民文学》主编期间，王蒙主张兼容并包的开放理念，提出"特别愿意推出文学新人"⑤ 的办刊理念，主张"用全身心去感受、去体味甚至去拥抱当代的新作"⑥。在他的帮助下，莫言、刘索拉、徐星、张炜、残雪、洪峰、李杭育、阿城等文学新锐，都通过《人民文学》而登上文坛。80 年代初期，王蒙也撰写多篇文章评论王安忆、张承志、铁凝、梁晓声等知青作者，以及鄂温克族的青年作者乌热尔图等新人的作品，认真指出其成功与不足并鼓励他们继续创新，鼓舞了一大批后来八九十年代文坛的主力作家。⑦ 李犇认为："在王蒙主编倡导下，《人民文学》成为推动当文学思潮发展的重镇，老中青三代作家和平共处，各种艺术流

① 王蒙：《布礼》，《当代》1979 年第 3 期，第 8 页。
② 王蒙：《如歌的行板》，《中篇小说选刊》1982 年第 2 期，第 116 页。
③ 王蒙：《如歌的行板》，《中篇小说选刊》1982 年第 2 期，第 127 页。
④ 王蒙：《闷与狂》，北京：北京联合出版公司，2014 年，第 81 页。
⑤ 《编者的话》，《人民文学》1985 年第 3 期。
⑥ 王蒙：《对当代新作的爱与知》，《王蒙文存 22》，北京：人民文学出版社，2003 年，第 47 页。
⑦ 参见《王安忆的"这一站"和"下一站"》《读〈绿夜〉》《漫谈几个作者和他们的作品》《英勇悲壮的知青纪念碑》。

派的作品共存共荣，呈现了中国当代文学'百花齐放'的良好风貌。"① 王蒙对文学新人的关注和帮助，促进了文学新人的成长，推动了中国当代文学的发展前进。

王蒙这种推动历史前进的进取精神，是基于对进化论的认同。张全之曾提出："'进化论'改变了中国历史观的时间指向，使他们相信理想的世界在将来不在远古。"② 进化论在很大程度上塑造了中国现代以来的知识分子对未来的乐观态度。

二、"为了明天"：争取美好未来的斗争精神

在王蒙看来，"明天"可以被找寻，但美好的明天更是需要斗争和革命才能争取得来。在王蒙这里，文学创作中的"斗争"有两个方面的内涵：一是创作内容上要表现黑暗并与黑暗作斗争、表现痛苦并与痛苦作斗争；二是作家创作方式上要不断进行自我革新，形成多样的创作风格。

第一个方面在创作内容上的第一点是要正视黑暗，为了美好的未来而与当下的黑暗作斗争。

王蒙认为文学应该反映矛盾冲突，暴露的目的是与之斗争，获取光明的未来。王蒙在《中国天机》中表示，"革命""是对于未来的争取"③。关于文学，他在《我在寻找什么》中表示："文学追求光明……所以它……要与黑暗、与愚昧、与一切反动和保守的势力和思想、与一切虚伪和谎言作战。"④ 对光明的追求使文学要与黑暗作斗争。王蒙要求文学作品"不能不正视和反映这些哪怕是很尖锐的矛盾和冲突"⑤，暴露这些矛盾冲突是"为了驱散黑暗，为了前进，为了扩大和发展光明"⑥，暴露黑暗是为了正视黑暗，与黑暗作斗争。因此，他在《让生活变得更加美好》中提出："我们的民族……和我们每个人，

---

① 李骞：《王蒙与中国当代文学》，《文学评论》2021年第3期，第141页。

② 张全之：《文学中的"未来"：论晚清小说中的乌托邦叙事》，《东岳论丛》2005年第1期，第129页。

③ 王蒙：《中国天机》，合肥：安徽人民出版社，2012年，第14页。

④ 王蒙：《我在寻找什么？》，《文艺报》1980年第10期，第41页。

⑤ 王蒙：《文学与安定团结》，《王蒙文集·论文学与创作（上）》，北京：人民文学出版社，2014年，第31页。

⑥ 王蒙：《文学与安定团结》，《王蒙文集·论文学与创作（上）》，北京：人民文学出版社，2014年，第33页。

一定会有比今天更好一些，或者更好得多的明天。为了明天，我们还要多写，写好，写得更好一些。"①对于王蒙来说，写作是"为了明天"，为了比今天好得多的明天。

文学的力量在于为新事物开路，为了走向未来。他在《文学与文学之外》中认为：文学的力量与价值不仅在文学之中，也在文学之外，在于"为新事物开路、为推动历史的车轮出一把力的热诚……"②王蒙对现实的斗争是有目的、有对未来的设想的，是迎着未来的希望而作着当下的斗争，是积极的斗争，王蒙认为文学创作者要"从现实生活中看到理想的萌芽和光辉，从革命理想的宏伟图景中看到不断改变现实的必要性，从而唤起参加现实斗争的强大动力"③，认为"文学是光明的……要为光明而与黑暗斗争"④。这是共产主义信仰炼就的斗争精神，是王蒙作为"少共"和政治干部特有的积极的斗争。

第一个方面在创作内容上的第二点便是要表现痛苦并与痛苦作斗争。

王蒙认为文学像生命一样，具有"积极的痛苦"，文学应当表现、安慰当下的痛苦，而走向未来的新生。王蒙在《风格散记》中表明："痛苦孕育着希望、新生、新的高峰、光明。"⑤后来，他在1987年的《文学三元》中正式提出"积极的痛苦"这一概念，认为"文学是一种生命现象"，文学如同生命，具有生长到死亡过程中的诸多感受，其中"占一种支配地位的"便是他所称之的"积极的痛苦"。"痛苦"是"与生俱来"的，是"生命的内在的及与外界对象的矛盾冲突的表现"，然而它并不消极，而是"因痛苦而追寻而探求而行动而激昂而积极运转"，从而获得"生命的最大的欢乐、最大的成功"，文学是对这种"积极的痛苦"的"表现"，也是一种"虚拟的实现，是调节，是补偿和

---

① 王蒙：《让生活变得更加美好》，《王蒙文集·论文学与创作（下）》，北京：人民文学出版社，2014年，第222页。

② 王蒙：《文学与文学之外》，《王蒙文集·论文学与创作（下）》，北京：人民文学出版社，2014年，第245页。

③ 王蒙：《创作得失杂说》，《王蒙文集·论文学与创作（上）》，北京：人民文学出版社，2014年，第267页。

④ 王蒙：《文学与安定团结》，《王蒙文集·论文学与创作（上）》，北京：人民文学出版社，2014年，第41页。

⑤ 王蒙：《风格散记》，《王蒙文集·论文学与创作（上）》，北京：人民文学出版社，2014年，第388页。

慰安"。^① 当用未来的目光审视当下，未来侵入当下，人们内心便产生痛苦，因为所构想的未来往往比当下更美好、更理想。

王蒙的《文学的挑战与和解》也许是对"积极的痛苦"的进一步阐释。他在文中认为，正是因为文学"追求一种理想"，所以对现实总是感到不满，"对生活有许许多多的失望"，具有对"现实的批判"。^② 文学因其对未来的理想性而具有对现实的批判性。但文学并不止于这种"失望、痛苦、绝望"，更有一种"和解的因素"，即"对真情的呼唤，对善良的呼唤，对诚实的呼唤，对爱情的忠贞的呼唤"^③，"呼唤"这一姿态本就是面向未来的，以未来意识与现实痛苦和解。

王蒙小说中的这种乐观主义，一定程度上与王蒙的革命经历有关，可称之为革命乐观主义。王蒙在十分窘困的家庭中度过了童年，为了"驱散黑暗"^④，他在少年时代参加了革命斗争，具有对黑暗的仇恨和斗争意志，对光明的无限渴望和坚定信念："我们在黑暗中用斗争迎接光明，从黑暗走向光明，所以觉得光明更加光明。"^⑤ 在 50 年代担任团干部时期受到革命锻炼，习得了"站得要高，看得要远，永远充满信心，永远从容有定"^⑥ 的童子功，"坚信人民在痛苦中成长，祖国在曲折的道路上前进，中国的前途是光明的，世界的前途是光明的"^⑦。他也承认自己具有"历史乐观主义""积极有为的人生选择"以及"对明天的、永远的向往和等待的耐心"。^⑧ 王蒙小说文本中的"痛苦"是必要的，是斗争的对象，由此才能反衬出战斗胜利之后光明的耀眼。与王蒙同样在四五十年代成长起来并经历"右派"改造的从维熙，在发表《并不愉快的故事》前后也认为："五十年代中期，蓝天下已有沙尘，我把它写进作品，目的

---

① 王蒙：《文学三元》，《文学评论》1987 年第 1 期，第 9 页。
② 王蒙：《文学的挑战与和解》，《王蒙演讲录》，北京：生活·读书·新知三联书店，2011 年，第 109 页。
③ 王蒙：《文学的挑战与和解》，《王蒙演讲录》，北京：生活·读书·新知三联书店，2011 年，第 115 页。
④ 王蒙：《我在寻找什么？》，《文艺报》1980 年第 10 期，第 41 页。
⑤ 王蒙：《我们的责任》，《王蒙文存 19》，北京：人民文学出版社，2003 年，第 127 页。
⑥ 王蒙：《王蒙自传第一部：半生多事》，广州：花城出版社，2006 年，第 76 页。
⑦ 王蒙：《文学与安定团结》，《王蒙文存 23》，北京：人民文学出版社，2004 年，第 33 页。
⑧ 王蒙：《王蒙自传第二部：大块文章》，北京：北京联合出版公司，2017 年，第 254 页。

还是为了蓝天碧透，并无顺风扯沙之意。"① 为了"蓝天碧透"而与"沙尘"作斗争，为了革命理想信念中对光明的追求，他们揭示黑暗、面对黑暗，是为了征服黑暗。抗争当下的痛苦，走向欢乐的未来，痛苦的黑暗与欢乐的光明之间的转化机制，便是革命必胜信念下的革命乐观主义，是对社会进步的理想，是共产主义理想信念下的坚忍不拔的意志力。

现实中的作家王蒙也是"积极的痛苦"的亲历者，"反右"运动使他跌入低谷，想要获得从谷底反弹的机遇，便主动转变自己，选择去新疆开拓新的未来。他在一两年的时间内"靠学习维语在当地立住了足，赢得了友谊与相互了解"②，其妻回忆："他所在的生产队评选五好社员，许多人竟提名王蒙。"③ 王蒙很快适应了处境的变化，将人生低谷的痛苦积极转化为改善当下处境的健康因素。张贤亮也认为他们这一代人能够"迁就现实""适应现实"，"以适应来求生存、求发展"，"王蒙在这一点上是我们的表率"。④ 以发展的未来的眼光看待当下的处境，并使当下活得更好，未来意识与乐生意识同构。

这种"痛苦"来源于自我之"质"的斗争，将其进行"积极的"转化，便是要促成新我的建立，获得暂时的安定。黑格尔曾在《逻辑学》中探讨过这种"痛苦"，他认为："痛苦化或陷于痛苦……是指一种质（辛酸、苦涩、火辣等等）在自身中的运动，因为质在自己的否定性中（在它的痛苦中），从他物建立并巩固了自己，总之，那是它自身的骚动不宁……质只有在斗争中才会发生并保持自己。"⑤ 正是主体与外在世界的不断相遇，带来主体自我否定造成的痛苦，自我"骚动不宁"。这种痛苦实际来源于新我与旧我之间的"错位"。王蒙提出"积极的痛苦"，体现对曾经自我的超越和对建立新我的追求，是一种对人类生存现状的普世关怀，对新我的追求也体现一种未来意识。

未来主义者阿尔多·帕拉泽斯基发表了自己的未来主义宣言《反痛苦》，坚信未来、热情地拥抱未来的人是反痛苦的，往往用滑稽来模仿精神痛苦从而

---

① 从维熙：《走向混沌（第一部）：反右回忆录、劳改队纪事》，北京：作家出版社，1989年，第16页。

② 王蒙：《我的另一个舌头》，上海：东方出版中心，2017年，第10页。原载于《随笔》1994年第3期。

③ 方蕤：《凡生琐记：我与先生王蒙》，武汉：长江文艺出版社，2008年，第73页。

④ 张贤亮：《经得住研讨的人》，《文学自由谈》2003年第6期，第12页。

⑤ 黑格尔：《逻辑学（上卷）》，杨一之译，北京：商务印书馆，1982年，第107-108页。

打击肉体痛苦，用奋发的精神超越痛苦，用冷静的解剖消解痛苦，从痛苦中获得重生的因素。① 结合未来主义的这类观点，王蒙提出"积极的痛苦"，主张以积极情绪超越当下痛苦，体现一种未来意识。

王蒙主张在小说创作中用调侃实现"积极的痛苦"的转化。王蒙曾在一次对谈中提道："马克思主义的创始人在《费尔巴哈和德国古典哲学的终结》中就指出：'每一种新的进步都必然表现为对某一神圣事物的亵渎……'而我们的一些书呆子，一听见亵渎二字就急了眼了。"② 王蒙意识到，其实表面的调侃甚至亵渎，具有极强的破坏力，可以为新事物的产生开辟道路。王蒙小说把调侃、幽默作为心理健康的标识，目的是排解人们的消极情绪，更好地走向未来。王蒙在1992年详细阐述了"调侃"的必要性："在我国这样一个古国、大国，处于改革开放走向现代化的转型期，各种矛盾、摩擦、失衡、错位是少不了的"，因此作家需要"以调侃的形式发泄"这些"一时半会儿是解决不了消除不了的""痛苦、愤怒、认命、谅解、哭笑不得，无可奈何"。③ 改革的速度快、力度大，人们的精神状态调整慢，就会形成错位，调侃就是对这种错位导致的苦恼的一种发泄和心理的自我调整。采用调侃手法来表现"积极的痛苦"，是因为"调侃者有一种消解矛盾的本领"④。调侃是一种润滑剂，客观上产生劝导的作用，使你不至于去做过于偏激的事，让社会矛盾、内心冲突不至于尖锐得让人无法生存。幽默和调侃能够使人超脱当下的痛苦。

德国学者顾彬认为，王蒙借助幽默完成了"对统治秩序的质疑"⑤。然而王蒙作为一个"少年布尔什维克"，在50年代主动参与体制的建构，八九十年代作为不断晋升的高级干部，他只是通过"调侃"，在"体制"与现实矛盾的敏感中小心翼翼地、迂回地表达、叙述、想象。因此，王蒙的"调侃"只能是"内向性"的，是对自我痛苦感受的克服和斗争，而不可能也不会是"外向性"的对体制秩序的抗争。

---

① 维尔多内：《未来主义：理性的疯狂》，黄文捷译，成都：四川人民出版社，2000年，第29—31页。

② 王蒙：《共建我们的精神家园》，《王蒙文存17》，北京：人民文学出版社，2003年，第263页。

③ 王蒙：《调侃》，《王蒙文存21》，北京：人民文学出版社，2004年，第403—404页。

④ 王蒙：《调侃》，《王蒙文存21》，北京：人民文学出版社，2004年，第404—405页。

⑤ 顾彬：《圣人笑吗——评王蒙的幽默》，温奉桥主编：《多维视野中的王蒙——第一届王蒙文学创作国际学术研讨会论文集》，青岛：中国海洋大学出版社，2004年，第26，27页。

王蒙小说中的幽默并非鲁迅所言"将屠户的凶残，使大家化为一笑，收场大吉"①的麻木的"看"，而是为了发泄改革转型期的痛苦，留下健康、积极的情绪，从而更好地走向未来的一种乐生意识。王蒙小说中的"幽默"更靠近郁达夫所言的"幽默"。郁达夫论及散文中的"幽默味"时认为，"这幽默要使它同时含有破坏而兼建设的意味，要使它有左右社会的力量，才有将来的希望"②。郁达夫所言的"破坏而兼建设"主要指对外在社会的作用，而王蒙小说中的幽默则注重对自我消极情绪的"破坏"以及对未来希望的"建设"，提倡一种"健康的幽默感"③。有研究者认为王蒙的这种幽默"消解了理想主义的狂热"④。但在笔者看来，王蒙小说中的幽默并非消解了狂热，而是这种狂热的另一种迂回的表现方式。结合王蒙在政治文论中所言："在中国，从事政治事业要沉得住气，要喜怒不形于色……而把自身低调地隐藏在茫茫夜色之中……"⑤ 王蒙在小说创作中也许以幽默和调侃"隐藏"自己深层的忧虑与理想，是其政治素养在文学创作中的体现。冯骥才曾为王蒙题字："满纸游戏语，彻底明白人。"⑥ 如果不理解王蒙小说幽默、调侃、游戏背后所"隐藏"的革命性、对抗黑暗的决心以及自我的痛苦，便很容易误以为王蒙这一手法是"把世间的一切都谐谑化粗鄙化"的"油滑"和"眩技"⑦。幽默与调侃，是他排解内心痛苦、表达现实焦虑的一件隐身衣。50 年代的崇高理想与八九十年代对庸俗生活的调侃，背后都是对现实的深深关切，二者统一于革命乐观主义，暂时地向处境妥协，是社会转型期保存自我、积蓄力量以应对"未来的冲击"的策略。

马克思在《黑格尔法哲学批判导言》中预言："世界历史形式的最后一个

---

① 鲁迅：《"论语一年"》，《南腔北调集》，南京：译林出版社，2018 年，第 136 页。
② 郁达夫：《良友版新文学大系散文选集导言》，《郁达夫文论集》，杭州：浙江文艺出版社，1985 年，第 663 页。
③ 王蒙：《雅俗共赏的一朵奇葩——喜看哑剧集锦〈讽刺与幽默〉》，《王蒙文存 22》，北京：人民文学出版社，2003 年，第 83 页。
④ 樊星：《在理想主义与虚无主义之间》，《当代作家评论》2005 年第 3 期，第 144 页。
⑤ 王蒙：《中国天机》，合肥：安徽人民出版社，2012 年，第 237 页。
⑥ 严家炎，温奉桥主编：《王蒙研究》，青岛：中国海洋大学出版社，2014 年，第 6 页。
⑦ 张志忠：《对文学的轻慢与失态——评王蒙近作〈失态的季节〉》，《小说评论》1995 年第 4 期，第 53—54 页。

阶段就是喜剧。"① 同时，他在《共产党宣言》中预言无产阶级最终会消灭自己这一阶级，最终走向个人自由发展和社会的自由发展。② 共产主义的终极是消灭阶级和国家，是一种消解各种边界而实现真正自由的境界，那么"喜剧"在这个意义上来说，便具有某种消解的功能，是一种自由、开放的姿态。王蒙在《社会进步与道德、审美评价》中看到了共产主义对"政党、国家的消亡"，对各种边界的消除，目的是"使我们的充满缺憾和裂痕的历史、社会、人生得到前所未有的发展、完整与和谐"③。在共产主义的视域中，世界的终极是喜剧，是边界和差别的消亡，是真正的自由。在这个意义上，王蒙所提倡的幽默与调侃的消解作用和开放包容的追求④，具有某种共产主义色彩。

对"黑暗"和"痛苦"的正视，使王蒙小说与激进的未来主义者显示出明显的不同。王蒙小说与未来主义都热情地赞颂工业发展和现代科技的进步，呼唤未来，但王蒙在推崇现代化的同时仍然发现现代化进程中的问题、矛盾与不协调现象。王蒙在《青春万岁》《轮下——〈新大陆人〉之一》等小说中多处引用未来主义诗人马雅可夫斯基的楼梯诗，表达对工业的歌颂；但同时又关切工业发展给人们带来的心灵震荡，意识到"新的发展必然会带来新的矛盾、新的欲望"⑤，关注历史发展带来的个体阵痛。如《虚掩的土屋小院》中作为穆斯林的穆敏老爹，在第一次看到半导体收音机时，与老王一起表达了"对工业文明的敬意"，但当老王对穆敏老爹讲述科技发展并非伊斯兰教的胡大所实现的时，老爹陷入了深深的"慌乱和惶惑"，科技发展给传统文化和思维习惯带来冲击，令人陷入惶惑的痛苦中。⑥《活动变人形》中高度崇拜现代科学的倪吾诚无法协调现代与传统的矛盾以至于痛苦一生，也表达出对工业科技进步冲

---

① 马克思：《导言》，《黑格尔法哲学批判》，中共中央马克思恩格斯列宁斯大林著作编译局译，北京：人民出版社，1963年，第5页。

② 马克思（K. Marx），恩格斯（F. Engeis）：《共产党宣言》，博古译，莫斯科：外国文书籍出版局，1950年，第63页。

③ 王蒙：《社会进步与道德、审美评价》，《王蒙文集·论文学与创作（上）》，北京：人民文学出版社，2014年，第112页。

④ 《春堤六桥》写到"渴望幽默，微笑着与野蛮和专横告别"。《想起了日丹诺夫》提出以幽默打击"极端主义"。《关于〈春之声〉的通信》认为幽默"表达了一种宽容"。

⑤ 王蒙：《谱写农村的新生活交响乐章》，《王蒙文存23》，北京：人民文学出版社，2004年，第303页。

⑥ 王蒙：《虚掩的土屋小院》，《王蒙文存8》，北京：人民文学出版社，2003年，第107—109页。

击传统中国文化的忧思。《妙仙庵剪影》写到城市人口、汽车和房屋的不断增长，"拥挤、噪音和污染愈来愈扼住城里人的喉咙"①，现代化建设带来一系列城市化问题。《音响炎——不科学幻想故事》《铃的闪》则刻画出音响技术和电脑技术的发展给人们现实生活和精神世界带来的冲击。《笑而不答》中追问"有了现代化，就有真理、正义、公平和高尚吗?"② 虽然讨厌这些科技产品，但无法不使用它们，传达个体被动卷入现代化进程的悲哀。近年《悬疑的荒芜》《奇葩奇葩处处哀》《我愿意乘风登上蓝色的月亮》《生死恋》《邮事》也都在关注科技发展引发的社会现实问题，如人与人相处逐渐像电视节目般作秀、婚恋市场化、信息时代使人难分虚实、微信技术打败了文化、信息技术带来邮政的变局等。除了在文学创作中关注科技发展带来的问题，王蒙也在政治文论中表达了对此的忧思，他在《中国天机》中坦言："科学发展就不是一味求快……慢一点，再慢一点吧，不止我这样说。太快了会浮躁，太快了不利于维稳，太快了形成头晕眼花的局面。"③ 王蒙既推崇科技发展、积极接受新的技术，又看到科技对"维稳"的威胁，对科技发展持辩证态度。王蒙赞颂科技、工业带来的时代进步和生活便捷，也关注现代化过程中人与处境关系的"变形"带来的惶惑与痛苦的个体心灵感受，注重在科技发展对传统思维模式的冲击中寻求人际关系的和谐以及人心的稳定。这是比一味追求科技进步的未来主义更深刻的地方。

第二个方面，作家要保持自己未来创作的生机，需要不断革新，寻求多样的创作风格。王蒙曾在对《红楼梦》中甄宝玉与贾宝玉的研究中阐释自己的自我革新意识："为了寻找、认识与寄托自己，还必须考虑'我'与'人'的关系特别是'我'与'我'的关系……'我'与人的分离最终导致了'我'与'我'的分离。"④ "我"与"我"的分离便蕴含着作者自我的分离，这是对自我革新的追求，突破旧有的创作模式，不断进行形式创新。正是在一次次的自我审视中，作者一层层地剥离旧我，形成多样的创作风格。他曾在为小说集

---

① 王蒙：《妙仙庵剪影》，《山花》1983 年第 12 期，第 3 页。

② 王蒙：《笑而不答·拒绝》，《王蒙文存 13》，北京：人民文学出版社，2003 年，第 37 页。

③ 王蒙：《中国天机》，合肥：安徽人民出版社，2012 年，第 334 页。

④ 王蒙：《蘑菇、甄宝玉与"我"的探求》，《王蒙文存 18》，北京：人民文学出版社，2003 年，第 197－198 页。

《表姐》作的序中表示："我希望全方位、全色彩、全天候地……试验小说的可能性，不断地考验我自己，发挥我自己，变化我自己。……我更不希望读者摸准我的路数，猜得出我下次会写出什么来。"①变革自己的创作风格是为了"未来"能够出人意料。正如他自己所得意的："我作为小说家就像一只大蝴蝶。你抓住我的头，却抓不住腰。你抓住腿，却抓不住翅膀。你永远不会像我一样地知道王蒙是谁。"② 由此也就不难理解为何孙郁会认为"新时期文学，在文体上的自觉与精神内省的自觉方面，应当说始于王蒙"③ 了。

然而，"面向生活"的创作追求同时也使王蒙的小说创作拘囿于现实主义，一系列文体革新也大多局限于"现实主义"的范畴，这在一定程度上束缚了王蒙小说更大胆的突破。王蒙在1979年就把"文学的真实性"区分为"客观外部世界"和"人们内心世界"两种真实④，似乎在为自己自由书写人物内心活动、心理状态、精神世界做好铺垫，但其实是在为自己正在展开的艺术创新（如《布礼》《蝴蝶》《海的梦》等）建立起与"写真实"的现实主义的联系，找到现实主义的依据，仍然是小心翼翼的"开拓"。所以王蒙在当时极力反对自己是西方现代派的"意识流"，在1982年的《漫话小说创作》中表示自己"没有好好研究过意识流"，但肯定其对"人的精神世界"的探索，认为这种探索"离不开对社会生活的探索"。⑤ 以反映"人的精神世界"构筑起"意识流"与"探索生活"的现实主义之间的桥梁，但也表明了自己进行艺术革新的立场仍在现实主义这边。他在回忆革命前辈胡乔木的《不成样子的怀念》一文中，提到自己曾在1981年与时任中共中央书记处书记胡乔木的谈话，试图探问"在中国，艺术空间的开拓还要遇到多少阻力和周折"⑥。王蒙向乔公提出这个问题，便是想要"了解领导对毕加索这样的非现实主义、超现实主义创作方法的态度"⑦，进行文学创作仍然要考虑是否损害现实主义，是否有悖于领导的

① 王蒙：《〈表姐〉序》，《王蒙文集·论文学与创作（下）》，北京：人民文学出版社，2014年，第159页。
② 王蒙：《蝴蝶为什么得意》，《王蒙文存21》，北京：人民文学出版社，2003年，第96-97页。
③ 孙郁：《王蒙：从纯粹到杂色》，《当代作家评论》1997年第6期，第12页。
④ 王蒙：《睁开眼睛面向生活》，《王蒙文存23》，北京：人民文学出版社，2004年，第23页。
⑤ 王蒙：《漫话小说创作》，《钟山》1982年第1期，第222-223页。
⑥ 王蒙：《不成样子的怀念》，《读书》1994年第11期，第49页。
⑦ 王蒙：《我百分之九十的精力仍然是写小说》，丁东、孙珉主编：《世纪之交的冲撞：王蒙现象争鸣录》，北京：光明日报出版社，1995年，第166页。

看法，可见王蒙在文学创作上想要超出现实主义范畴的主观愿望与当时中国的客观环境之间相抵触的困境，只能在某种"苦涩"中默默等待。1982年下半年果然在《文汇报》开展了一次对"现代派"的批判，以高行健《现代小说技巧初探》为批判中心，牵扯到曾讨论过这个小册子的冯骥才、刘心武、李陀和王蒙。王蒙在1981年年底撰文《致高行健》表示对《现代小说技巧初探》的肯定，提倡对艺术技巧的讨论，认为这将是"'风乍起，吹皱一池春水'的大好事"①。这次受到批判也许对前一时期王蒙的艺术革新形成了打击，所以在1983年开始逐渐发表的"在伊犁"系列中，王蒙极力表明自己是以回忆录的方式极真实地写作②，矫枉意图明显，曾经险些越出现实主义创作原则，在"在伊犁"系列的创作中则极力回退。

第二节　王蒙小说未来叙事的现实语境

对王蒙小说未来叙事的现实语境的关注，主要考察王蒙是在何种现实背景中创作出小说中的未来叙事，发掘其史的背景与意义。王蒙小说未来叙事的总体大语境，是毛泽东思想下的革命语境以及西方现代文化影响下中国传统文化新旧过渡状态的社会语境。

一、五六十年代：适应与疏离

王蒙在50年代的小说创作主要是《小豆儿》《青春万岁》《组织部新来的青年人》，具有区别于其他作品的独特性及其特有的文学史意义。1949年7月召开的第一次文代会，奠定了新中国文艺的基调，被认为是"当代文学"的起点。这次会议继续坚持毛泽东《在延安文艺座谈会上的讲话》的主要内容，会议强调文艺反映"社会生活""阶级生活"，"为人民服务""为工农兵服务"，具有"阶级思想"，是"人民的战斗的文艺"，强调文艺的革命性以及对群众的

---

① 王蒙：《致高行健》，《王蒙文存22》，北京：人民文学出版社，2003年，第31、34页。

② 王蒙：《在伊犁·后记》，《王蒙文存8》，北京：人民文学出版社，2003年，第237页。

动员和教育作用。① 王蒙的《小豆儿》是体现对"反革命"进行"阶级斗争"的作品，适应了 1955 年 7 月 1 日全国开始的肃反运动之要求。《青春万岁》则诞生于第一个五年计划前后社会主义集体化改造的国内语境以及抗美援朝和冷战格局的国际语境下。小说中对人物的改造与自我改造，都是集体化改造的文本体现，高中生们"向科学进军"的斗志也源自在冷战格局下对抗阶级敌人的强军强国愿望，总体上体现"人民的战斗的文艺"。小说中对生活的抒情诗般的赞美也与当时郭小川、贺敬之、闻捷等诗歌中对生活的热情歌颂相契合。《组织部新来的青年人》则诞生于"双百"方针下，揭示革命斗志在和平建设时期逐渐消殆而产生的诸多问题。但同时，王蒙一直待在国统区的北平，没有在延安解放区养成文艺创作习惯，所以 50 年代开始创作时出现与主流不同的创作风格，体现出对解放区文艺的一定程度的疏离。所以，不难理解王蒙创作的《小豆儿》被来自解放区的葛洛认为有"芜杂"的"抒情尾巴"；描写学校生活的《青春万岁》被认为"像一池死水那样平静"②，缺乏战斗的惊险；《组织部新来的青年人》也被秦兆阳认为没有以"马克思主义的自觉性""作清醒的批判"③，知识分子追求的"民主主义的自由"不同于革命政治的"平等主义的自由"④，导致王蒙后来被打击的命运。

《青春万岁》在内容和形式上都体现出对当时工农兵文艺的疏离，具有王蒙自身的特色。《青春万岁》在选材上显示出王蒙团干部的特色经历，表现女高中生的校园生活，而非此时盛行的长篇小说往往有工农兵的人物和情节。写女学生的成长并不像《青春之歌》那样经历坎坷，不像《山乡巨变》有鲜明的矛盾冲突，也不像《林海雪原》有激烈的惊险战斗，没有改造自己知识分子性的决绝，也无典型的工农兵文艺那种黑白二分、轰轰烈烈与突出英雄。即使是有待被改造的资本主义家庭出身的苏宁和有天主教信仰的呼玛丽，小说也以细腻而同情的笔触，描写了苏宁因父母关系不和谐而经历的寂寞童年以及被国民

---

① 《中华全国文学艺术工作者代表大会纪念文集》，中华全国文学艺术工作者代表大会宣传处编辑，北京：新华书店，1950 年，第 8、12、13 页。

② 萧殷：《读〈青春万岁〉》，宋炳辉、张毅主编：《王蒙研究资料 上》，天津：天津人民出版社，2009 年，第 293 页。原载于《文汇报》1957 年 2 月 23 日。

③ 秦兆阳：《达到的和没有达到的》，宋炳辉、张毅主编：《王蒙研究资料》，天津：天津人民出版社，2009 年，第 303、301 页。原载于《文艺学习》1957 年 3 月号。

④ 刘小枫：《现代性社会理论绪论》，上海：上海三联书店，1998 年，第 107 页。

党姐夫侮辱的不幸遭遇、呼玛丽孤儿的出身以及从小在教会受到的苦难，深入苏宁与呼玛丽的内心，让她们阐述自身的苦楚与无奈。杨蔷云、郑波和袁新枝三位团员以情感上的感化和生活上的关怀，促使苏宁和呼玛丽逐渐实现社会主义集体化改造，而非像《创业史》中的梁生宝总是出现在尖锐冲突的前线而被塑造为英雄人物。在50年代初期，王蒙以情感渐变，使光明一点一点照亮黑暗；以深入内心世界的观念改造，使曾在黑暗中的人们逐渐树立起对未来的信心，坚定地走向光明。同时，《青春万岁》具有苏联文学中唯美浪漫而又热情激昂的抒情诗般的语言风格，不同于刘绍棠《青枝绿叶》《大青骡子》中的农民乡土语言风格，也非《红豆》《百合花》那样过于心思细腻，又无《红旗谱》《保卫延安》那种波澜壮阔。王蒙不同于同时期作品在外部冲突中塑造人物、展开情节，而是通过展现丰富的内心世界，描绘女高中生们逐渐摆脱外部处境的黑暗（苏宁、呼玛丽）和自我内心的问题（李春、杨蔷云），最终产生对光明未来的无限渴望。与当时其他作品具有外与内、突变与渐变的区别，使《青春万岁》中的未来叙事为50年代的中国文坛贡献了一类独特的以无限光明逐渐照亮黑暗的心灵形象。

　　双百方针背景下的《组织部新来的青年人》，同其他"百花"作品一样体现出对现实问题的关切，但也有其特点。首先在题材上仍然不同于《改选》的工人、《田野落霞》的农民、《百合花》的军人选材，《组织部新来的青年人》关心的是青年革命者如何在社会主义和平建设时期实现生活的庸俗与理想的崇高之间的协调，即如何在"革命后"走向"再政治化"的问题[1]，是像刘世吾一样在布尔什维克丰富的"经验"与单纯的"人心"的辩证中走向麻木淡漠，像赵慧文在政治理想的"伟大"与日常事务的"麻烦"的绞合中置身事外，还是像韩常新在"个别"与"一般"的统筹中"漂浮在生活之上"，或者像王清泉由"革命"走向"不革命"甚至"反革命"？小说最后写到林震"坚决地、迫不及待地敲响领导同志办公室的门"[2]，具有一种动态的向未来延伸的向度，关注青年、革命与社会主义治理的未来走向；比《组织部新来的青年人》早发表5个月的《在桥梁工地上》，与《组织部新来的青年人》在斗争与保守、

---

①　董丽敏：《青年、革命与社会主义治理探索——以〈组织部新来的青年人〉为中心的考察》，《文艺争鸣》2021年第9期，第26—38页。

②　王蒙：《组织部新来的青年人》，《人民文学》1956年第9期，第43页。

"猛"与"稳"之间的冲突上存在相似之处，但《在桥梁工地上》结尾只写到充满斗志的曾刚已经调走，而保守的罗队长并不为反保守政策所动，"还坐在那里，眼里凝结着睡意"①，是一种静态的叙述，人物并不具有趋向未来的动态。而发表于《组织部新来的青年人》之后的《小巷深处》②，也在张俊于徐文霞门前"性急的擂门声"的回响中结束，《改选》③结尾是"新的工会委员会就要工作了"，《红豆》④末尾红玫也放下了"红豆"，而"从床边站了起来"，回到集体中……虽然难以考证后来的这些"百花"文学是否受到《组织部新来的青年人》结尾的影响，但客观上看来，王蒙的确开启了中国当代文学"走向前"的未来向度的叙事模式，为文坛提供了林震这一不断成长而走向未来的革命道路上的人物形象。这种未来向度的叙述也在当时揭露黑暗的文艺思潮中绽放出一道射向前方的坚定的光明。

"右派"改造后，从 1960 年"八字"方针到 1962 年 9 月中共八届十中全会之间的"调整"时期，王蒙"摘帽"后尝试了"中间人物"的写作。王蒙曾在邵荃麟"中间人物"论的影响下创作了《眼睛》和《夜雨》⑤，描写中间人物苏淼如和秀兰的转变与成长，"中间人物"的叙事本就带有未来向度。但由于刚"摘帽"，两篇小说中急于获得党的认可、回到党的怀抱的意图较为明显，因此王蒙虽仍然坚持自己刻画人物内心世界的长处，但创作风格明显有了改变，选题往主流的工农兵方向靠，语言也蜕去了浪漫而走向朴实，引起人物观念转变的机制有些牵强，整体而言艺术性不高。这是当时的文坛语境与王蒙的特殊处境所决定的。

王蒙小说中的"右派"改造题材，由认真改造以争取回到党的怀抱、继续追随革命信仰的革命叙事（《布礼》《蝴蝶》），到认真改造只为每个月仍算可观的工资养家糊口的个人苦难叙事（《失态的季节》《蹒跚的季节》），最后到认真改造鼓舞自己活得更有生机的个体生命叙事（《猴儿与少年》）。同一题材，随有关知识分子政策、作家王蒙的现实处境与文坛思潮的变化而呈现不同的主

① 刘宾雁：《在桥梁工地上》，《人民文学》1956 年第 4 期，第 17 页。
② 陆文夫：《小巷深处》，《萌芽》1956 年第 10 期，第 7 页。
③ 李国文：《改选》，《人民文学》1957 年第 7 期，第 6 页。
④ 宗璞：《红豆》，《人民文学》1957 年第 7 期，第 25 页。
⑤ 王蒙：《祭长者——邵荃麟同志》，《王蒙文存 14》，北京：人民文学出版社，2003 年，第 28 页。

题，但都体现出对未来的期冀。

王蒙在 50 年代的未来叙事，也与当时美国兴起的同样以未来入侵现实的科幻小说运动遥相呼应。第二次世界大战后，科幻小说在美国走向大发展，50 年代美国科幻文学出版进入高潮，出现专业作家、专业编辑、专业出版商、专业评论家等整套科幻文学体系，科幻文学走向专业化和职业化。[①] 由于具有对未来的构想，科幻小说强调"改造自然"，具有工业革命以降的现代化色彩，王蒙小说的未来叙事也强调改造，但为具有内向性的"改造自我"。无论如何，50 年代王蒙小说中的未来叙事与科幻小说一样，"总是把自身融入到在未知世界中去寻找理想的环境……的希望之中"[②]，以未来审视、照亮或改造当下，使中国当代文学能够以未来叙事参与到同时期世界文学史的建构之中，这是王蒙小说不可忽视的文学史价值。

这种"适应于疏离"的创作状态，同样存在于王蒙这一代作家们的创作实践当中。王蒙小说中的未来叙事，即对未来的构想及其叙述方式，让我们可以看到生于三四十年代，五六十年代进入社会文化角色的"解放一代"[③] 的价值认同的演变过程及其中困境。"解放一代"作为贯穿中国当代文学史的较大一类作家，对考察中国当代文学的内在肌理有着不可或缺的参考价值。这一代人的创作特征，往往产生于他们身份的特殊性在文学创作上的曲折表现：一方面是"布尔什维克"、是"少共"、是"老干部"、是"高干"，是现行体制的缔造者、拥护者、捍卫者；另一方面又天生具有感伤的气质，是有良知的知识分子、作家，因现行体制、现实处境中的问题、矛盾而忧心如焚，或者有某种焦虑。李泽厚在《中国现代思想史论》中认为这一代知识分子"只有两件事可干，一是歌颂，二是忏悔"[④]，但特别提到王蒙《组织部新来的青年人》等作品是"众口一词唯唯诺诺的年代"中的"不和谐音"："这些作品开始敏锐地表

---

① 郑军：《第五类接触：科幻文学简史》，天津：百花文艺出版社，2011 年，第 115—116 页。
② 达科·苏恩文：《科幻小说变形记 科幻小说的诗学和文学类型史》，丁素萍等译，合肥：安徽文艺出版社，2011 年，第 6 页。
③ "解放一代"出自刘小枫：《这一代人的怕和爱》，北京：生活·读书·新知三联书店，1996 年，第 125 页。这一代也被李泽厚称为中国现代"第五代知识分子"，参见李泽厚：《中国现代思想史论》，北京：东方出版社，1987 年，第 249—255 页。
④ 李泽厚：《中国现代思想史论》，北京：东方出版社，1987 年，第 249 页。

现出以集体名义的新官僚、官僚机器与知识分子的矛盾。"①其实这一代人也同样具有李泽厚所谓的在 40 年代受中共领导的文艺创作者们的"忠诚的痛苦":"一面是真实而急切地去追寻人民、追寻革命,那是火一般炽热的情感和信念;另面却是必须放弃自我个性中的那种种纤细复杂和高级文化所培育出来的敏感脆弱,否则就会格格不入。这带来了真正深沉、痛苦的心灵激荡。"② 他们的知识分子性与政治性并存,这概括了四五十年代确立政治信仰和文学立场的一批中国作家的普遍特征。

如邓友梅一方面创作出《我们的军长》(1978) 赞颂革命战士,创作出《那五》(1982) 展现新中国带来的新的人生可能;另一方面以《在悬崖上》(1956) 揭露机关中的不良风气。刘绍棠既在《青枝绿叶》(1952)、《大青骡子》(1952) 中表明追随毛主席和共产党的决心,在《蒲柳人家》(1980) 中讲述党领导群众抗日救国的故事;又在《田野落霞》(1956)、《西苑草》(1957) 中揭露党性逐渐消失的共产党员以及党的工作中的主观主义、教条主义和官僚主义。从维熙一面在小说集《七月雨》(1955)、《曙光升起的早晨》(1956) 中拥护党领导的新社会,在《大墙下的红玉兰》(1979)、《伞》(1981) 中表露对党、国家和人民的忠心;一面在《并不愉快的故事》(1957) 中尖锐地触及农村生产关系同落后生产力的矛盾,揭露建设农村合作社中的官僚主义。高晓声的《解约》(1954) 揭露了农村定娃娃亲的旧习对青年的束缚,又描绘出新的婚姻法带来的婚恋新观念;《李顺大造屋》(1979) 表现对党和社会主义的忠诚,也反思了党建设国家过程中的某些错误;《陈奂生上城》(1980) 描绘党的干部不忘乡人恩情的良好作风,也提出城乡经济和文化差异问题……他们的创作一方面基于人道主义、个人主义揭露现实问题,另一方面又对革命政治有坚定信仰。这批作家主动参与意识形态一体化,"投身革命政治和革命文学,接受了共产理想社会的许诺"③,尽管他们具有在苏俄、西欧、五四文学影响下形成的个人主义和人道主义思想情感,历经政治挫折和社会磨难,但"依然很

---

① 李泽厚:《中国现代思想史论》,北京:东方出版社,1987 年,第 254 页。
② 李泽厚:《中国现代思想史论》,北京:东方出版社,1987 年,第 239 页。虽然李泽厚的这个观点是针对抗日战争至新中国成立之前被共产党领导的第四代知识分子,但根据文学作品实际情况而言,也适用于评价王蒙等新中国成立初期的知识分子。
③ 洪子诚:《中国当代文学史》,北京:北京大学出版社,2007 年,第 263 页。

难在知识类型及价值意向上失范于意识形态的话语和组织运作"①。于是他们只能在"体制"的缝隙中"想象"、"叙述"和"表达",不愿或不能在"叙述"中作"价值判断",而是既深入现存体制和当下现实人生困境,触及社会伤痕,呈现出作家眼中生命、人性的真实,又把这种"价值判断"悄然地留给"读者",反而扩大了小说的容量,突破了现代中国文学的叙事传统,提供了小说写作新的可能。这构成了中国当代文学"当代性"的一种,同时也为中国小说写作贡献了新的经验。

二、七八十年代:"归来"与建设

70年代末的小说《队长、书记、野猫和半截筷子的故事》《最宝贵的》《光明》《快乐的故事》《歌神》《友人和烟》《悠悠寸草心》《夜的眼》都是迎合当时揭批"四人帮"的思潮而创作的,王蒙的"伤痕"主要在于"右派"经历,而"文化大革命"时期王蒙远处"没有情况"的边疆,与少数民族人民和谐共处,并未受到侮辱性批斗,相比而言,"右派"才是他一生的伤痕。因此,相比揭批"四人帮"的《最宝贵的》《悠悠寸草心》等作品,仍是《布礼》《蝴蝶》等书写"右派"伤痕的小说更为成功。以至于从70年代末首次回忆"反右"时期的《布礼》到2021年的新作长篇《猴儿与少年》都对此泣血泣泪。由此看来,如果说揭批"四人帮"的小说是为了迎合当时"拨乱反正"的政策,那么书写"右派"伤痕的小说则是为了彰显自己纯正的老革命出身的优越感,并表达自己对党和人民赤诚的忠心。这种"表忠心"的姿态正是"拨乱反正"所需要的,与其说是小说的题材,不如说是作家的姿态使王蒙终于回归文坛。王蒙小说中的忠心表露,恰恰是通过以忠诚的父亲与受毒害的儿子之间的代际冲突表达对下一代革命理想信念的重塑愿望(《最宝贵的》《悠悠寸草心》《蝴蝶》),苦难之后不沉溺于伤痕与追责而强调以积极健康的情绪开启新时期的未来建设(《买买提处长轶事——维吾尔人的"黑色幽默"》《布礼》《蝴蝶》《如歌的行板》)等未来叙事得以成就。同时,后来的"在伊犁"系列,以自己与少数民族的和睦友好关系显示自己的改造之成功,隐含对党的知识分子改造政策的拥护,并以"老王"被迫远避边疆的潜在的"压抑",上承"伤痕"小

---

① 刘小枫:《这一代人的怕和爱》,北京:生活·读书·新知三联书店,1996年,第128页。

说，下启人道主义思潮，顺应并引启 80 年代初期的文学思潮。"新大陆人"系列的书写，塑造了坚持在国内继续革命理想的强者形象与背弃革命理想逃往海外的弱者形象，二者的对比显示叙述者的"强者"优越，以"新大陆人"的苦难书写强调自己的资深革命经历，也成为王蒙的"归来"策略。

《布礼》中"灰色的影子"不对钟亦成的革命忠心作深刻的追问，叙述者与人物钟亦成的意志高度重合，这或许同样是当时作为党员作家的王蒙"归来"的策略——有限度地反思，无限度地忠诚。也许正是这适应了当时形势的无限度的忠诚，使王蒙在针对"文化大革命"的"拨乱反正"的浪潮中，也能够以反思"反右"同样获得一席之地，甚至拔得头筹。

80 年代"面向未来"的四个现代化的政治语境、"走向未来"的文化语境以及改革开放的时代精神，使王蒙小说中的未来叙事应运而生并有所建树。"面向现代化，面向世界，面向未来"是邓小平在 1983 年 10 月国庆节给北京景山学校的题词，针对教育，后来人们将这句口号的内涵延伸到科技、文化等其他领域。四川人民出版社的"走向未来"丛书，在 1984 年至 1988 年的 5 年期间，出版了国内外关于哲学、物理学、经济学、语言学、历史学、社会学、心理学、信息技术等现代化相关书籍，适应邓小平"三个面向"的政策。而这"三个面向"同时也是改革开放的题中应有之义，体现了开拓创新的时代精神，王蒙在 1985 年《文学生活的全面高涨》一文中点明了这种"面向未来、面向世界"而又"十分求实并且高瞻远瞩地向前看"的"改革的精神"。[①] 同时，美国未来学家托夫勒的《第三次浪潮》《未来的冲击》分别在 1983 年和 1985 年译介入中国，尤其是《第三次浪潮》在国内引起较大轰动，激起人们探索新奇和多样的未来。在这一现实语境中，王蒙 80 年代创作的关键词便是开放、平等、创新、面向未来，他追求文学创作方式上的革新，也顺应了自己所理解的时代精神。

这一时期，王蒙不仅在小说创作中深入年轻人的心理，也在现实生活中辅助年轻人的成长。作为《人民文学》的主编，王蒙阅读并评论诸多知青作家的新作，得以深入下一代人的信仰危机，并理解他们作为"被欺骗的一代"之寻求信仰而不得的深切痛苦，也许这使王蒙小说中的宋朝义和钱文终于能够理解并同情自己的儿子挣扎于"什么都不相信"的空虚带来的极致伤痛，而难以对

---

① 王蒙：《文学生活的全面高涨》，《王蒙文存 23》，北京：人民文学出版社，2004 年，第 319 页。

丧失理想信仰的子辈过于责备，成为"调和新旧"的一个因素。王蒙短篇小说《苦恼》也描绘了老作家郑老对青年作家钱莉莉的关怀。在 2005 年的《青狐》中东菊道出，这虽不再是他们这老一代人的时代，但仍愿意"做一个健康的因子"①，帮助年轻人走得更远。

　　同时，王蒙在 80 年代走向自己的政途高峰，这一时期的小说创作笔调也受到"体制"影响。王蒙在 1986 年 6 月至 1989 年担任文化部部长，1985 年至 1992 年当选为中央委员，这些政治干部职位，也要求王蒙的小说创作符合社会主义文学要求，既要深入现实问题，又要表现积极健康的情绪，对于一些难以正面直接揭示的深重的社会问题，王蒙不便也不能采用严肃愤恨的笔调，便采取幽默和讽刺的手法形成荒诞的"幻化"效果，与现实拉开距离，避免读者对号入座，从而婉曲地表达自己的现实忧虑以及未来愿望，以求建设社会。这一时期，王蒙小说中看似荒诞、游戏的叙述手段，以及机智油滑又对现实有深重关怀的叙述者形象，也许是王蒙在党的高级干部与知识分子作家的双重身份下的创作策略。敏锐地发觉现实问题，但又无法越出"体制"规则，难以直言或直击痛点，便以这种游戏手法在"体制"的缝隙中婉曲、闪躲，传达出文本深层的对生活庸俗化的深重忧虑以及对人的主体性的真诚关怀。这一时期也是王蒙荒诞小说的创作高峰。

三、90 年代至今：回首与展望

　　1992 年邓小平南方谈话之后，中国坚定了社会主义市场经济改革路线，迎来了中国特色的"商品化"大潮。同时，冷战格局结束，中国的开放力度加大，也结束了二极对立的思维模式，思想观点更加多元甚至一度混乱。王蒙这一时期的小说，如《蜘蛛》《九星灿烂闹桃花》《白先生之梦》《白衣服与黑衣服》《郑重的故事——又名一零七事件档案或二百五十万美元与诗》等，主要针对西方市场经济对中国的冲击，不仅是社会生活、现代科技产品的引入，更有商品经济对道德人心的侵蚀带来的心灵震荡，于是同时展开了浩浩荡荡四卷本的"季节"系列长篇小说创作以及长篇小说《暗杀—3322》的书写，回首自己从新中国成立前夕至今的革命历程，试图以他们这一辈人的理想信念照亮当下的庸俗生活，展望与 50 年代同样纯真、美好的未来。

---

　　①　王蒙：《青狐》，北京：人民文学出版社，2004 年，第 339 页。

对于王蒙在 90 年代的个人遭遇而言，这是他在文坛腹背受敌的尴尬期。由于 1989—1991 年的"稀粥事件"①，王蒙在文坛上沉默了一段时间，至 1993 年《躲避崇高》、1994 年《人文精神问题偶感》等文章，又引起了一系列的文坛论辩。② 这一时期，对比鲁迅的杂文随笔的论辩，王蒙的论辩则事先预设了一个政治的、革命的立场，避免重蹈"文化大革命"的政治悲剧，不争论、要务实，有经验主义、相对主义之嫌，使得不同立场的论敌可以从另一方面来说，容易攻破；而鲁迅是没有预设的，站在历史、文化、人性的立场，抓住本质，人们很难从根部瓦解。王蒙在论辩中对文化专制主义、两极对立思维、极端主义的深恶痛绝，不仅源自"文化大革命"造成的阴影，也许也受到"稀粥"风波的影响。总体而言，王蒙并未超越立场；难以抓住问题的本质，是他容易被各方批驳的重要原因。

同时，王蒙不彻底的革命性与不彻底的知识分子性，在这次论战中受到非议，他自诩的"抹稀泥"③的"横站的姿态"并不被当时的人们理解。由于年少就参与革命，高中肄业的王蒙在文学史方面的专业知识不够扎实，在论辩中引用五四先驱的话（如胡适"多谈些问题，少谈些主义"）往往取其能指，而含糊其所指，离开其观点提出的具体语境，又被其他研究者抓住把柄。也许正是因为没有读多少书卷，所以只有相信"实践出真知"，多以曾经的经验教训为知识④，难免有"经验主义"之嫌。也许也存在梁漱溟所言"中国几千年来……学问大抵是术而非学""中国人不能离用而求知"⑤的原因，对于王蒙这类以政治家、革命者的立场看待社会问题的人而言，的确更看重实际功用。以政治家姿态和立场在政策、领导的层面上讨论思想文化方面的问题，不可避免地有目光局限、受领域约束，因此被一些知识分子以思想自由的立场和纯知识性的观点展开批驳。双方是同一个问题的两面，没有在一个既成共识所搭建

① 《坚硬的稀粥》发表于《中国作家》1989 年第 2 期，有人撰文认为王蒙此文影射指导改革开放事业的政治领导人，王蒙向法庭起诉这篇文章侵害了自己的名誉，法院未予开庭。王蒙后来在《读书》1991 年第 12 期上发表《话说这碗〈粥〉》回应这篇文章。
② 参见丁东、孙珉主编：《世纪之交的冲撞：王蒙现象争鸣录》，北京：光明日报出版社，1995 年。
③ 王蒙：《不成样子的怀念》，《读书》1994 年第 11 期，第 51 页。
④ 王蒙：《我的处世哲学》，丁东、孙珉主编：《世纪之交的冲撞：王蒙现象争鸣录》，北京：光明日报出版社，1995 年，第 345 页。
⑤ 梁漱溟：《中国文化要义》，上海：上海人民出版社，2018 年，第 314，315 页。

的平台上对话，只能造成王蒙所言的"我说某人头发黑，另外一些人说他皮肤黄"① 的伪对话。同时，王蒙在与青年批评者王彬彬等人的论战中，指责对方"用下流的语言""企图吐一通口水给自己够也够不着的众名家脸上抹黑""文化专制主义""花花肠子太多了"② 等，这种主观偏激的态度与对王朔、追星、港台音乐等新事物的宽容截然不同，不免引人怀疑王蒙所提出的"宽容"是有限的，具有"伪宽容"之嫌。

　　王蒙在论辩中十分敏感于 60 年代"文化大革命"的极端主义，同时也受到当时二元对立格局消解后国际极端主义盛行的影响，失却了统一的信仰，人们精神普遍躁动。当时日本的奥姆真理教，为了让人们绝对服从麻原彰晃及其教义，在 1988 年至 1995 年持续发动恐怖袭击，甚至在地铁和住宅区多次散布致命沙林毒气，国民死伤惨重；德国右翼势力的极端民族主义分子对德国土耳其穆斯林的迫害在 90 年代达到顶峰，"索林根纵火袭击案"体现出德国对种族和宗教的强烈排外性；同时，1988 年本·拉登在阿富汗建立恐怖组织，在 2001 年制造了轰动世界的"9·11"恐怖袭击事件。这些国际极端主义语境，让王蒙在论辩中十分警惕极端主义，认为论敌中存在"在渐趋和平庸常的日子里痛感失落的一腔热血的年轻人"③。王蒙在 90 年代叙述自己曾经的惨痛经历，也许是想让这些人看到 60 年代完全不必怀念；同时在创作中输入"积极的痛苦"，表明虽然 60 年代充满血腥，但人生仍然值得活，生活仍然有希望，生活并不庸常，试图抚慰那些"痛感失落的一腔热血的年轻人"，避免未来中国也出现极端主义的恐怖分子，这种和平追求仍然基于一种未来意识。

　　王蒙在八九十年代的创作中以父子冲突强调理想信念的重要性，也许与他当时的处境有关。王蒙在 80 年代末到 90 年代期间在文坛受到年轻一代的非议④，试图在创作中为自己正名。《十字架上》并非表示无神论共产党员王蒙

---

　　① 王蒙、陶东风：《多元与沟通——关于当代文化与知识分子问题的对话》，《北京文学》1996 年第 8 期。

　　② 详见王蒙《黑马与黑驹》《沪上思絮录》《宽容与嫉恶如仇》《想起了日丹诺夫》。

　　③ 王蒙：《怀念六十年代?》，丁东、孙珉主编：《世纪之交的冲撞：王蒙现象争鸣录》，北京：光明日报出版社，1995 年，第 178、176 页。

　　④ 80 年代末创作的《一嚏千娇》被人误解为不再有严肃而沉重的社会责任感，《坚硬的稀粥》被误解为影射领导人的改革开放失当，90 年代初创作的《躲避崇高》《人文精神问题偶感》等文被认为缺失了对崇高的追求，未解人文精神深意，参见丁东、孙珉主编：《世纪之交的冲撞：王蒙现象争鸣录》，北京：光明日报出版社，1995 年。

走上了基督教信仰，而可能是王蒙以耶稣自喻，小说中的叙述者直呼"我就是耶稣"，作为一个"理想"和"善"的"大成"，在不相信"理想"和不相信"善"的时代，受人唾弃，受尽非议，对信念的坚守使他像耶稣一样受难，期待着"明天""将生活在苹果园"，重建理想信念的意图尽显。① 《踌躇的季节》中的犁原，终其一生"为后辈铺路"，却在晚年"被一些年轻人轻视、厌烦、嘲笑"，是因为他们这一代人的奉献并未给后代带来他们想要的花花世界，"我们还是这样穷！"而老革命们却仍能养尊处优地享受高干待遇，小说叙述者终于发出"在中国，儿子永远也不会原谅父亲"的感慨。② 2021年的长篇《猴儿与少年》，以施炳炎回忆"大跃进"和"文化大革命"时的革命干劲，表达"犹有少年志"的壮心不已，认为自己的生命仍然像"猴儿"与"少年"一般"鲜活"，追求"尽兴"的人生。③ 王蒙在《革命、世俗与精英诉求》一文中，驳斥那些"痛骂自己的父辈"的年轻一代，认为他们不了解"中国革命运动的背景"，这归咎于年轻一代的轻狂。④ 在客观上，父辈的时代似乎已过，但他们有一种对未来的执着，希望用自己这一代人的青春热情去拯救当下的时代，这也不可避免地只是一种一厢情愿，难以被当下时代的青年接受。

也许正是这种追求"复活"的愿望，使王蒙小说对90年代现实的书写，仍以50年代美好的理想信念去照亮现实的庸俗与黑暗，批判之下仍然充满着希望。90年代的王蒙小说，除了对革命经历的抒情而深沉的梳理，还有对当下经济生活、社会问题的关注，大多具有荒诞色彩。如1993年《九星灿烂闹桃花》在旅游的现代化发展中写到"和平演变"事件，小说中一位老作家作诗提到"艺术乱性""人欲横流""玩心丧志""夺权夺人，夺人夺心""和平演变，并不和平"等社会问题，以期在"优良传统"中改塑现实。⑤ 1995年《郑重的故事——又名一零七事件档案或二百五十万美元与诗》中阿兰也大声疾呼："决不能向通俗其实是庸俗的东西投降！"他在遗嘱中期待着"友好善意能

---

① 王蒙：《十字架上》，《王蒙文存12》，北京：人民文学出版社，2003年，第363、381、385页。原载于《钟山》1988年第3期。
② 王蒙：《踌躇的季节》，《当代》1997年第2期，第41—42页。
③ 王蒙：《猴儿与少年》，《花城》2021年第5期，第40页。
④ 王蒙：《革命、世俗与精英诉求》，《读书》1999年第4期，第61页。
⑤ 王蒙：《九星灿烂闹桃花》，《王蒙文存10》，北京：人民文学出版社，2003年，第306页。原载于《海峡》1993年第2期。

够代替无名虚火与人为恶""稳重耐心能够代替虚张声势""费厄泼赖能够代替歇斯底里"，之所以有所期盼，是因为现实出现了"无名虚火与人为恶""虚张声势""歇斯底里"等社会问题，这一期待是针对现实的；"我的在天之灵注视着你们"，这一注视是未来向度的，含有对未来的殷切期盼。① 而 90 年代所期待的这"光明阔大宽容乐观"，却也正是 50 年代王蒙小说所追求的，50 年代追求的未来与 90 年代的期盼相重合，出现 50 年代与 90 年代的轮回效果，这轮回也许是王蒙在经历了政治运动醒悟到理想的虚空后重拾的对光明与乐观的品质、友善与礼貌的风气之追求。这一追求持续到 21 世纪，到 2012 年《悬疑的荒芜》，也仍然从当前的"地沟油""掺了敌敌畏的茅台"等社会问题出发，回溯"抬头看见北斗星""雄心壮志冲云天"的"那时候"。② 从当下改革开放市场经济的现实问题出发，再回溯有道德信仰的五六十年代，启示我们在五六十年代的精神追求中寻找改造、解决现实问题的方案，在未来"重建家园"③。

　　王蒙的革命实践经验虽未能在论辩中得到认可，但他这一时期的小说创作确实频频回顾四五十年代的革命时代。1997 年《蹉跎的季节》塑造了犁原这一无限牺牲自我而成全青年人的老革命家的人物形象，以及被当代年轻人轻视、抛弃的悲苦境地，叙述者质问"那些物质的小山羊小肥鸭吱吱喳喳的小麻雀们啊，你们可进行过殊死的战斗？……你们可用生命捍卫过理想精神信念神圣和崇高节操？"④ 这一质问也在王蒙自传中出现："那些指指画画王蒙的人呢？你们都干过什么？……你想让谁来为你们的愿望冲锋陷阵？"⑤ 王蒙试图在小说中吐露现实带来的苦闷，回应文坛射向自己的箭镞；荒诞小说《白衣服与黑衣服》和《郑重的故事——又名一零七事件档案或二百五十万美元与诗》等作品，也强调以"爱"来面对嘈杂而庸俗的生活；在《寻湖》中强调安分守己，提倡不争论。除了小说创作，王蒙的古体诗词也抒发了一种苦闷的情绪，1994 年创作体的古诗词《秋兴》，认为是"失落大言与光环""失落市场与稿费""失落大锅铁碗饭"的"等闲"之辈对"名家""万利首推指偏差"，呼应

---

　　① 王蒙：《郑重的故事——又名一零七事件档案或二百五十万美元与诗》，《当代》1995 年第 6 期，第 12、34 页。

　　② 王蒙：《悬疑的荒芜》，《中国作家》2012 年第 5 期，第 17 页。

　　③ 王蒙：《悬疑的荒芜》，《中国作家》2012 年第 5 期，第 12 页。

　　④ 王蒙：《蹉跎的季节》，《当代》1997 年第 2 期，第 63 页。

　　⑤ 王蒙：《王蒙自传第二部：大块文章》，北京：北京联合出版公司，2017 年，第 258 页。

《人文精神问题偶感》中恐慌自己不再被"养"的知识分子对市场经济的诋毁而对"讨论这个问题的人恶言相加或人身攻击"①的观点，描绘"装腔作势成气候""自有蚊虫叮文人"的文坛现状。②1997年《盛夏杂咏三首》中描绘了"轰轰风口恶，炸炸霹雷悬"③的处境；《七绝七首》以"赤轮应度玉门关"的慷慨气度回应"王某已过时矣"的判断④，即太阳并不介意美或不美、发光或不发光的星体，都只是接纳它们、照耀它们。在论辩中王蒙深感："新也不一定就比旧好"，"现在的人们多了一点怀疑主义，少了一点理想主义，多了一点批判，少了一点信仰"。⑤据此推断，这一时期的王蒙小说创作追忆革命年代，也许是为了重塑理想信仰，试图在未来建立起人们的理想主义与信仰，以"旧"启"新"。以过去作为现在的参照，可以改造现在，的确难免有经验主义之嫌，但对于"经验主义"也许也无法做到一概抹杀。

21世纪的王蒙小说则较多关注日常生活，在生机勃勃的生活中找到生命的青春以对抗衰老。这一时期的《尴尬风流》《秋之雾》《明年我将衰老》《杏语》都是老年叙事，表达走向衰老的感伤或传递老年的人生智慧，而描绘城乡一体化政策下农村发展图景的《山中有历日》《小胡子爱情变奏曲》则体现出改革开放带来的热腾腾的生活，只是在《我愿意乘风登上蓝色的月亮》中提出了现代化生活给美好人性带来的变形。另外，书写老年现实境遇的《岑寂的花园》《悬疑的荒芜》《奇葩奇葩处处哀》《邮事》则在现实的隐忧中期待着、呼唤着更美好的生活；在《太原》《仇仇》《生死恋》《笑的风》《猴儿与少年》这类回首革命历史的小说中，也出现了区别于八九十年代王蒙小说中的革命历史宏大叙事，而更注重日常生活和家庭情感，同时传递出对衰老的不屑，对鲜活的追求。这些小说中的未来叙事，往往集中于对生活和生命的鲜活之追求，日常生活的书写与和平温馨的笔调，离不开国家进入新世纪后日渐稳定的发展环境，以及王蒙不再任职高官的个人处境，平缓了其小说创作上一阶段的战斗

---

①　王蒙：《人文精神问题偶感》，丁东、孙珉主编：《世纪之交的冲撞：王蒙现象争鸣录》，北京：光明日报出版社，1995年，第67页。

②　王蒙：《秋兴》，《王蒙文存16》，北京：人民文学出版社，2003年，第311页。

③　王蒙：《盛夏杂咏三首》，《王蒙文存16》，北京：人民文学出版社，2003年，第313页。

④　王蒙：《七绝七首》，《王蒙文存16》，北京：人民文学出版社，2003年，第316—317页，

⑤　王蒙：《沪上思絮录》，丁东、孙珉主编：《世纪之交的冲撞：王蒙现象争鸣录》，北京：光明日报出版社，1995年，第74、75页。

性、论辩性、针对性。

王蒙小说的未来叙事本质是赋予现实以新的秩序，重建现实之间的主客体关系，这是其深刻的现实意义。托夫勒在《未来的冲击》中便反问人类当下的处境："人能够生活在一个失去控制的社会上吗?"[①] 王蒙小说的未来叙事对于全球化和互联网时代而言，有助于树立开放和兼容的心态，以面对共时性他者在当下的聚集，在急剧变化的时代中主动把握自我命运。全球化，使一国一地发生的事件，能迅速波及他国他地，当下的现实却又是多个历史事件的聚集。王蒙小说体现出的这种超越思维，启示我们积极面对生活中不断出现的新事物、新问题，甚至去创造新事物。当代科学技术革新迅速，使现实生活的诸多方面都发生了深刻的变化，我们应当主动把握现实；同时，新技术革命对未来社会的发展也提出了越来越高的要求，要求策略性管理社会进程，以便更好地掌握人类社会和自然世界之间的深刻互动，并主动把握和创造人类自己的命运。把迅速变化给人造成的损失降到最低，最有效的办法便是扩大人自身的适应能力，以善处未来。这正是启迪人心智的文学的用武之地，启发我们树立未来意识，在复杂多变的外部环境与内心世界的关系中，提高适应力，努力找到自我秩序的和谐，避免自我崩溃，"把自己保存住"。

本章小结

王蒙具有不彻底的革命性与知识分子性，换一个角度看，即王蒙追求的是革命与文学的联结。"争取未来"，是王蒙文学创作与革命事业的永恒主题。

王蒙的文学未来观，即王蒙在文学方面对"未来"的看法。王蒙的文学未来观往往与政治、革命联系在一起，坚信未来的存在，需要通过斗争才能争取光明的未来。王蒙坚信"明天"的存在，认为历史必然前进，主张从历史的连续性中"寻找明天"，在文学创作中也试图实践对"明天"的寻找。主动推动历史，显示出一种历史主人翁的能动性。这也许与王蒙关于自我"少共"身份的优越感有关。1983 年至 1986 年作为《人民文学》主编的王蒙也实践着自己

---

① 托夫勒：《未来的冲击》，孟广均等译，北京：中国对外翻译出版公司，1985 年，第 388 页。

"推动历史前进"的观念，他对文学新人的关注和帮助，促进了文学新人的成长，推动了中国当代文学的发展前进。王蒙这种推动历史前进的进取精神，基于对进化论的认同。在王蒙看来，"明天"不仅存在，美好的明天更是需要斗争和革命才能争取得来。在王蒙这里，文学创作中的"斗争"有两个方面的内涵：一是作家创作内容上要表现黑暗并与黑暗作斗争、表现痛苦并与痛苦作斗争，二是作家创作方式上要不断对自己革新。王蒙认为文学应该反映矛盾冲突，暴露的目的是与之斗争，获取光明的未来。他提出"积极的痛苦"，文学应当表现、安慰当下的痛苦，而走向未来的新生。现实中的作家王蒙也是"积极的痛苦"的亲历者。"积极的痛苦"，体现对曾经自我的超越和对建立新我的追求，是一种对人类生存现状的普世关怀，对新我的追求也体现一种未来意识。王蒙主张在小说创作中用幽默和调侃使人超脱当下的痛苦。对"黑暗"和"痛苦"的正视，使王蒙小说与激进的未来主义者显示出明显的不同，注重在科技发展对传统思维模式的冲击中寻求人际关系的和谐以及人心的稳定，这是比一味追求科技进步的未来主义更深刻的地方。王蒙也强调作家要保持自己未来创作的生机，需要不断革新，与自己的旧作作斗争，但王蒙在小说创作方面的自我革新却没有离开现实主义大地。

　　王蒙文学未来观具有一种革命性，显示出王蒙作为革命者与文学创作者的身份整合。郭沫若在1923年《艺术家与革命家》中肯定艺术家与革命家的统一，认为"一切热诚的艺术家也便是纯真的革命家"①。文学与革命的联结使王蒙的文学创作具有一种感人的生的韧性，同时也在一定程度上遮蔽了文学自身的某些特质。如美国学者詹姆森所指认的："在第三世界的情况下，知识分子永远是政治知识分子。"②国家民族的政治性在一定程度上会有损文学性。但无可否认的是，王蒙这种革命性的文学未来观，给新旧过渡时期混乱的现实提供了一种面向未来的姿态。伊格尔顿便发现马克思与宗教的某种共同性："宗教思想和马克思的历史观之间存在非常明显的亲密关系。正义、解放、审判日、反抗压迫的斗争、无产者权力的到来、和平和富足的未来：马克思与犹

---

　　① 郭沫若：《艺术家与革命家》，《创造周报》1923年第18期，第2页。
　　② 詹姆森：《处于跨国资本主义时代中的第三世界文学》，张京媛主编：《新历史主义与文学批评》，北京：北京大学出版社，1993年，第240页。

太－基督传统共享着这些以及其他的主题，只是他的某些追随者羞于承认这个事实。"① 马克思试图救赎人类的未来，王蒙在文学中所显示的马克思主义、共产主义的特性，为我们提供了一种救赎方式。

王蒙小说未来叙事的现实语境，考察王蒙是在何种现实背景中创作出小说中的未来叙事，关注史的背景与史的意义。本书从五六十年代的"适应与疏离"、七八十年代的"'归来'与建设"、90 年代至今的"回首与展望"三个方面论述王蒙小说未来叙事的现实语境。王蒙一直待在国统区的北平，没有在延安解放区养成文艺创作习惯，50 年代的创作体现出对解放区文艺的一定程度的疏离。王蒙在 50 年代的未来叙事，也与当时美国兴起的同样以未来入侵现实的科幻小说运动遥相呼应，使中国当代文学能够以未来叙事参与到同时期世界文学史的建构之中，这是王蒙小说独特的文学史价值。70 年代末，王蒙小说中的未来叙事在一定程度上成为作家王蒙重返文坛的"归来"策略。80 年代"面向未来"的社会语境，使王蒙小说中的未来叙事应运而生。90 年代是王蒙在文坛腹背受敌的尴尬期，王蒙不彻底的革命性与不彻底的知识分子性，在这一时期受到非议。八九十年代的王蒙小说以父子冲突强调理想信念的重要性，也许与王蒙当时的处境有关。王蒙在 21 世纪的创作则较多关注日常生活，在生机勃勃的生活中找到生命的青春。这些小说中的未来叙事，往往集中于对生活和生命的鲜活之追求，日常生活的书写与和平温馨的笔调，离不开国家进入 21 世纪后日渐稳定的发展环境，以及王蒙不再身处高位的个人处境，平缓了其小说创作上一阶段的战斗性、论辩性、针对性。

王蒙小说中的未来叙事本质是赋予现实以新的秩序，重建现实之间的主客体关系，这是其深刻的现实意义。王蒙小说中的未来叙事启发我们树立未来意识，在复杂多变的外部环境与内心世界的关系中，提高预应力，努力实现自我秩序的和谐，避免自我崩溃，"保存住自己"，适应未来。

---

① 伊格尔顿：《文化与上帝之死》，宋政超译，郑州：河南大学出版社，2016 年，第 103 页。

结　语

从未来叙事这一视角深入王蒙小说，我们可以深入发现其中的历史连续性与生存适应性，而不停留于表面的历史断裂与精神的虚无迷惘。王蒙小说中的未来叙事强调在人与处境的关系中寻求人内心世界的和谐、平衡状态，这是在新旧过渡的社会时期当代人根本的生存性问题。王蒙小说以改造精神体现人们所构想的"未来"给自我和他者带来的影响，或带来精神力量，或带来苦难，在个人成长型、社会并置型、代际冲突型三类叙事中，从纵横两个方向深入人与处境的关系问题。在王蒙小说未来叙事的叙述方式等方面，作为强者的叙述者、可重组的结构以及联结历史与未来的叙事范式这三种形式特征，从文本操作层面为我们提供了走向自我与处境和谐关系的策略。王蒙的文学未来观和小说未来叙事的现实语境都显示出王蒙小说创作与革命、政治的密切关系，塑造出王蒙小说未来叙事的特征、文学史意义及现实意义。

王蒙是一个与新旧过渡时期的社会现实相适应的"不新不旧"[①] 的人，与其说他是在新旧身份之间矛盾、迷惑的"蝴蝶"，不若说他是搭建在新旧之间的"桥"。王蒙主张在黑白二分中找到"选择的余地"："人的处境并非只有一种，价值观念也不可能只是一把十六两的老秤。"[②]在 2008 年的对谈中他也以"9·11"事件表示自己对"激进主义和那种愚昧的简单化"的反对，认为应当承认"中间状态"。[③] 王蒙看到了人与处境的复杂关系，坚持"教人活的哲

---

① 房伟：《"历史和解"与"意识融合"的文学史张力——当代文学史视野下的20世纪90年代王蒙小说创作》，《人文杂志》2019年第12期，第61页。

② 王蒙：《选择活法的可能性》，《读书》1995年第6期，第154页。

③ 王蒙、郭宝亮：《立体复合思维中的历史还原与反思——关于〈王蒙自传〉的一次对谈》，《渤海大学学报》2008年第3期，第16页。

学"，走向二元融合、沟通的辩证统一。王蒙的辩证法涉及诸多关系，如革命与世俗的辩证，幽默与感伤的辩证，游戏与真诚的辩证，理想与务实的辩证，杂多与统一的辩证，建构与解构的辩证，绝望与希望的辩证，宏大叙事与个体心灵的辩证……辩证思维塑造出王蒙的"桥"性。王蒙小说中人物往往经过内心的矛盾冲突，最终达到或渴望达到生命秩序的和谐，这便是王蒙小说创作的"桥"性追求，对价值的"多向汲取"，体现了一种"横站姿态"，"尴尬"却"风流"。王蒙小说中的未来叙事，便注重过去、现在与未来之间的联系，以理想信念搭建起沟通过去、现在与未来的桥梁。在"水滴"与"大浪"的"互文"关系中，打破宏大叙事与个体心灵的藩篱，个人叙事与历史叙事相结合，个人的内心情绪波流始终与外在的处境和时代变化紧密相关，形成陈晓明式的"当代性"①。王蒙所具有的并非在二元之间徘徊的双重性格，而是融通界限的和合思维。林贤治看到了王蒙在中国当代文学中的独特性，认为"王蒙是一个'跨代'的典型。他是正统意识形态的最后一个作家，同时是新兴意识形态的最初一个作家；他以他的存在，显示了过渡时代中国文学的特色"②。在当代，中国文学不再执着于某个定一，而走向多元融合，由统一走向分化。王蒙的小说创作是中国文学现代性的典型体现，在这个意义上，王蒙在中国文学史上有不可替代的结构性意义。

同时，也正是由于这种辩证思维和审视意识，王蒙不栖一枝的精神追求造成了他无枝可栖的现实处境。王蒙并不像托尔斯泰最终寄托于宗教或其他信仰，最终，只能在文本游戏的快意中消解自己胸中的现实焦虑，以理想的美好的未来暂时麻痹混乱的现实带来的痛苦，"未来"成为他唯一的精神寄托，借而获得片刻的灵魂安宁。在一定程度上，将幸福寄托于未来或下一代，而承受当下的苦难，似将希望放在来世。王蒙也许没有宗教信仰，但并不意味着他没有这种宗教情怀。"语言热症""未来狂想"的背后是对现实的冷漠与麻木。但我们同时可以清晰地在王蒙小说创作中感受到温暖与希望，说明冷漠麻木与热情希望在王蒙这里并非对立的二元，王蒙同样在搭建这二者之间的"桥"，也许正是因为深感二者分裂带来的痛苦与惶惑，所以他倾注全力弥合二者的裂

---

① 参见陈晓明：《论文学的"当代性"》，《中国现代文学研究丛刊》2017年第6期。
② 林贤治：《五十年：散文与自由的一种观察》，《书屋》2000年第3期，第44页。

隙，并试图超越二元，走向圆融的三元境界。我们通过王蒙的小说文本，可以看到他的这种努力；弥合的手段是否高明，弥合的结果是否成功，决定了王蒙小说不同的审美价值。

王蒙小说中的未来叙事，体现了一种以既定理想信念改造当下的斗争精神，具有革命性、现实性与乐观性。未来与过去共同构成当下的参照，"现实—未来—现实"的未来思维模式锚定了未来基于现实，显示出对现实的深刻关怀。正如詹明信所言："为了建立当前本体论，你必须了解目前发生作用的倾向，即倾向性的前景……"① 预知"未来"，是为了建立"当下"的本体，"倾向性的前景"赋予了当下与未来的合理性。"未来"是"当下"的"倾向性"，"当下"是"未来"的"倾向性前景"，在"当下"与"未来"的相互关系中体认"当下"，王蒙小说中的未来叙事，恰恰是以未来为参照，获得面对、把握当下的一种方式。如此紧迫地确立现在、把握现在，是为了与陈旧的过去划清界限；又如此坚决地改造现在、斗争现在，是意识到现在是过渡的、暂时的，需要被迅速超越的，以迅速进入理想的未来。对"现在"的两种截然不同的态度，在未来意识下得到统一，都是为了迎接未来。

王蒙小说中对未来的幻想与预测也与战后世界科幻文学浪潮相呼应，体现出新旧过渡的混乱期人们对重建和谐的精神秩序的普遍渴望，超越当下混乱与痛苦的共同追求。同时，王蒙小说中老一辈革命者想要在精神虚无的 90 年代复活曾经崇高理想的愿望，也同样出现在经历过第二次世界大战的加缪身上。加缪在《重返蒂巴萨》写道："在隆冬，我终于知道了，我身上有一个不可战胜的夏天。"② 1939 年，"战火燃遍了希腊"，加缪经历过"二战"的"黑夜"后，"不知道德为何物"，缺乏一种"崇高"使自己能够"毕生去追寻那种热情和那种光明"。③ 加缪也与王蒙小说中老一辈的人物一样，"希望四十岁时重新体验爱过或二十岁时极大地享受过的东西"④，与王蒙小说同样推崇"爱"，认为"唯有不爱才是不幸"⑤，试图以此对抗"生命干枯""灵魂死灭"⑥。王蒙小

---

① 詹明信等：《回归"当前事件的哲学"》，张敦敏译，《读书》2002 年第 12 期，第 15 页。
② 加缪：《重返蒂巴萨》，《夏天集》，郭宏安译，南京：译林出版社，2011 年，第 147—148 页。
③ 加缪：《重返蒂巴萨》，《夏天集》，郭宏安译，南京：译林出版社，2011 年，第 144 页。
④ 加缪：《重返蒂巴萨》，《夏天集》，郭宏安译，南京：译林出版社，2011 年，第 143 页。
⑤ 加缪：《重返蒂巴萨》，《夏天集》，郭宏安译，南京：译林出版社，2011 年，第 147 页。
⑥ 加缪：《重返蒂巴萨》，《夏天集》，郭宏安译，南京：译林出版社，2011 年，第 145 页。

说在 90 年代对崇高的呼唤，不仅为统一秩序被颠覆后受到商品经济冲击的当代中国，也为战后世界陷入道德信仰危机的人们，贡献了一种具有未来性的热情和光明，提供了走出精神危机的中国经验。

王蒙小说中的未来叙事，在传达革命的积极入世、昂扬进取的生机时，往往也因叙述者的理想热情过于浓厚而使人物独立性和丰满性不足，有损于历史的真实性与丰富性，应当注意避免走向宏大叙述的教条化。王蒙小说中的叙述者强力在展现未来性的同时，也以主观化的叙述损害了历史的真实性与丰富性，同时显示出居高临下的姿态以及训导式的语言风格，在一定程度上损害了文学的审美性。同时，王蒙小说创作也因为总是带着光明未来的目光审视现在，不可避免对现实的认识有所筛选、片面、偏颇、失真。王蒙把小说创作的政治性与革命性往往归结于曾经半殖民地半封建社会的环境，认为这是由社会性质和党的性质决定的，这显示出王蒙对自己小说政治化革命化的无奈。虽感无奈，但仍无法超脱；向往飞翔，但无法脱离地面；盯向未来，但难以挣脱现实的痛苦——这是王蒙小说未来叙事体现出的人之生存困境，也是中国文化实用主义精神熏陶下缺乏"超然性"的知识分子之普遍困境。但与此同时，王蒙以革命理想信仰创作出具有未来向度的小说，对话八九十年代以来的精神信仰危机，也给当下的精神躁动一针强力镇静剂，启发人们静下来思考自我与处境的关系。

王蒙小说中具有未来性的人物，他们既是未来的拂晓者又是过去的守夜人，因而成为真正活在当下的人。王蒙小说中的未来叙事，诞生于新与旧并存的社会转型期。王蒙小说中的人物往往处于新旧冲突之中，当下"旧"的破败不堪及其带来的痛苦，激起对"旧"的激烈反抗，而迫切地走向对"新"的热烈憧憬，从而扮演了新时代的变革者、开拓者。然而自己作为从过去走来的"旧"人，内心具有难以拔除的既有价值观念之根，感情滞留在"旧"的文化认同和精神结构所带来的舒适圈中，当受到"新"的冲击时便不可避免地陷入惶惑与痛苦。阿甘本解释说："真正同时代的人，真正属于其时代的人，是那些既不完美地与时代契合，也不调整自己以适应时代要求的人。……正是通过这种断裂与时代错误，他们才比其他人更有能力去感知和把握他们自己的时代。"① 虽然王蒙小说也体现出现实批判和对时代的疏离，但总体说来王蒙仍然是一个追求适应时代的人。王蒙虽主张调整自己以适应时代，但并未超越时代，因此他对时代的把握不可避免地具有某种局限性，所谓当局者迷。这使他有把握当下现实的愿望，却无法在实践中真正准确地把握当下。但阿甘本这种说法也受到其所处时代的限制，他作为西方马克思主义者，对当时所处的资本主义时代具有摆脱、超越的愿望，所以追求与资本主义时代的断裂。而王蒙是主张入乎其内又出乎其外的，对于时代他是追求契合再走向超越。在面向未来的开掘中，实现对现在的超离，而避免卷进混沌现在的旋涡之中。如同陈晓明对昌耀的评价："他在历史中，他踏过历史的荆棘，把当代史装进他的命运。"② 总之，王蒙因自己的革命理想信念，而具有一种深入现实并超越现实的愿望，然而也同样因为这革命理想信念，而在小说文本中难免遮蔽现实的真实，难以在小说创作的实践中真正地把握现实或反映现实，然而对未来的关注却是始终存在的。

王蒙小说中的未来叙事，其实是一只风筝，是被底下的"旧"所牵扯着的飞在空中的"新"。新旧之间总是有一线之连，无法剪断这根风筝线，否则历史成为虚无，梦想掉落泥淖。这不仅是王蒙小说创作的书写困境，也是作家王蒙的精神困境，更是处于百年来社会动荡新旧交替时期中国知识分子的心理图式。勃兰兑斯说："文学史，就其最深刻的意义来说，是一种心理学，研究人的灵魂，是灵魂的历史。"③ 王蒙小说的未来叙事，便是通过着力描绘人们的内心世界的肌理，从而确立了王蒙小说的文学史地位。文学作品的价值往往来自当下与未来所建构的联系之中，在这个意义上，王蒙的未来叙事在中国当代文学史上具有不可撼动的地位。

王蒙小说中的"未来"的具体内涵由前期的《春节》《组织部新来的青年人》《青春万岁》具体指向对事业和爱情的追求，即期待建立功勋的"未来"，到后来《岑寂的花园》当中鞠同觚在生活的热潮中感慨，小说结尾沿着生活而

---

① Giorgio Agamben, *What is an Apparatus*, Stanford: Stanford University Press, 2009, pp. 40—41.

② 陈晓明：《论文学的"当代性"》，《中国现代文学研究丛刊》2017 年第 6 期，第 13 页。

③ 勃兰兑斯：《十九世纪文学主流》第 1 分册，北京：人民文学出版社，1980 年，第 2 页。

向远方延伸，此时的"未来"指向的是生活的流动，追求的是"未来"本身，开始消解"未来"的具体内涵。直到《猴儿与少年》当中，小说人物"王蒙"以"未来想象式"虚构历史，"未来想象式"作为"历史"与"未来"的共性，成为连接"历史"与"未来"的桥梁，"未来想象式"到底是通向"历史"还是"未来"变得不再重要，重要的是"想象"这一"未来性"的过程，对"未来"的追求逐渐抽象为一种思维方式——想象。"未来"的具象的内涵被挖空，上升为对生活、生命的审美性的想象，成为一个弥漫在历史、现在、未来整个时空当中无所不在的抽象精神——活的哲学。

未来叙事在中国现当代文学中其实普遍存在。除了科幻小说，张炜《柏慧》小说末尾也有一种对未来的想象，但所构想的"未来"有具体内涵，即守护那片圣洁的登州海角上的"平原"，期待在现实生活中复原曾经那种纯粹的精神家园。鲁迅的未来观中，对未来也有一个明确的构想，即"立人"，塑造能够"破恶声"的"超人"才能使中国走向独立与真正的强盛。但王蒙小说中的"未来"却逐渐从建立功勋到追随生活，最终走向对"未来"具体内涵的消解，而成为弥漫在整个时间链条中的抽象精神。这使王蒙小说中的未来叙事有了更为深广的内涵，也成为王蒙小说在中国当代文坛独树一帜的特征。

参考文献

阿多诺，1998．美学理论［M］．王柯平，译．成都：四川人民出版社．

爱伦堡，1952．暴风雨［M］．罗稷南，译．北京：时代出版社．

安东诺夫，1954．第一个职务［M］．姚坚，译．北京：中国青年出版社．

奥斯本，2004．时间的政治——现代性与先锋［M］．王志宏，译．北京：商务印书馆．

巴尔特，2003．明室：摄影纵横谈［M］．赵克非，译．北京：文化艺术出版社．

勃兰兑斯，1980．十九世纪文学主流：流亡文学［M］．张道真，译．北京：人民文学出版社．

布斯，1987．小说修辞学［M］．付礼军，译．南宁：广西人民出版社．

曹书文，吴澧波，1998．怀旧情结与王蒙的小说创作［J］．当代文坛（02）：19—23．

曹玉如，2003．王蒙年谱［M］．青岛：中国海洋大学出版社．

曾镇南，1987．王蒙论［M］．北京：中国社会科学出版社．

陈独秀，2014．红藏：进步期刊总汇（1915—1949）·新青年：6［G］．湘潭：湘潭大学出版社．

陈思和，1994．关于乌托邦语言的一点随想——致郜元宝：谈王蒙小说的特色［J］．文艺争鸣（02）：43—53．

陈思和，2009．从"少年情怀"到"中年危机"——20世纪中国文学研究的一个视角［J］．探索与争鸣（05）：4—11．

陈晓明，2017．论文学的"当代性"［J］．中国现代文学研究丛刊（06）：1—24．

从维熙，1989. 走向混沌（第一部）：反右回忆录、劳改队纪事［M］. 北京：作家出版社.

崔建飞，2003. 王蒙作品评论集萃［C］. 青岛：中国海洋大学出版社.

丁东，孙珉，1995. 世纪之交的冲撞：王蒙现象争鸣录［C］. 北京：光明日报出版社.

董丽敏，2021. 青年、革命与社会主义治理探索——以《组织部新来的青年人》为中心的考察［J］. 文艺争鸣（09）：26-38.

董之林，1998. 论青春体小说——50年代小说艺术类型之一［J］. 文学评论（02）：27-38.

段晓琳，2022. 身体发现·历史重述·独语体小说——评王蒙最新长篇小说《猴儿与少年》［J］. 中国当代文学研究（01）：154-159.

法捷耶夫，1954. 青年近卫军［M］. 水夫，译. 北京：人民文学出版社.

樊星，2005. 在理想主义与虚无主义之间［J］. 当代作家评论（03）：138-145.

方蕤，2008. 凡生琐记：我与先生王蒙［M］. 武汉：长江文艺出版社.

房伟，2019. "历史和解"与"意识融合"的文学史张力——当代文学史视野下的20世纪90年代王蒙小说创作［J］. 人文杂志（12）：57-64.

高华，2006. 在革命词语的高地上［J］. 社会科学论坛（08）：39-48.

郜元宝，1988. 特殊的读者意识和文体风格——王蒙小说别一解［J］. 小说评论（06）：82-87.

郜元宝，2003. "说话的精神"及其他——略说"季节系列"［J］. 当代作家评论（05）：21-30.

郜元宝，2006. 未完成的交响乐——《活动变人形》的两个世界［J］. 南方文坛（06）：28-31.

郜元宝，2007. 当蝴蝶飞舞时——王蒙创作的几个阶段与方面［J］. 当代作家评论（02）：29-56.

耿传明，陈蕾，2021. 小说与技术的共振——王蒙新时期小说视觉叙事与多维时空构建［J］. 山西大学学报（04）：15-22.

古华，1981. 芙蓉镇［M］. 北京：人民文学出版社.

郭宝亮，2006. 王蒙小说文体研究［M］. 北京：北京大学出版社.

郭宝亮，2015. "沧桑的交响"——王蒙论［J］. 文艺争鸣（12）：33-57.

郭宝亮，2017. 王蒙小说文体政治论略［J］. 华中学术（19）：105－112.

郭宝亮，2020. 浅谈王蒙近年来的小说创作的新探索［J］. 当代作家评论（05）：100－108.

郭宝亮，倪素梅，2005. 论王蒙小说的叙述视角与叙述声音［J］. 西北师大学报（05）：114－119.

郭沫若，1923. 艺术家与革命家［J］. 创造周报（18）：1－2.

哈耶克，1997. 通向奴役之路［M］. 王明毅，等译. 北京：中国社会科学出版社.

黑格尔，1978. 精神现象学［M］. 贺麟，王玖兴，译. 北京：商务印书馆.

黑格尔，1982. 逻辑学：上卷［M］. 杨一之，译. 北京：商务印书馆.

洪子诚，1997. "外来者"的故事：原型的延续与变异［J］. 海南师院学报（03）：18－21.

洪子诚，2007. 中国当代文学史［M］. 北京：北京大学出版社.

黄珊，2020. 从"逍遥游"到"受难记"——论王蒙20世纪八九十年代小说中的新疆经验书写［J］. 文艺争鸣（02）：65－72.

加缪，2011. 夏天集［M］. 郭宏安，译. 南京：译林出版社.

江程铭，2020. 现在还是未来：跨期选择的心理机制［M］. 上海：上海交通大学出版社.

金克木，1988.《活动变人形》书后［J］. 读书（10）：19－24.

康德，2016. 康德政治哲学文集［M］. 李秋零，译. 北京：中国人民大学出版社.

柯里，2003. 后现代叙事理论［M］. 宁一中，译. 北京：北京大学出版社.

黎之，1999. 回忆与思考——1957年纪事［J］. 新文学史料（03）：123－139.

李从宗，1981. 王蒙寻找到了什么？——评王蒙近期小说创作的得失［J］. 思想战线（02）：43－49.

李广仓，1997. 焦虑与游戏——王蒙创作心理阐释［J］. 钟山（05）：196－208.

李广益，2020. 中国科幻文学大系晚清卷创作一集［M］. 贾立元，点校. 重庆：重庆大学出版社.

李茂民，2007. 王蒙的人生哲学及其文艺思想［J］. 海南师范大学学报（04）：43—47.

李骞，2021. 王蒙与中国当代文学［J］. 文学评论（03）：134—142.

李希凡，1957. 评"组织部新来的青年人"［N］. 文汇报，02—09（03）.

李彦，2010. 红浮萍［M］. 北京：作家出版社.

李泽厚，1987. 中国现代思想史论［M］. 北京：东方出版社.

李振，2019. 无休止的青春和永不停歇的探索——重读王蒙《青春万岁》［N］. 文艺报，11—01（02）.

梁漱溟，2018. 中国文化要义［M］. 上海：上海人民出版社.

林贤治，2000. 五十年：散文与自由的一种观察［J］. 书屋（03）：17—79.

刘宾雁，1956. 在桥梁工地上［M］. 北京：作家出版社.

刘梦溪，1980. 王蒙的创作和新时期文学发展的趋向［J］. 十月（05）：212—224.

刘小枫，1996. 这一代人的怕和爱［M］. 北京：生活·读书·新知三联书店.

刘小枫，1998. 现代性社会理论绪论［M］. 上海：上海三联书店.

卢卡奇，2012. 小说理论［M］. 燕宏远，李怀涛，译. 北京：商务印书馆.

鲁迅，1978. 热风［M］. 北京：人民文学出版社.

鲁迅，2018. 呐喊［M］. 北京：中国青年出版社.

鲁迅，2018. 南腔北调集［M］. 南京：译林出版社.

马尔克斯，1984. 百年孤独［M］. 黄锦炎，沈国正，陈泉，译. 上海：上海译文出版社.

马克思，1963. 黑格尔法哲学批判［M］. 中共中央马克思恩格斯列宁斯大林著作编译局，译. 北京：人民出版社.

马克思，恩格斯，1950. 共产党宣言［M］. 博古，译. 臭斯科：外国文书籍出版局.

孟悦，1988. 读《庭院深深》［J］. 文学自由谈（04）：101—106.

孟悦，1988. 语言缝隙造就的叙事——《致爱丽丝》、《来劲》试析［J］. 当代作家评论（02）：84—90.

南帆，1989. 语言的戏弄与语言的异化［J］. 文艺研究（01）：72—75.

皮尔斯，2014. 皮尔斯：论符号［M］. 赵星植，译. 成都：四川大学出版社.

普罗普，2006．故事形态学［M］．贾放，译．北京：中华书局．

钱锺书，1999．管锥编（第一册）［M］．北京：中华书局．

热奈特，1990．叙事话语　新叙事话语［M］．王文融，译．北京：中国社会科学出版社．

人民文学杂志社，1985．编者的话［J］．人民文学（03）：1．

申丹，2009．也谈"叙事"还是"叙述"［J］．外国文学评论（03）：219－229．

沈恒炎，1989．未来学与西方未来主义［M］．沈阳：辽宁人民出版社．

宋炳辉，张毅，2009．王蒙研究资料（上）［G］．天津：天津人民出版社．

宋炳辉，张毅，2009．王蒙研究资料（下）［G］．天津：天津人民出版社．

苏恩文，2011．科幻小说变形记科幻小说的诗学和文学类型史［M］．丁素萍，等译．合肥：安徽文艺出版社．

孙先科，2006．复调性主题与对话性文体——王蒙小说创作从《青春万岁》到"季节系列"的一条主脉［J］．福建师范大学学报（02）：58－64．

孙郁，1997．王蒙：从纯粹到杂色［J］．当代作家评论（06）：11－18．

索绪尔，1980．普通语言学教程［M］．高名凯，译．北京：商务印书馆．

唐小林，张雪，2021．"组接"的游戏——符号学双轴关系视域下王蒙小说的先锋性试探［J］．中国当代文学研究（06）：153－159．

托夫勒，1985．未来的冲击［M］．孟广均，等译．北京：中国对外翻译出版公司．

汪晖，陈燕谷，1998．文化与公共性［C］．北京：生活·读书·新知三联书店．

王成君，1998．从"来劲"到"失态"——王蒙小说语言侧论［J］．通化师院学报（01）：49－67．

王蒙，1980．我在寻找什么？［J］．文艺报（10）：41－44．

王蒙，1980．在探索的道路上［J］．首都师范大学学报（04）：19－25．

王蒙，1982．漫话小说创作［J］．钟山（01）：219－225．

王蒙，1987．文学三元［J］．文学评论（01）：5－10．

王蒙，1990．再谈《锦瑟》［J］．读书（10）：108－112．

王蒙，1991．《锦瑟》的野狐禅［J］．随笔（06）：88－91．

王蒙，1991. 符号的组合与思维的开拓 [J]. 读书 (05)：78—82.

王蒙，1993. 苏联文学的光明梦 [J]. 读书 (07)：55—64.

王蒙，1994. 不成样子的怀念 [J]. 读书 (11)：48—54.

王蒙，1995. 混沌的心灵场——谈李商隐无题诗的结构 [J]. 文学遗产 (03)：52—59.

王蒙，1995. 全知全能的神话 [J]. 读书 (05)：60—66.

王蒙，1995. 选择活法的可能性 [J]. 读书 (06)：153—154.

王蒙，1996. 随感与遐思 [M]. 兰州：甘肃人民出版社.

王蒙，1997. 李商隐的挑战 [J]. 文学遗产 (02)：8—12.

王蒙，1997. 重组的诱惑 [J]. 读书 (12)：33—39.

王蒙，1999. 革命、世俗与精英诉求 [J]. 读书 (04)：55—64.

王蒙，2002. 极限写作与无边的现实主义 [J]. 读书 (06)：48—54.

王蒙，2002. 可能性与小说的追求 [J]. 青岛海洋大学学报 (03)：1—8.

王蒙，2003. 王蒙谈小说 [M]. 南昌：江西高校出版社.

王蒙，2003. 王蒙文存 8 [G]. 北京：人民文学出版社.

王蒙，2003. 王蒙文存 13 [G]. 北京：人民文学出版社.

王蒙，2003. 王蒙文存 14 [G]. 北京：人民文学出版社.

王蒙，2003. 王蒙文存 15 [G]. 北京：人民文学出版社.

王蒙，2003. 王蒙文存 16 [G]. 北京：人民文学出版社.

王蒙，2003. 王蒙文存 17 [G]. 北京：人民文学出版社.

王蒙，2003. 王蒙文存 18 [G]. 北京：人民文学出版社.

王蒙，2003. 王蒙义存 19 [G]. 北京：人民文学出版社.

王蒙，2003. 王蒙文存 20 [G]. 北京：人民文学出版社.

工蒙，2003. 王蒙文存 21 [G]. 北京：人民文学出版社.

王蒙，2003. 王蒙文存 22 [G]. 北京：人民文学出版社.

王蒙，2004. 王蒙文存 23 [G]. 北京：人民文学出版社.

王蒙，2005. 王蒙话说《红楼梦》[M]. 北京：作家出版社.

王蒙，2011. 王蒙演讲录 [M]. 北京：生活·读书·新知三联书店.

王蒙，2012. 中国天机 [M]. 合肥：安徽人民出版社.

王蒙，2014. 王蒙文集：欲读书结 [G]. 北京：人民文学出版社.

王蒙，2014. 王蒙文集·论文学与创作：上 [G]. 北京：人民文学出版社.

王蒙，2014. 王蒙文集·论文学与创作：中 [G]. 北京：人民文学出版社.

王蒙，2014. 王蒙文集·论文学与创作：下 [G]. 北京：人民文学出版社.

王蒙，2017. 王蒙自传第一部：半生多事 [G]. 北京：北京联合出版公司.

王蒙，2017. 王蒙自传第二部：大块文章 [G]. 北京：北京联合出版公司.

王蒙，2017. 王蒙自传第三部：九命七羊 [G]. 北京：北京联合出版公司.

王蒙，郭宝亮，2008. 立体复合思维中的历史还原与反思——关于《王蒙自传》的一次对谈 [J]. 渤海大学学报（03）：9-17.

王蒙，陶东风，1996. 多元与沟通——关于当代文化与知识分子问题的对话 [J]. 北京文学（08）：66-72.

王蒙，王干，1992. 王蒙王干对话录 [M]. 桂林：漓江出版社.

王蒙，1957. 关于"组织部新来的青年人"[N]. 人民日报，05-08（07）.

王蒙，2020. 你追求了什么 [N]. 光明日报，06-10（14）.

王蒙，2019. 已经写了六十五年 [N]. 中华读书报，01-09（03）.

威廉斯，1983. 一只有光明尾巴的现实主义"蝴蝶" [J]. 刘嘉珍，译. 当代文艺思潮（01）：47-44.

维尔多内，2000. 未来主义：理性的疯狂 [M]. 黄文捷，译. 成都：四川人民出版社.

温奉桥，2004. 多维视野中的王蒙——第一届王蒙文学创作国际学术研讨会论文集 [C]. 青岛：中国海洋大学出版社.

温奉桥，霰忠欣，2019. 论王蒙"季节"系列小说的时间美学 [J]. 中国现代文学论丛（02）：8-15.

温奉桥，2020. 王蒙长篇小说《笑的风》：史诗、知识性与"返本"式写作 [N]. 光明日报，05-20（14）.

闻捷，2001. 闻捷全集第一卷 [G]. 太原：北岳文艺出版社.

吴岩，2012. 科幻应该这样读 [M]. 南宁：接力出版社.

许纪霖，2016. 家国天下：现代中国的个人、国家和世界认同 [M]. 上海：上海人民出版社.

亚伯拉罕·哈罗德·马斯洛，2007. 动机与人格 [M]. 许金声，等译. 北京：中国人民大学出版社.

严家炎，温奉桥，2014. 王蒙研究（第一辑）［C］. 青岛：中国海洋大学出版社.

严家炎，温奉桥，2015. 王蒙研究（第二辑）［C］. 青岛：中国海洋大学出版社.

严家炎，温奉桥，2017. 王蒙研究（第三辑）［C］. 青岛：中国海洋大学出版社.

严家炎，温奉桥，2018. 王蒙研究（第四辑）［C］. 青岛：中国海洋大学出版社.

严家炎，温奉桥，2019. 王蒙研究（第五辑）［C］. 青岛：中国海洋大学出版社.

杨绛，2004. 洗澡［M］. 北京：人民文学出版社.

杨一，2016. 评王蒙新作《奇葩奇葩处处哀》［J］. 当代作家评论（02）：79－85.

姚新勇，2002. 主体的历史还原与拆解［J］. 读书（06）：55－61.

叶凌宇，2014. 现实主义的嬗变——王蒙意识流小说对汉语新文学的突破［J］. 江苏科技大学学报（01）：53－59.

伊格尔顿，2016. 文化与上帝之死［M］. 宋政超，译. 郑州：河南大学出版社.

詹明信，等，2002. 回归"当前事件的哲学"［J］. 张敦敏，译. 读书（12）：12－24.

张帆，杨旸，2014. 意识流："内面之发现"与主体的深度——重读1980年代"现代派"的一个角度［J］. 现代中国文化与文学（02）：138－147.

张继泽，2013. 未来学［M］. 贵阳：贵州人民出版社.

张京媛，1993. 新历史主义与文学批评［C］. 北京：北京大学出版社.

张全之，2005. 文学中的"未来"：论晚清小说中的乌托邦叙事［J］. 东岳论丛（01）：126－130.

张炜，1998. 柏慧［M］. 北京：十月文艺出版社.

张贤亮，2003. 经得住研讨的人［J］. 文学自由谈（06）：9－12.

张志忠，1995. 对文学的轻慢与失态——评王蒙近作《失态的季节》［J］. 小说评论（04）：52－56，72.

赵毅衡，2009. "叙事"还是"叙述"——一个不能再"权宜"下去的术语混乱 [J]. 外国文学评论（02）：228-232.

赵毅衡，2013. 当说者被说的时候：比较叙述学导论 [M]. 成都：四川文艺出版社.

赵毅衡，2013. 广义叙述学 [M]. 成都：四川大学出版社.

赵毅衡，2016. 符号学原理与推演：修订版 [M]. 南京：南京大学出版社.

赵毅衡，2017. 哲学符号学：意义世界的形成 [M]. 成都：四川大学出版社.

浙江文艺出版社，1985. 郁达夫文论集 [C]. 杭州：浙江文艺出版社.

郑军，2011. 第五类接触：科幻文学简史 [M]. 天津：百花文艺出版社.

中华全国文学艺术工作者代表大会宣传处，1950. 中华全国文学艺术工作者代表大会纪念文集 [C]. 北京：新华书店.

Agamben Giorgio，2009. *What Is an Apparatus* [M]. Stanford：Stanford University Press.

Barthes Roland，1967. *Elements of Semiology* [M]. London：Jonathan Cape Ltd.

Chatman Seymour，1978. *Story and Discourse，Narration Structure in Fiction and Film* [M]. Ithaca：Cornell University Press.

Genette Gerard，1972. *Figure III* [M]. Paris：Editionsdu Senuil.

Jakobson Roman，1971. *Selected Writing II* [M]. The Hague：Mouton.

Rae John M. A.，1905. *The Sociological Theory of Capital* [M]. London：Macmillan and Co.

附　录　王蒙小说创作年表（1952—2023）

年份	小说创作
1952	儿童文学《礼貌的故事》，《中国少年报》1952 年 2 月 4 日
1953	11 月，开始创作长篇《青春万岁》至 1954 年年底
1954	《春节》，原是散文，后来改编成小说。
1955	儿童文学《小豆儿》，《人民文学》1955 年第 11 期。 10 月 8 日，创作《友爱的故事》（儿童文学）。
1956	短篇小说《春节》，《文艺学习》1956 年第 3 期 短篇小说《组织部新来的青年人》，《人民文学》1956 年第 9 期 《青春万岁》修改稿在中国青年出版社三审通过 《金色的日子》（《青春万岁》片段），《北京日报》9 月 30 日
1957	短篇小说《冬雨》，《人民文学》1957 年第 1 期 1 月 11 日—2 月 18 日《文汇报》分 29 期连载了《青春万岁》片段，全书近三分之一章节 初春，写下《尹薇薇》，由于"反右"未能发表，80 年代《纸海钩沉——尹薇薇》发表在《十月》
1962	短篇小说《眼睛》，《北京文艺》1962 年第 10 期 短篇小说《夜雨》，《人民文学》1962 年 12 月号
1964	6—9 月，报告文学《红旗如火》《买合甫汗》，投给《新疆文学》，未能发表
1973	开始写一部反映伊犁农村生活的长篇，即后来的《这边风景》
1978	短篇小说《向春晖》，《新疆文艺》1978 年 1 月号 长篇小说《这边风景（第一、二章）》，《新疆文艺》1978 年第 7 期 长篇小说《这边风景（第三、四、五章）》，《新疆文艺》1978 年第 8 期 短篇小说《队长、野猫和半截筷子的故事》，《人民文学》1978 年第 5 期 4 月 5 日，写下《最宝贵的》，后发于《作品》 6 月，在北戴河改写《这边风景》 短篇《光明》，《上海文学》1978 年 12 月号 微型小说《脚的问候》，《北京文艺》1978 年第 12 期

续表

年份	小说创作
1979	《最宝贵的》获 1977、1978 年度最佳短篇小说奖 中篇小说《布礼》，《当代》1979 年第 4 期 短篇小说《歌神》，《人民文学》1979 年第 8 期 短篇小说《友人和烟》，《北京文艺》1979 年第 9 期 短篇小说《悠悠寸草心》，《上海文学》1979 年 9 月号 短篇小说《夜的眼》，《光明日报》1979 年 11 月 21 日 短篇小说《表姐》，《延河》1979 年第 10 期 长篇小说《青春万岁》，人民文学出版社 1979 年版 微型小说《难忘难记》，《新疆文艺》1979 年 3 月号
1980	短篇小说《说客盈门》，《人民日报》1980 年 1 月 12 日 短篇小说《买买提处长轶事——维吾尔人的"黑色幽默"》，《新疆文学》1980 年第 3 期 中篇小说《蝴蝶》，《十月》1980 年第 4 期 短篇小说《春之声》，《人民文学》1980 年第 5 期 短篇小说《风筝飘带》，《北京文学》1980 年第 5 期 短篇小说《海的梦》，《上海文学》1980 年 6 月号
1981	中篇小说《如歌的行板》，《东方》1981 年第 3 期 中篇小说《杂色》，《收获》1981 年第 3 期 短篇小说《深的湖》，《人民文学》1981 年第 5 期 短篇小说《温暖》，《上海文学》1981 年 6 月号 中篇小说《湖光》，《当代》1981 年第 6 期 短篇小说《心的光》，《新疆文学》1981 年 11 月号 短篇小说《最后的"陶"》，《北京文学》1981 年第 12 期
1982	中篇小说《相见时难》，《十月》1982 年第 2 期 短篇小说《惶惑》，《人民文学》1982 年第 7 期 短篇小说《春夜》，《文汇月刊》1982 年第 9 期 短篇小说《听海》，《北京文学》1982 年第 11 期 中篇小说《莫须有事件——荒唐的游戏》，《上海文学》1982 年第 11 期
1983	短篇小说《青龙潭》，《人民文学》1983 年第 1 期 中篇小说《风息浪止》，《钟山》1983 年第 1 期 短篇小说《黄杨树根之死》，《花城》1983 年第 1 期 短篇小说《木箱深处的紫绸花服》，《花城》1983 年第 2 期 中篇小说《深渊》，《小说界》1983 年第 3 期 短篇小说《哦，穆罕默德·阿麦德——〈在伊犁〉之一》，《人民文学》1983 年第 6 期 中篇小说《淡灰色的眼珠——〈在伊犁〉之二》，《芙蓉》1983 年第 5 期 中篇小说《虚掩的土屋小院——〈在伊犁〉之四》，《花城》1983 年第 6 期 短篇小说《好汉子依斯麻尔——〈在伊犁〉之三》，《北京文学》1983 年第 8 期 短篇小说《灰鸽》，《人民文学》1983 年第 9 期 短篇小说《葡萄的精灵——〈在伊犁〉之五》，《新疆文学》1983 年 11 月号 短篇小说《苦恼》，《北京文学》1983 年第 12 期 短篇小说《光》，《上海文学》1983 年 12 月号 短篇小说《妙仙庵剪影》，《山花》1983 年第 12 期

年份	小说创作
1984	短篇小说《爱弥拉姑娘的爱情——〈在伊犁〉之六》，《延河》1984 年第 1 期 中篇小说《逍遥游——〈在伊犁〉之七》，《收获》1984 年第 2 期 中篇小说《鹰谷》，《人民文学》1984 年第 3 期 短篇小说《边城华彩——〈在伊犁〉之八》，《十月》1984 年第 3 期 短篇小说《焰火》，《花城》1984 年第 5 期 短篇小说《爱的影》，《文汇月刊》1984 年第 6 期
1985	短篇小说《高原的风》，《人民文学》1985 年第 1 期 短篇小说《无言的树》，《小说导报》1985 年第 1 期 短篇小说《冬天的话题》，《小说家》1985 年第 2 期 短篇小说《临街的窗》，《小说家》1985 年第 4 期 长篇小说《活动变人形》（节选），《收获》1985 年第 5 期
1986	短篇小说《小说二题——（1）〈在我〉、（2）〈他来〉》，《中国作家》1986 年第 1 期 短篇小说《铃的闪》，《北京文学》1986 年第 2 期 短篇小说《致"爱丽丝"》，《啄木鸟》1986 年第 2 期 中篇小说《名医梁有志传奇》，《十月》1986 年第 2 期 短篇小说《海鸥——〈新大陆人〉之二》，《小说家》1986 年第 3 期 短篇小说《轮下——〈新大陆人〉之一》，《人民文学》1986 年第 4 期 短篇小说《卡普琴诺——〈新大陆人〉之三》，《上海文学》1986 年 5 月号 短篇小说《Z 城小站的经历》，《小说界》1986 年第 5 期 短篇小说《风马牛小说二题：（1）〈史琴心〉、（2）〈音响炎——不科学幻想故事〉》，《收获》1986 年第 5 期 短篇小说《画家"沙特"诗话——〈新大陆人〉之四》，《中国》1986 年第 6 期
1986	短篇小说《温柔——〈新大陆人〉之五》，《雨花》1986 年第 7 期 短篇小说《失去又找到了的月光园的故事》，《中国西部文学》1986 年第 9 期 长篇小说《活动变人形》全文首版，人民文学出版社主编：《当代长篇小说人民文学出版社建社卅五周年纪念》，北京：人民文学出版社，1986 年
1987	短篇小说《来劲》，《北京文学》1987 年第 1 期 短篇小说《吃》，《小说界》1987 年第 4 期 短篇小说《选择的历程》，《花城》1987 年第 6 期 短篇小说《电影——为 RNW 护发灵所拟广告小说》，《收获》1987 年第 6 期 短篇小说《庭院深深》，《人民文学》1987 年第 8 期
1988	短篇小说《没情况儿》，《人民文学》1988 年第 2 期 短篇小说《夏天的肖像》，《作家》1988 年 3 月号 短篇小说《十字架上》，《钟山》1988 年第 3 期 中篇小说《一嚏千娇》，《收获》1988 年第 4 期 短篇小说《组接》，《北京文学》1988 年第 9 期 短篇小说《夏之波》，《文汇月刊》1988 年第 9 期 中篇小说《球星奇遇记》，《人民文学》1988 年第 10 期

续表

年份	小说创作
1989	短篇小说《坚硬的稀粥》,《中国作家》1989 年第 2 期 短篇小说《初春回旋曲》,《人民文学》1989 年第 3 期 短篇小说《神鸟》,《上海文学》1989 年第 4 期 短篇小说《纸海钩沉——尹薇薇》,《十月》1989 年第 4 期
1990	短篇小说《我又梦见了你》,《收获》1990 年第 1 期 短篇小说《现场直播》,《钟山》1990 年第 2 期 短篇小说《阿咪的故事》,《小说界》1990 年第 2 期 短篇小说《济南》,《上海文学》1990 年第 7 期
1991	中篇小说《蜘蛛》,《花城》1991 年第 3 期 短篇小说《小说瘤》,《小说林》1991 年第 5 期 微型小说《成语新编》,《钟山》1991 年第 6 期 用拼音法输入汉字写《恋爱的季节》
1992	短篇小说《奥地利粥店》,《小说界》1992 年第 2 期 短篇小说《灵芝与五粮液》,《特区文学》1992 年第 4 期 短篇小说《名壶》,《羊城晚报》1992 年 5 月 27 日 微型小说《成语新编》,《钟山》1992 年第 5 期 长篇小说《恋爱的季节》,《花城》1992 年第 5、6 期合刊 短篇小说《调试》,《北方文学》1992 年第 8 期
1993	中篇小说《九星灿烂闹桃花》,《海峡》1993 年第 2 期 短篇小说《棋乡轶闻》,《上海文学》1993 年第 4 期 短篇小说《白先生的梦》,《中国时报》1993 年 12 月 16 日
1994	长篇小说《失态的季节》,《当代》1994 年第 3 期 长篇小说《暗杀—3322》,沈阳:春风文艺出版社,1994 年 《中流》《文艺理论与批评》《中华读书报》期刊发表批评王蒙的文章
1995	短篇小说《寻湖》,《北京文学》1995 年第 1 期 短篇小说《没有》,《芙蓉》1995 年第 1 期 短篇小说《白衣服与黑衣服》,《上海文学》1995 年第 7 期 《东方》《二十一世纪》《中流》杂志发表评论、批评王蒙的文章
1996	短篇小说《冬》,《大公报》(香港)1996 年 1 月 31 日 中篇小说《春堤六桥》,《上海文学》1996 年第 4 期
1997	短篇小说《玫瑰大师及其他》,《北京文学》1997 年第 3 期 长篇小说《蹉跎的季节》,《当代》1997 年第 2 期 中篇小说《春堤六桥》,获上海文学奖
1998	短篇小说《短篇小说之谜》,《北京文学》1998 年第 1 期 短篇小说《满涨的靓汤》,《钟山》1998 年第 2 期 短篇小说《枫叶》,《当代》1998 年第 6 期 短篇小说《怒号的东门子》,《北京文学》1998 年第 12 期

续表

年份	小说创作
1999	玄思小说《笑而不答（1～15）》，《万象》1999 年第 4 期
2000	长篇小说《狂欢的季节》，《当代》2000 年第 2 期 中篇小说《歌声好像明媚的春光》，《收获》2000 年第 4 期 玄思小说《笑而不答（46～60）》，《万象》2000 年第 7 期 玄思小说《笑而不答（90～120）》，《小说界》2000 年第 4 期
2002	玄思小说《笑而不答（121～135）》，《万象》2002 年第 5 期 玄思小说《笑而不答（136～150）》，《万象》2002 年第 7 期 玄思小说《笑而不答（166～180）》，《万象》2002 年第 12 期
2003	《时间与风景》（第六章、第十七章），《芙蓉》2003 年第 3 期。是后来发表的《青狐》的节选 长篇小说《青狐》，《小说界》2003 年第 5、6 期
2004	《青狐（补篇）》，《小说界》2004 年第 1 期 长篇小说《青狐》，人民文学出版社 2004 年版
2005	中篇小说《秋之雾》，《收获》2005 年第 2 期 长篇小说《尴尬风流》，作家出版社 2005 年版
2006	《尴尬风流》，《北京文学》2006 年第 6 期
2008	短篇小说《太原》，《上海文学》2008 年第 7 期
2009	短篇小说《岑寂的花园》，《收获》2009 年第 1 期
2012	短篇小说《悬疑的荒芜》，《中国作家》2012 年第 5 期 短篇小说《山中有历日》，《人民文学》2012 年第 6 期 短篇小说《小胡子爱情变奏曲》，《人民文学》2012 年第 9 期
2013	短篇小说《明年我将衰老》，《花城》2013 年第 1 期 长篇小说《这边风景》，广州：花城出版社，2013 年
2014	短篇小说《杏语》，《人民文学》2014 年第 7 期 短篇小说《荣获斯大林文学奖纪盛》，《上海文学》2014 年第 3 期 长篇小说《闷与狂》，北京：北京联合出版公司，2014 年
2015	中篇小说《仉仉》，《人民文学》2015 年第 4 期 短篇小说《我愿意乘风登上蓝色的月亮》，《中国作家》2015 年第 4 期 长篇小说《奇葩奇葩处处哀》，《上海文学》2015 年第 4 期 《这边风景》获第九届茅盾文学奖
2016	中篇小说《女神》，《人民文学》2016 年第 11 期
2021	8 月，根据王蒙同名小说改编的舞台剧《活动变人形》在北京天桥艺术中心大剧场首演 长篇小说《猴儿与少年》，《花城》2021 年第 5 期

续表

年份	小说创作
2022	中篇小说《从前的初恋》，《人民文学》2022 年第 4 期 中篇小说《霞满天》，《北京文学（精彩阅读）》2022 年第 9 期
2023	中篇小说《季老六之梦》，《人民文学》2023 年第 8 期

参考书目：

1. 曹玉如主编：《王蒙年谱》，青岛：中国海洋大学出版社，2003 年。

2. 王蒙：《王蒙自传第一部：半生多事》，北京：北京联合出版公司，2017 年。

3. 王蒙：《王蒙自传第二部：大块文章》，北京：北京联合出版公司，2017 年。

4. 王蒙：《王蒙自传第三部：九命七羊》，北京：北京联合出版公司，2017 年。

后　记

　　我完成《王蒙小说中的未来叙事研究》一书，受到许多前辈的细心指导。

　　在选题时，唐小林教授认可了我研究王蒙小说这一选题，他提议关注王蒙小说的新疆叙事以及王蒙小说的当代性，为我打开了王蒙小说研究的思路。在前期阅读王蒙小说作品的阶段，我同时也在旁听赵毅衡教授的符号学课程，在听赵老师讲"双轴关系"这节课时，我发现王蒙《来劲》这篇小说在语言上具有"双轴共显"的特征，便在课后向赵老师请教。这一观点得到赵老师的认可，这为我用符号学理论分析王蒙小说提供了灵感与信心。以符号学双轴关系原理研究王蒙小说，受到导师唐老师的支持与帮助，刊发了《组接的"游戏"——符号学双轴关系视域下王蒙小说的先锋性试探》一文，这篇小论文的内容也收录到后来我对王蒙小说的整体性研究当中。

　　在初稿完成后，我受到了唐老师、董明来老师、饶广祥老师的悉心指导。董老师为我的研究提出了细致的指导意见，提醒我要弄清"未来叙事"的具体含义，注意小说文本内容与现实世界作家意图之间的区隔，形式分析要紧扣"未来叙事"研究的主题等诸多方面。唐老师则指出了我在语言表述的连贯性、研究综述的撰写思路等方面的问题，建议我重写研究综述。饶老师也为此书的绪论部分、参考文献部分提出了指导意见。老师们的意见对我完成此书具有深刻意义。后来，唐老师为加强本书的叙述学理论深度提供了指导意见，为调整本书的整体结构也提供了有益的帮助，使本书的论述更清晰、更客观、更学理化。

从选题到撰写完成此书的过程中，唐小林教授为我提供了很多帮助和支持，在此感激不尽。正是因为诸多老师的指导，此书得到很大程度的优化，我撰写学术性文章的思维水平和表达能力也在这一过程中得到提升。特此感谢老师们的指导帮助。

在编辑出版的过程中，四川大学出版社的编辑们十分严谨细致，对书稿认真审校，感谢她们使这本书能够顺利出版。

张　雪